本色自风流

张道新 ◎著

深圳出版社

图书在版编目（CIP）数据

本色自风流 / 张道新著. -- 深圳 : 深圳出版社，
2023.7
ISBN 978-7-5507-3679-5

Ⅰ. ①本… Ⅱ. ①张… Ⅲ. ①纪实文学－作品集－中国－当代 Ⅳ. ①125

中国国家版本馆CIP数据核字（2023）第067951号

本色自风流
BENSE ZI FENGLIU

出 品 人　聂雄前
责任编辑　李　春
责任技编　陈洁霞
责任校对　陈　军
装帧设计　Ⓢ 斯迈德设计
　　　　　　0755-8314 4228

出版发行　深圳出版社
地　　址　深圳市彩田南路海天综合大厦（518033）
网　　址　www.htph.com.cn
订购电话　0755-83460239（邮购、团购）
设计制作　深圳市斯迈德设计企划有限公司（0755-83144228）
印　　刷　深圳市华信图文印务有限公司
开　　本　787mm×1092mm　1/16
印　　张　24
字　　数　250千
版　　次　2023年7月第1版
印　　次　2023年7月第1次
定　　价　58.00元

致道新同志：

《本色自风流》一书出版！

道是平常心，

心常乎是道。

宝剑锋自磨砺出，

梅花香自苦寒来。

樟莱

2022年5月

◎曾相莱

深圳市文化广电旅游体育局党组书记、局长

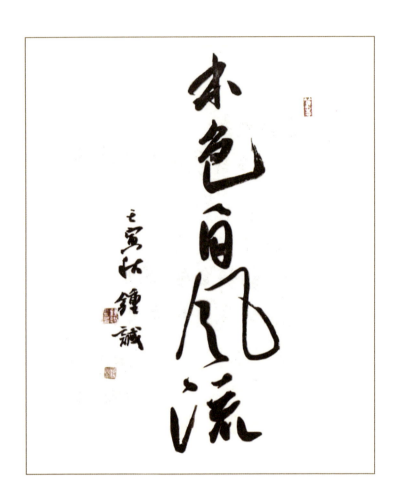

◎钟诚

中国书法家协会会员，

中国人民解放军驻香港、澳门部队原文化干事

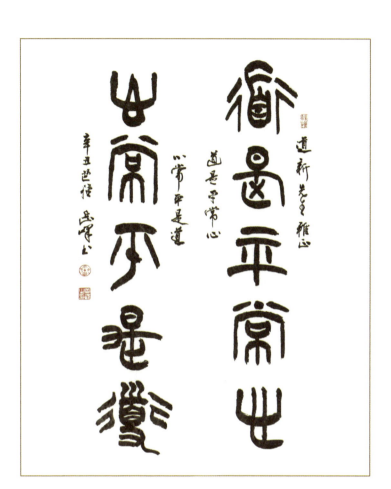

◎岳峰

中国书法家协会会员，

深圳欢乐谷总经理

"道是平常心，心常平是道。"这句话是父母给我取名"道新"的真正内涵，也是我人生永久的座右铭，也成了自己受到委屈、遇到困难、遭遇不幸时安慰自己、鞭策自己、告诫自己的名言警句。

　　能真正看清弄懂自己的人，那是一个真正醒悟透彻之人。人生如画，都在被人仔细欣赏。我们一路走来，路一直在延伸，风景在变换，人生没有不变的永恒。

　　走远了再回头看，很多事情已经模糊，很多人已经淡忘，但还有很少的人牵挂着我们的幸福与快乐，他们才是我们真正要珍惜和感恩的人。

序：道是平常心　心常平是道

◇陈章联

　　"道是平常心，心常平是道"，这是道新同志的座右铭。我在与道新数年的交往与交流之中，感觉道新于言、于行、于心都在践行着自己的座右铭，我也就熟记于脑了。2021年冬至那天晚上10点多，道新打来电话，请我为他的新书《本色自风流》作序，我深知水平不济，再三推托，不敢为。道新软磨硬缠，动情地说道："您是我最爱戴的兄长、最钦佩的同乡、最真挚的朋友，也是最了解我的人。我的长篇小说《母亲，儿有一个难圆的梦》的序言是请家乡村书记所写，此书请您来写序言最合适了。"我勉为其难地遵从道新的意愿，并将道新的座右铭作为序的标题。

　　人能相遇，已属不易；心若相知，更需珍惜。我与道新的老家近在咫尺，我们相识却在鹏城，结缘时间虽不算太长久，但结下了一辈子的兄弟情谊。曾记得，2003年秋天，我在深圳市纪委机关第一次与道新见面时，他身着新颖、威武的驻港戎装，见面就给我敬了一个标准的军礼并大声道："常委好！"我从他黝黑的脸庞上看到了他做人的诚实与善良和军人的刚毅与忠诚。我俩从这天开始便成了推心置腹的好朋友、好兄弟。

　　古人讲："志之所趋，无远弗届，穷山距海，不能限也。志之所向，无坚不入，锐兵精甲，不能御也。"说的是志存高远的人，再遥远的地方也能达到，再坚固的堡垒也能突破。道新从小随父母从县城下放到农村，深深感受到当时乡村生活的艰辛，同时也亲尝到泥土的清香。他高中毕业后应征入伍，先后进入中国人民解放军国防科技大学、蚌埠坦克学院、大连陆军学院、桂林陆军学院等4所军事院校深造，先后在《解放军报》《南方日报》《深圳特区报》等报刊上发表了200多篇共150多万字的文章，出版了《母亲，儿有一个难圆的梦》《当代中国演讲辞》等专著，由一位农村娃成长为人民军队的中校、政府部门的处长……道新的成长正是生命不息、奋斗不止精神的具体体现。

　　心语相聚，无声也欢；情谊互动，不见也暖。道新是一位非常重感情、讲道义之人。他离开军营数年后仍眷念部队，先后为部队捐书5000多册、DVD光碟2000多张，为部队协调安装了2台自助图书机；他心系家乡、情注乡亲，村里修路带头捐款，县福利院受困捐资10万元，家乡的困难邻居、伤病战友和失学儿童都成了他的帮助对象；尤其是在新冠疫情暴发之后，他牵头发动企业家和在深圳的同乡人为家乡筹集近百万元的现金、200多万元的医疗器材、300多吨的水果蔬菜。家乡来信要把他立为乡贤，他呵呵一笑道："家乡父老乡亲们好，我也就开心啦，我本人离乡贤的差距大着呢！"

人生有一件事情难逃——自作自受；人生有一种心态常见——得意忘形；人生有一剂药千金难买——后悔药。如果把这些想明白了，想透彻了，想清楚了，再去做事情，就不会出轨、越轨、脱轨。只要你淡定有为，就会有希望。道新从军整整20年，以中校军衔转业到地方时被安排了一个科员的位置，一些朋友为他鸣不平，我也多少为道新感到有点惋惜。但经常听到道新坦然地说："我小时候的理想是成为一名城里的环卫工人，现在已是普通百姓羡慕的公务人员，我还有什么埋怨的理由呢？我当兵入伍的初心不是为了升官发财，我现在已到了国际化的大都市，我还有什么不满足的呢？我现在只想用自己加倍的努力和出色的工作来报答组织的培养。"

道新从军队转业后先后担任过市文化市场执法总队机动队队长、市旅游行业管理处处长，这两个岗位都有一定的腐败风险，我曾担心他是否能够适应复杂的社会环境。我在与道新聊天时便谈到：官场有"四易倒"，油水多（权力大）的时候容易滑倒，跑得快（提拔快）的时候容易摔倒，爬得高（职位重）的时候容易跌倒，后台硬（关系多）的时候容易晕倒。道新听出了我话中的弦外之音后说："我自己工作的理念是企业需要我的时候，我在企业身边为企业服务；企业不需要我的时候，我在天边祝企业发财。"近年来从亲朋好友、行业人员对道新的一致赞许中我找到了答案，心里也感到十分安慰与开心。

道新的新书《本色自风流》中，真实展示了文化执法人员与犯罪嫌疑人斗智斗勇的精彩画面，真实描写了文化执法人员在法与情、法与理之间的情感纠葛，真实记录了文化执法人员爱事业、爱家庭的普通生活，故事跌宕起伏，情节扣人心弦。此书让我更加深入了解了道新受人尊重的缘由，也深深理解了道新将"道是平常心，心常平是道"作为座右铭的理由。

道新的新作没有英雄侠士的豪言壮语，只有普通人的言行举止；没有生活中的波澜壮阔，只有平常人的真实写照；书中字里行间充分展示了道新的军人本色与精神风貌。军人本色就是对党无限忠诚，对人民无限深情，对国家无限热爱，对军人荣誉誓死捍卫。人有了军人本色就会"苟利国家生死以，岂因祸福避趋之""为国捐躯，虽死犹荣"；人有了军人本色就最能体现大忠大义，彰显大荣大辱；人有了军人本色就会挺立潮头唱大风，平凡岗位展风流。

世上没有不老的人，只有不老的心态。一站有一站的风景，一岁有一岁的味道，就算无人欣赏，也要独自芬芳。道新是我非常认可的小兄弟，小兄弟也快到了退休的年龄。祝福道新兄弟未来的日子，适当地忙着，平淡地过着，开心地玩着，健康地活着，这就是一种人生，这就是一种完美。

心情相近一知己，缘分结下一世情。缘分让我们相遇，岁月让我们变老，无论今后多少年，我都想真诚地说一声：感恩遇见，有您真好！

（陈章联，深圳市纪委原常委、南山区政协原主席）

本色
自风
流

BENSE
ZIFENGLIU

目　录　Contents

第一章　深深眷念的绿军装

第二章　艰难选择工作岗位

第三章　围剿黑网吧的雷霆行动

第四章　破获本市最大盗版图书案

本色
自风流

第一章　深深眷念的绿军装

　　我出生在一个从县城下放到农村，并接受贫下中农再教育的平民家庭。自从我记事、知事、懂事开始，就做着甩掉"泥腿子"、争做"城里人"的美梦，哪怕在城里当个"清道夫"也行啊！我在千军万马争过"独木桥"的高考中折翼而归，在成为村办小学教师之后，毅然参军入伍并成为共和国的军官；在一九九七香港回归的神圣时刻，雄壮的队伍映衬着我的英姿；我把自己最美好的青春、最澎湃的热血，无怨无悔地奉献给了祖国的国防事业。在我快到不惑之年的时候，毅然脱下军装，走向地方建设的舞台，重新谱写自己人生的新篇章。

18岁穿上绿军装

"光阴似箭，日月如梭。"这是我在20世纪80年代初参军入伍后，经常给父母、亲朋好友写信时引用的一句话。当初常引用这句话有自己的"小心思"，也有一点虚荣心在作祟，就是想表明自己并非完全是一个从农村走出来的庄稼汉，而是一位有知识储备和文化素养的新一代革命军人。

当我以从军整整20个春秋，并即将转业的军人身份想起这句话时，这才真正领悟了这句话的深刻内涵，真正体会了这句话的丰富情感。20年经历的风风雨雨、走过的沟沟坎坎仿佛就在昨天、就在眼前。我在部队20年曾经说过的话、做过的事、想要感恩的人、心底铭记的事，一幕一幕出现在我的脑海、展现在我的眼前，是多么清晰而深刻，是多么值得纪念与回味！

我清楚地记得：20年前高中毕业的那个夏天，我成了令同村同龄人羡慕、嫉妒甚至有点怨恨的村办小学教师。到了冬天征兵的季节，我又瞒着家人跑到县征兵站报名参军，成了村里唯一体检合格、政审过关的应征者。

父亲有点恼怒地说："你刚刚成为村里的老师，有了稳定而体面的工作，为何还要去部队受苦受累呢？当兵几年后回来连工作都没有了，看你咋办？"母亲劝慰父亲道："现在是政治形势变化了，要是在那大讲成分论的年代，你儿子想当兵都没机会呢！好男儿志在四方，男子汉就是要走出去，看看世界、长长见识。"慈祥的母亲是送我参军入伍最坚定的支持者。

县武装部和部队接兵团给我们家送来了"光荣应征入伍"的喜报，母亲杀了家里仅剩的一只下蛋的老母鸡犒劳报喜之人。在我临行的前几天，父亲让我抓紧时间帮助家里多制几块预制板，为家里建造村里第一栋楼房多作贡献；母亲整天就是围着我的身边转，一会拍拍肩、一会摸摸手，叮咛的话语是一遍一遍说不够、一次一次叨不完。我曾几次看见母亲坐在厨房的柴垛边流泪，见到我时却说是被烟雾呛着了，我深深地知道是"儿行千里母担忧啊"！

漂亮的二姐把未婚夫送的订婚手表戴在我的手上，读小学的弟弟自豪地对同学说："我哥哥现在是解放军了，你们以后再欺负我，我哥哥就带枪回来打你们。"村子里的一些风言风语也传到我耳边："现在当兵没啥用，也不会有出息""当三年兵摸摸枪杆子，三年后再回来拿锄把子"……不管大家如何议论与评价，我依然领着妹妹、背着糖果、手持香烟与全村的父老乡亲一一告别道谢。

终于到了离开家的时候，村小学的老师们早早地来到我家话别，每位老师在学校送给我的笔记本上写下了一句句祝福之语。我在家人和亲朋好友的陪伴下，泪眼婆娑地慢慢走出家门。母亲时不时轻轻地挽起我的手臂，爸爸含着一根香烟默默跟在我身后，三姐帮我背着军用背包和军用水壶，妹妹为我拎着一个装有八个橘子、八个苹果的布袋子……

在村里绿树成荫、干净笔直的沙土路上，我与欢送的父老乡亲握手告别。我此时此刻才真正感受到了在家的温暖、离家的惆怅。我们家距离县城兵站不到七公里的路程，平日只要走一个小时左右，我却整整走了两个多小时。我一路上虽然表面显得平静、淡定，可心里在想着老师们的留言。其中一位老师的落款是"你过去的同学、现在的同事、将来的……"，六个点的省略号让我浮想联翩，猜想是不是我心中默默喜欢、未曾表白的那位女老师的留言呢？

我们300多名新兵从县城码头乘船顺江而下，在汉口第一次坐上绿皮火车、在北京站又换乘闷罐火车。经过四天三夜的艰难跋涉，终于在深夜12点到达兵营——银装素裹的长白山脚下。这是我第一次真正看见大山、走近大山、亲近大山，身上的疲惫瞬间消失得无影无踪了。我激动万分、情不自禁地大喊两声："我终于见到大山啦！我终于见到大山啦！"

我从小生活在长江中下游平原，常见滚滚长江东逝水，常见朵朵白棉浮云间，常见金黄稻穗浪天边——可我从未见过高山，哪怕一座小山包也未曾见过，更别说连绵不断的崇山峻岭了。可我喜爱山的胸怀、喜爱山的险峻、喜爱山的雄伟、喜爱山的气魄，总想能有一天走进大山，能在大山里躲猫猫或与伙伴们玩游戏。也许是命中注定，也许是天遂人愿，我20年的军旅生涯真正与山结缘、与山为伍，经过了一山又一山，也翻过了一山又一山。

我们部队就驻守在号称"亚洲第二大兵营"的长白山脚下。长白山脉位于东北三省的东部及朝鲜两江道交界处，朝鲜境内海拔2750米的将军峰，为长白山脉的最高峰。在中国一侧的最高峰则是海拔2691米的白云峰，为中国东北第一高峰。这让我心里乐滋滋的，倍感高兴和自豪。从这个时候开始，我写信时就常引用"光阴似箭，日月如梭"这句话了。

我现在终于可以与大山亲密接触了！终于可以与大山吟诗对话了！我心中那个欢乐之感无法用言语表达，常常在睡梦中"咯、咯、咯"地笑起来。我经常跑到营区最高处眺望远方的群山，只见白雪皑皑之中的苍松翠柏仿佛持枪站岗的哨兵；远方山脚下红墙碧瓦的民房顶缭绕的炊烟飘浮在空中，仿佛一幅幅移动的多彩油画；营区外的小路上慢慢驶过一辆辆装满稻谷、玉米的马车，丰收的喜悦绽放在扬鞭催马送粮农民的一曲曲"二人转"的天籁喊唱中……

我从小是吃着大米饭长大，到了东北部队是以高粱米、大碴子为主食。每周一顿大米饭成了我最期盼的事情，一定要把肚子吃得胀胀的才放碗。艰苦的生活不改我的初衷，在茫茫的长白山脚下，我与战友们一起卧冰雪、啃粗粮、驾铁骑、跨壕坎、流血汗、掉皮肉、筑就梦想……全团一分钟装填25发炮弹的纪录被我28发打破，装填并列机枪弹链的装填速度被我提高了37%，全团军事训练标兵的大红花挂在了我的胸前。

每当我取得一点成绩、收获一点喜悦时，我就会想到入伍时那位同事给我的留言："你过去的同学、现在的同事、将来的……"这到底是不是我心中暗恋的她写的呢？我多么渴望与她分享自己的心思，用自己的进步来占领她的心扉。我斗胆写出了人生的第一封有点像公文的"情书"，鼓足勇气向她表达我的爱恋之情。"尊敬的梅婷老师，你一切可好？我离开家乡半年了，很想与你分享我的军旅生活，可否？小张。"当我小心翼翼把信投入邮箱后，心突突地加快跳了起来，当晚进入了难熬的失眠状态。

12年跨进4所军校深造

●●●●●●●●●●●

　　自我接到入伍通知书那一刻起，矢志不渝地追逐着上军校的梦想，与我时时相伴的就是学习、学习、再学习。在新兵前往部队的轮船上、闷罐火车上，新兵们分享着家乡的水果，闲侃各种奇闻逸事，我就坐在最不显眼的角落看课本；在部队熄灯军号响起、战友们酣畅入睡后，我则捂在被子里打着手电筒看书本；在周末与节假日战友们看电影、打扑克时，我总是趴在炕上做习题、解难题；在冰天雪地站岗放哨时，我也要借着月光、雪色温习功课；就连蹲在昏暗难闻的茅厕里，屁股冻得发麻失去知觉，我也会看上几页书……

　　我没有"不想当将军的士兵，不是一个好士兵"的宏伟理想和奋斗目标，可我要走出农村，为辛劳的父母争光的愿望势不可挡、坚不可摧。在部队即将组织战士参加军校招生预考的前半年，我们连奉命到长白山深处进行国防施工。我们在施工现场凿山洞、碎石头、挖壕沟……手上的血泡是一个连着一个，旧的未好新的又出现，繁重的体力活让我无片刻复习功课的时间。

待到叶落深秋的季度，连队正式接到团里组织军校招生考试预考的通知。当我星夜驰骋返回团部的当天上午，直接进入团里组织的预考考场。俗话说：临阵磨枪不亮也光。可我连临时抱佛脚的时间都没有，脑袋瓜子里储存的诗词散文、数学公式、英语单词早已不知跑到哪里去了。我仓促上阵的结果可想而知，在团里组织的军校预考中惨遭淘汰，当时感觉自己快到了崩溃的边缘。

正当我心情糟糕透顶，有点失去生活信心的时候，收到了心中一直想念的梅婷老师的来信，这也是我离开家乡后最渴望收到的信件之一。我如获至宝把信紧紧贴在胸前久久不愿拆开，猜测着她会给我写点什么、带给我什么信息。梅婷老师在信中说自己考上了师范，可以从民办老师转为公办老师了，还给我寄来了一些高考复习资料，希望我好好复习力争金榜题名，等待我传来的佳音。这信犹如一针强心剂，让我精神抖擞、信心倍增，决心明年再"战"。

营教导员李坤得知我军校预考失利的原因后，亲自出面找团政治处主任，说明我因参加国防施工而耽误了备考，团里破例给予我报考军校的资格。俗话说："祸不单行，福无双至。"正当我在紧张复习备考的关键时期，准确地说是在离军校正式考试前的21天，我在与战友嬉闹时头部着地，昏迷两天后才醒过来。我躺在炕上一周不能动弹，一想到文化学习、报考军校之事就头痛欲裂。战友们劝我不要再想考军校之事了，现在安心养病是最重要的事情。

我不愿放弃来之不易的机会，更不想放弃自己的理想，拖着受伤的身体艰难地走进军校考场。也许是"功夫不负有心人"，也许是我钢铁般的信念感动了上天，我仅以高出军校录取分数线2分的成绩，被中国人民解放军蚌埠坦克学院录取。在我接到军校录取通知书的那一刻，疯狂地跑到营区外的田野上对着家乡方向呐喊："爸爸、妈妈、亲人们，我考上军校啦！"我毫不犹豫地拿出自己积攒了一年多的津贴费，买来成袋的糖块、瓜子，成筐的西瓜、李子……让全连战友们分享我的快乐与幸福。我在第一时间给梅婷老师寄出了快件信，向她分享我考上军校的喜悦，同时正式表达了我对她的爱意。

蚌埠坦克学院是一所为全军装甲兵部队培养初级指挥军官的军校。该学院坐落在淮河之滨的燕山脚下，这里曾是解放战争时期淮海战役的主战场之一。淮海战役是解放战争时期三大战役中的第二个战役，也是解放军牺牲最多、歼敌数量最多、政治影响最大、战争样式最复杂的战役，这场战役为全国解放奠定了良好的基础。我想：军委总部决定把全军培养基层装甲指挥员的院校设置在此地，也是告诉学员们要明白国防的重要性，懂得肩上责任的重大。

蚌埠坦克学院拥有最现代化的教学设备，微机监控的教学指挥中心、教学实验楼、电化教学楼和百万册藏书的图书馆，大型模拟实景可提供形象、逼真的综合战术演习场所。我在这里学习坦克通信、射击、驾驶、战术等四大专业知识，演练装甲部队团、营、连的攻防战术，钻研新时期的带兵、打仗之道……经过两年的刻苦钻研，我终于成为一名穿着四个兜军装的排长，真正实现了走出农村、"出人头地"的愿望，并且回到了自己热恋的长白山脚下。

我又可以与大山整日厮守在一起了，在大山的怀抱里把酒临风、开怀畅想了。在一望无际的长白山上，我头戴厚厚的坦克防护帽，手持声音有点杂乱的对讲机，站在坦克的炮塔上迎风斗雪，与战友们操练着三角进攻队形、矩阵防守阵形；在绵绵不断的林海雪原，我坐在狭小的驾驶室内，娴熟地操纵着36吨重的铁骑爬山越坎、蹚水搅泥，有时碰得头伤脚肿，毅然勇往直前、所向披靡。

正当我在部队大显身手、大展宏图之际，突然接到叔叔发来的电报："母病故，速归。"这晴天霹雳让我头昏目眩，我真不敢相信这是真的。当我经过四天三夜一路泪眼蒙眬奔波到家时，母亲已于当天的清晨下葬。我拿起铁锹发疯似的向母亲的坟墓奔去，乡亲们紧紧地抱着我，劝慰我说："孩子，不能动坟啊，你母亲已入土为安啦。"看到与我同样瘫倒在坟前的姊妹们，我僵硬地趴在地上痛哭、呼喊起来："妈妈，儿子回来啦，您起来跟孩儿说说话啊。"

我的母亲是一位典型的中国传统女性，也是当地有名的贤妻良母孝媳。我们儿女从小梦想着让辛劳的母亲过上幸福的生活，期盼着带着母亲走出乡村看看外面的世界，可母亲在我们儿女能力有限、翅膀不硬的时候就永远地离开了，这成了我们儿女一个永远也圆不了的梦。母亲的不幸去世，让我陷入长久的悲痛中，但我更想用优异表现来告慰九泉之下的母亲。

20世纪80年代末的兵难带，我便积极研究新时代的带兵之道，努力成为适合战士要求的带兵人；当世界风云变幻让战士们迷茫地发出了社会主义该走向何方、党旗还能打多久的疑问，我便用哲学的道理来给战士讲授社会发展道路的曲折性；当战友想家恋家心绪不稳定时，我就与战士交心谈心，请求战士家长协助做工作……我出色的表现被组织认可为政工干部苗子，便被选送到大连陆军学院政工班学习，这也是我第二次走进军校的大门。

经过了在陆军学院的专业学习，我成为沈阳军区最年轻的政治指导员。我用母亲与人为善的做人准则来管兵，用母亲吃苦在先的行为方式来带兵，用母亲以情动人的方式来爱兵。在我任连队指导员刚刚两年，就被沈阳军区评为优秀基层干部，并调到师政治部任宣传干事。当部队决定再次破格提拔我时，我自感理论功底尚浅，决定用提拔的指标换一个报考军校的名额。我如愿来到了惟楚有材的岳麓山下，走进了第三所军校的大门——国防科大。

国防科大位于长沙岳麓山脚、湘江西岸。岳麓山是南岳衡山七十二峰之尾，这里集名院、名亭、名寺、名宫、名泉、名木于一体，自然风光绮丽，人文景观独特。清风峡、爱晚亭、麓山寺、白鹤泉、蔡锷墓、黄兴墓、禹王碑、云麓宫、岳麓书院等近百处景点，点点精彩、处处诱人。真是"山不在高，有仙则名；水不在深，有龙则灵"的真实写照。

岳麓山是一座文化底蕴深厚的名山，麓山寺之古，岳麓书院之深，云麓宫之清，无不令人神往，黄兴、蔡锷烈士之墓都在此山，所以也有人称岳麓山为"人文名山"。能在岳麓山的氛围里深造真是天赐良机，我倍加珍惜这难得的学习机会。我在这里锤炼体魄、陶冶情操、开阔视野、增长知识。在整整两年的脱产学习期间，我全面系统地掌握了部队宣传文化工作的基本常识，吹拉弹唱、琴棋书画、文化活动、体育比赛……全面发展。课余时间在报纸杂志发表各类文章60多篇，30多万字，成为本届学员当中的佼佼者。

父母常对我们儿女说：天上不会掉馅饼，幸福是自己争取的，机遇也只会留给有准备之人。正当我为自己毕业之后何去何从而焦虑时，新组建的中国人民解放军驻香港部队来本校选拔人才，除需要过硬的政治、身体条件外，还必须具备师以上宣传部门工作经验，擅长文字材料写作，发表30万字以上文章……这些标准好像就是为我量身定制的一样，没有太大的竞争、没有更多的曲折，我又从美丽的岳麓山下来到了山水甲天下的桂林陆军学院。

驻香港部队为了检验所选之人是否合格、是否适应驻港部队的高标准、严要求，新选拔的干部必须到陆军学院进行"淬火""打磨"，这个过程就仿佛在悬崖上走钢丝绳，稍有不慎就会被淘汰出局。已有10多年兵龄且已是副营职的我，必须跟着刚当兵两年的班长学习立正、稍息、敬礼等部队基础性动作，刚放下碗筷就要强行军10公里，顶着烈日练站姿让军用胶鞋内部湿透、外面烫焦……经过两个多月魔鬼式的强化训练，我终于昂首挺胸地走出了桂林陆军学院的大门，壮志豪气地跨进了当时还属保密状态的中国人民解放军驻香港部队。

驻守香江1966天

· · · · · · · · · ·

　　我们这批号称驻香港部队"黄埔二期"的精英学员迈出桂林陆军学院的大门，带着骄傲与自豪向神秘的香港驻军军营挺进。我坐在宽敞舒适的大巴车上，望着窗外郁郁葱葱的南国风光，心想：香港处处高楼大厦、时时灯红酒绿，驻港部队今后要适应香港繁华的环境，现在一定安营驻扎在热闹非凡、五彩缤纷的都市吧？我是一位酷爱大山之人，当兵之后更是天天与山为伍、和山打成一片，现在要离开大山进城市，似乎有一种失落感弥漫在心中。

　　浩浩荡荡的车队从高速公路下到省际公路，又从省际公路走到只能单车通行的乡间小路，最后在一座树木茂盛、杂草丛生、鸡啼狗叫的小山坡上停了下来。带队的旅政治部黄副主任说："各位学员，我们的目的地到了。这

里的地名叫赤山，距离香港只有50多公里的路程。我代表
驻港部队步兵旅首长和机关欢迎大家的到来，我们今后就
是一家人啦！"随着黄副主任一声"解散"的口令，我恍
然大悟、如梦初醒。原来驻港部队就在这偏僻、茅草丛生
的山沟驻扎，苦练精兵，做好进港准备啊。当我看到军营
周边有一座座不大的小山时，又真正感到自己这一辈子真
是与山有缘啊。

　　此时的驻港部队还未揭开神秘的面纱，世人也不知
香港驻军是一支什么样的部队，就连军营周边的老百姓也
不知突然降临的是一支什么部队。这支从全军各部队、院
校选拔而来的优秀的官兵们集合在驻港部队的军旗下，为
了洗刷百年国耻，确保1997年7月1日零时顺利进驻香港，
发扬"一天当两天，雨天当晴天，黑夜当白天""流血流
汗不流泪，掉皮掉肉不掉队"的拼搏与"玩命"精神，朝
着"铸雄师劲旅，扬国威军威"的驻军目标脚踏实地向前
迈进。

　　我非常庆幸自己能够成为香港驻军的一员，神圣的
使命指引着我们的灵魂，崇高的事业激励着我们的奋进，
任何艰难险阻也挡不住我们前进的步伐。我们睡在破旧的
营房里，半夜暴雨营房屋漏被淋醒；写材料熬通宵已是常
态，深夜翻山回宿舍竟然在山顶睡着了；父亲生病、妻子
动手术我都未能守护在病床旁……心中就一个目标、脑海

就一个使命，一切为一九九七香港回归让路、开道，这是国家赋予我们的崇高使命。

1997年6月中旬，在我们即将进驻香港前夕，中央军委副主席张震上将莅临赤山军营视察部队。在接见驻香港部队某旅首长和机关科以上军官时，张震副主席右手握着我的手，左手指着我胸前的姓名牌说："你也姓张啊，我们是一家人，你为祖国争了光，也为我们张家争了光啊！"在与财务科长孙中华握手时笑着说："你和孙中山先生是一家人啊，现在香港回归也是中山先生的遗愿啊。"张震副主席简单而朴实的话语让我们心潮澎湃、热血沸腾，大家齐声高喊道："请祖国人民放心，请中央军委放心，我们一定不辱使命。"

终于盼到了1997年7月1日的到来，驻香港部队分别从深圳皇岗口岸、广州天河机场、蛇口妈湾港口等地出发，准时进驻香港的陆地、领海、领空。当我作为进驻香港第一纵队第一梯队一员从皇岗口岸踏上香港土地的时候，我脸上的泪水与雨水交织在一起，似乎没有更多的兴奋与激动，只是在心中不停地呐喊："香港同胞，我们来啦！"这场全新的世纪大考，祖国寄予重托，世界为之瞩目，离开祖国一百年的香港，终于回到了母亲的怀抱。

进驻香港后，我驻守在最繁华、最复杂、最中心的九龙枪会山军营，香港的油麻地、旺角、尖沙咀等敏感的地方包围着军营周边。军营外随时可能出现肩扛"大炮"对准军营的媒体记者、身穿三点式泳装搔首弄姿的"靓妹"、举旗呐喊口号的"知名"人士、穿着花布衬衣吹着口哨的嬉皮士、每天定点围观英俊"哨兵哥哥"的青春靓丽的小姑娘……

"香港驻军无小事,事事都是通天事",这句话一点也不为过。有一次,我们营三位升旗手在升旗过程中,因突降的大雨模糊眼睛而将国旗倒挂。此事被一香港市民发现后拍照报告驻港中联办,中联办及时通报驻港部队,驻军首长批示:要严查责任,严肃处理。结果本营与此有关联的营长、连长、排长再到三位升旗手全部受到纪律处分,本已确定提拔使用的营长因此而解甲归田,本已确定留队选改士官的三位英俊的升旗手也因此而退伍回家。

我是本营的最高"行政长官",大事小事要全权负责,自己的一言一行也影响着全体官兵,每日真是如坐针毡、如履薄冰,不敢有丝毫的懈怠,更不能有半点的放松。白天组织官兵讲政治、练军事、学文化,晚上检查哨兵是否到位、战士是否熟睡,深夜的突发事件经常让我彻夜难眠。虽然进驻香港后,受地理环境的影响,军事训练任务比进港前减轻了许多,但我头上的白发、额头的皱纹却明显增加了很多,甚至出现了失眠症。

2000年的中秋之夜，我们营与驻军医院联合举办了"欢度中秋，情系香港"联欢晚会。全体官兵集中赏月后已是深夜一点，在我刚刚进入梦乡的时候，床边的对讲机急促地响了起来：报告首长，潜伏哨抓到了一个翻入营区的香港人。"抓到一个香港人"几个字让我睡意全失，我一边迅速穿衣赶赴现场，一边命令通信员立即向驻军报告。当我赶到抓获现场时，只见一位剃了光头、留着胡须、身材瘦弱的中年男子低头坐在地上，身边放着两个装满物品的手提包。

当我们把抓获的中年男子带到营区禁闭室时，驻军有关人员和香港警方同时到达营区。香港警方见到嫌疑人的前两句话是"你要坦白从宽，抗拒从严""你不老实交代，我们就把你送到北京去审查"，这两句话真有点出乎我的意料。当与香港警方办完交接手续后，我爬上楼顶眺望远方的维多利亚港，心头的快感与思想的压力在不停地碰撞。我们事后得知，被抓获的香港中年男子正是江湖上称为"江洋大盗"、被香港警方通缉了多年的犯罪嫌疑人。

"光阴似箭，日月如梭"，我作为首批进驻香港的一员已在港驻守了五年多。五年多来没有一次轮换出港，也没有空闲去领略香港的真面目，没时间一睹香港的美丽。我非常渴望亲身感受一下童话世界的现代演绎，东方之珠的璀璨辉煌,港人治港的和谐统一,中国的传统习俗与外来文化的交融吸纳……可我从来无暇走上香港大街、走近香港市民,更没机会欣赏多情而迷人的维多利亚港的真面目。

光阴似箭,日月如梭,我不知不觉已在香港驻守了1960多天。我曾多次想走近香港市民的生活,了解香港市民的内心世界,领略中西文化交融的港人空间。我也曾想:找一个放得开、走得远、时间充裕的机会,亲身亲近美丽而浪漫的维多利亚港湾,尽情地听听维多利亚港的波涛,展开双臂吹吹维多利亚港的海风,像雕塑一样静静地坐在岸边看看维多利亚港的浪花……

军营生活倒计时3天

· · · · · · · · ·

在20年的军旅生涯之中，我有过接到入伍通知书时无上光荣之欢感，有过考上军校成为军官时光宗耀祖之快感，有过得知母亲和二姐不幸去世时挖心割肉之痛感，有过亲身参与并有幸见证香港回归神圣时刻而洗刷国耻之乐感……让我最为出乎意料、刻骨铭心的时刻是2002年12月19日，部队首长突然提出让我脱掉军装、解甲归田的那个伤感时刻。

在我驻守香港的第1964天时，我接到旅司令部的通知：刘政委、政治部黄主任将于明天（12月19日）下午到你营看望官兵，检查政治工作建设情况，望你营做好迎检工作。我立即召开营、连主官会议，部署迎接首长检查的有关事项，特意要求炊事班研究几道首长爱吃的面食。我独自加班到深夜两点多，仔细整理好营党委的会议记录，精心做好迎接首长检查的各项准备工作。

当两位旅政工首长带着家人来到营里后，没让我这位政工主官汇报，而是与易营长在营部会议室私聊，让我陪同家属到营区内转一转、看一看。这一反常的做法让我感觉非常的蹊跷。我陪同政委夫人和儿子来到香港驻军医院大楼的楼顶，这里是香港九龙半岛海拔最高之处，可俯视香港九龙、港岛两地最繁华、最迷人的景色。政委夫人望着营区外高耸入云的楼房、川流不息的人群、快速行驶的车流、红墙碧瓦的理工大学、波澜不惊的维多利亚港湾等实景后感叹说道："香港真比我想象的还要繁华与热闹，不愧为东方之珠啊！"

当我们来到营区大门口时，政委儿子见到什么事物、景色都感到新鲜、稀奇，指着一栋栋高楼不停地问，这是什么楼？里面住的什么人？看到一些有港英特色的建筑和绘画时，就赶紧拉长镜头拍照留念。当一位高鼻梁、蓝眼睛的外国人匆匆从我们面前走过时，他指着外国人问我："张叔叔，这是哪国人啊？长得怪怪的样子。"我悄悄地对他说："我们要注意礼貌，不要用手指着外国朋友，你用眼神、用语言告诉我就行了。"

我陪同政委夫人观看了最新装备的轮式装甲车，操作了总装备部刚配置的模拟装甲车，参观了已有百年建筑史的营房……两个多小时过去了，刘政委还在与易营长交流，这让我心里打起了小鼓：政委的葫芦今天装的什么药呢？这与首长一贯的行为不相符啊。首长多年驻守广西边防，有丰富的基层工作经验。既是一位非常实在、直率的军人，也是一位敢讲敢爱敢恨的性情中人。说话做事从不遮遮掩掩，非常幽默风趣，注重寓教于乐，深受全旅官兵的尊重与喜爱。

可政委今天的言行举止让我觉得有点反常，表情凝重、说话吞吐、欲言又止，似乎心事重重。我虽然小心翼翼地陪伴着政委夫人在营区参观，但心里一直在猜想，政委今天有什么心思呢？是不是对我们营队建设不满意呢？可我们营队刚被驻军党委评为先进营党委，我本人也被香港驻军评为优秀共产党员啊。我想跟政委夫人打听一下，可又不知从何开口。

我挖空心思地猜想，首长今天来营是不是并非检查工作，而是与我个人事情有关呢？首长想与我交流什么，我如何回答首长的问话呢？要调我到旅机关去？这不可能啊，我是从机关科长下到营里任教导员的，提拔也没到最低的任职年限；调我到港外部队去？这也不可能，本营是香港驻军唯一的装甲部队，我是正宗的装甲兵出身；交换我到其他部队去？这也不可能，今年轮换干部名额早就定了，并且马上就要交流出港了……我真是百思不得其解，越想越糊涂。

政委与易营长谈话完毕后，我们又一起在营区内散步，政委平常与我在一起时总是笑声不断，今天却是沉默无语。我的好搭档易绪全营长此刻也是一声不吭地跟在政委后面。我几次轻轻走到政委的身边想问一下：首长，您今天为何闷闷不乐呢？可话到嘴边又悄悄咽了回去。也许政委的心思与我无关吧！我暗自安慰着自己，心中有点惶恐但表面风平浪静。

我们站在营区最高处遥望着近在眼前的维多利亚港湾。晚霞轻轻而闪亮地洒落在平静的海面上，巨轮与舢板悠闲有序地航行在各自的航道上，活生生的油画美景让我们看得是如痴如醉，谁也不想打破这难得的宁静与享受。当营区外华灯绽放之际，通信员李立峰悄悄对我说："教导员，饭菜已准备好，请首长们进餐吧！"我再次望了望美丽的香江夜景，吸了吸维多利亚港吹来的海风后，引导首长向营部餐厅走去。

当我们一行人走到营部招待所时，只见易绪全营长、罗健副营长、肖河清副教导员和各连的军政主官均整齐排列在营部招待餐厅前，齐刷刷地向首长们敬礼，甚至把我也当成上级首长一样来热情接待。我心头一惊并赶紧对他们说："你们不用管我，接待好旅首长和嫂子即可啊！"我依次把政委与夫人、政治部黄主任等主要嘉宾按级别安排就座。

活泼好动甚至有点调皮的政委的儿子还未坐下，就双手抓起桌上一只大龙虾，抱在怀里大声喊道："妈妈，妈妈，快帮我拍一张照。"政委见此大声呵斥道："臭小子，你懂不懂规矩啊？你洗没洗手啊？待会大家如何吃啊！赶紧给我放下。"政委一直对儿子比较宠爱，甚至是有点溺爱，今天为何为这点小事而大冒其火呢？政委的突然发火让场面显得有点尴尬，我们这些部属也站在原地不知所措，政委夫人和儿子更显得很不开心。

旅政治部黄主任赶紧出来打圆场笑着说："大家赶紧坐下，大家赶紧坐下。政委今天心情有点不好，这事与在座的大部分人没关系，我们过会再和大家详谈吧。"刘政委待大家坐下后望着我说："老张，我还是把话说在前面吧，不然大家都吃不好饭啦。鉴于你的年龄和身体状况，驻军党委已确定你今年底转业，我刚才已给其他营党委成员通报了此消息。因我很舍不得你离开部队，所以不知如何开口对你说，心里已难受、郁闷几天了，今天就是来告诉你这个消息的。"

政委今天的举止让我有点意外，可刚才的讲话更是晴天霹雳，我一点思想准备都没有。我曾为政委今天有点异常的言行思考了许久，设想了多种可能出现的状况，可始终就没有想到这一点。我突感头有点发蒙，却强装笑脸而镇静地说："政委，让我转业是我确实没有想到的事情。我热恋绿色的军营，迷恋绿色的军装，但我更知道军人以服从命令为天职。请大家今晚就不谈论我个人的事情了，好好陪嫂子和侄子吃餐饭吧，相信我不会让首长失望和为难的。"

我虽然口里这样愉快地说着，可心里却像打翻了的五味瓶，眼泪在我不停地眨眼、皱眉中而未流出来。以往上级首长来营队吃饭，一般都是我先致祝酒词，再请首长作"重要讲话"。政委今天反客为主，坚持要自己先说话、先敬酒。他要我坐在他的右侧，并将两个小酒杯换成两个大玻璃杯，往大玻璃杯里面酌满酒后说："道新兄弟，啥也别说了，一切都在酒中，我先敬你一杯吧！"政委的话还未说完，我早已将酒一饮而尽。

晚宴特别热闹，敬酒特别频繁，当然我成了接受敬酒的主要人物，反正是不吃菜地喝了一杯又一杯。我不记得自己跟两位首长干了多少杯，也不记得战友们敬了我多少杯。等到宴会快结束的时候，我又让通信员唐新元给我倒了满满一大杯酒，有点语无伦次地说道："我今天没喝醉，只是心里有点难受。请首长和战友们放心，我能理解部队决定，自己也会愉快接受。我敬大家一杯，干！"满桌的佳肴未见减少，营里准备元旦喝的两箱白酒已见箱底了。

抗日"功臣炮连"的孟向前连长搀扶着我回到宿舍。躺在软软的席梦思床上，眼泪在不停打转，脑海在不停翻滚。一会儿是20年前父老乡亲敲锣打鼓、前呼后拥、夹道欢送我参军入伍时的情景；一会儿是1997年7月1日零时，我和战友们雄赳赳、气昂昂，和平进驻香港，洗刷百年国耻的盛况；一会儿又朦胧感觉到，自己已经脱下军装，正急促地奔走在上班的路上；一会儿是天堂的慈母和二姐披头散发地追问着我，问我为何不继续在部队好好工作……一幕一幕似行云流水、似白驹过隙，清晰又似乎遥远。

我想的最多的是自己驻守香港五年多来，兢兢业业做工作，如履薄冰地守护着香江，可从未仔细打量和游览一次香港，但我想走近香港、感受香江的愿望一直不断地在心中流淌。我从明天开始就无官一身轻了，在自己即将脱下穿了20年的军装的时刻，在我即将告别深深爱恋着的香港的时刻，在我人生中最感酸甜苦辣且无所适从的时刻，我终于有机会、能自由、可纵情地走入香港的大街小巷，走近日思夜梦的维多利亚港湾。

虽然组织上让我转业的决定让我难受、难眠，但想到自己终于可从工作繁重、生活紧张的军营中解脱出来，心中似乎又有了一丝的欣慰与平衡。我决定明天起床后就上街，要放松、放纵地感受一下香港市民的实际生活环境，享受香港得天独厚的美丽风光。我在兴奋与渴望中久久不能入睡，有一种从未感觉到的轻松与愉悦，这与1997年7月1日进驻香港以来，每个细胞都高度紧张形成了强烈的反差。

军营生活倒计时2天

· · · · · · · · · ·

　　经过了一整夜的煎熬等待，在天刚刚蒙蒙亮的时候，我便急不可待地起床、穿衣、洗漱。穿上购买了五年多而仅穿过两次的一套便装，三口并两口吞下已在冰箱放了两个月之久的两块月饼，便独自从驻守的枪会山军营出发了。营区大门口站姿有点松懈的哨兵见我走过来，立马精神抖擞地向我敬礼并大声喊道："教导员，早上好！"我微笑着点了点头问道："站了两个小时有点辛苦了吧？我们要始终保持良好形象哟，这里可是世人瞩目的香港啊。"哨兵挺了挺腰板后大声答道："是。"我相信这位哨兵肯定不知道部队已确定我转业的消息。

　　香港丰富的夜生活闻名于世，哪怕是夜深人静的时候也是霓虹灯闪烁。此时的香港好像还在熟睡之中，街上的行人、车辆都较少，九龙公园内有几位正在晨练的老人。我沿着尖沙咀的岸边悠然自得地漫步，随心所欲地欣赏，任凭海风吹散我整洁的头发、撩起我宽松的休闲服。我看着海鸥在我眼前飞来飞去，顺口朗诵起著名作家高尔基的名篇《海燕》，偶尔随着远航归来的巨轮的汽笛声发出一声声高亢的"啊、啊、啊……"的呐喊声。

我也不知自己是在发泄什么样的情绪，不想让思维影响自己欣赏美景的雅兴，可呐喊过后没有轻松之感，反而有失落、挫折之痛。偶尔任由眼泪在面颊上流淌，大声唱起世界经典歌曲《我的太阳》。不远处几位香港市民和游客以为我在练美声唱法，非常友好地向我招招手和伸出大拇指。我见此不由得暗自想到：人世间的表面繁华，掩盖了多少看不见的纷乱复杂。

天空已完全放亮，我站在空旷开阔的尖沙咀，望着川流不息的人群和碧蓝清澈的维多利亚港湾，我真想声嘶力竭地发出几声呼喊："我是驻香港部队军人""我现在真正自由了""我正站在香港的土地上"。我现在才真正感受到只有踏上这片土地，才能明白我们国家为何必须准时收回香港，祖国的强大对于每一个中国人是多么重要。我今天要用自己的脚步在香港留下美好的脚印，同时也在心里默默祝愿：香港明天更美好！

我从尖沙咀乘船抵达港岛，乘坐索道到达太平山顶。

太平山俗称扯旗山，位于香港岛的西部，海拔554米，是香港的最高峰，也是香港著名的游览胜地之一。太平山顶是鸟瞰壮丽海港、绚丽市景的理想地，在风景优美的山顶环回步行漫步，可见层层叠叠的摩天高楼、享誉全球的维多利亚海港，以及清新宜人的翠绿山峦；从卢吉道观景点放眼远望，维港风光更是一览无遗。狮子亭、山顶广场的观景台及凌霄阁摩天台，同样坐拥极佳景致。

我伫立在太平山顶的观景台上，双手交叉抱在怀里，眼睛发直地注视着维多利亚港。在朦胧之中只见一艘艘帆船上的三角白帆慢慢演变成了吉林的长白山、安徽蚌埠的燕山、湖南长沙的岳麓山、广东东莞的赤山……我整整20年的军旅生涯与一座座山峰结缘，自己的部队生活不正是一段以山为伍、以山为营、与山相伴的历史吗！正是一座座山陪伴了我的人生与成长。

我轻轻依偎在太平山顶的护栏上，看到海面上百舸争流的景象，便想起与战友们在沙盘上进行战术演练的场景，空战、海战、岛战、陆地战、反恐战，模拟战场上的针锋相对，寸土必争；望着太平山脚下的驻军总部大楼，我便想起了自己曾带着营队篮球队与驻军直属队在此争夺冠军的决战。驻军司令部首长暗示我们讲友谊、讲风格，让直属队赢球，我用"战场上只有一方是胜者，比赛也只能有一位冠军"给予了最终的回答……我悠闲地站在山顶，俯瞰着港岛的全景，真是思绪万千，五味杂陈，久久不愿离去。

我慢慢地走到了香港会展中心，这里是1997年7月1日零时，中华人民共和国与大不列颠及北爱尔兰联合王国举行交接仪式的地方。我站在中华人民共和国中央人民政府赠送给香港特别行政区的紫荆花雕塑旁，再次仰望巍巍矗立的香港驻军的总部大楼，这更激起了我眷恋军队、挚爱军营之情。20年栉风沐雨的从军路，我从一名农村娃成为共和国的中校军官，20年在部队基层摸爬滚打，与官兵同学习、同训练、同劳动、同休息，同吃一锅饭，同举一杆旗。20年的军营生活练就了我直率的性格、真诚的品质和敢于亮剑的精神，成为驻港部队的优秀共产党员，多次立功受奖并得到了香港特首的接见。我对自己把20年青春留在军营感到无怨，对自己把20年岁月奉献给国防感到无悔。

我从清晨到黄昏，围绕着维多利亚港湾转悠，走过了尖沙咀、昂船洲、港岛、会展中心，欣赏了维多利亚港湾及其周边的美景，了却了我多年未实现的夙愿。在夜色即将降临的时候，我十分庄重地向维多利亚港湾敬了一个标准的军礼，恋恋不舍地转身向枪会山军营走去。此刻的我似乎有点无心、无恋、无思，甚至想让自己处于一种"植物人"的状态。

当我有点茫然地回到熟悉而又有点陌生的军营时，一年一度欢送老兵的晚会正在操场上进行。这也是我前段时间精心筹划的一台晚会，自己还认真学习了一首闽南歌曲《爱拼才会赢》，准备在晚会上给退伍战士鼓劲加油。我现在已成为晚会可有可无的旁观者，要演唱的歌已成为自己的独享曲。看着不远处坐着整齐、欢声笑语的战友们，我有一种欲走欲留、欲远欲近情更迫之感。当我不由自主地靠近晚会现场时，全营官兵正在齐唱《战友之歌》。

战友、战友亲如兄弟，

革命把我们召唤在一起。

你来自边疆他来自内地，

我们都是人民的子弟。

战友、战友，这亲切的称呼，

这崇高的友谊，

把我们结成一个钢铁集体，钢铁集体；

战友、战友，目标一致，

革命把我们团结在一起。

同训练同学习，同劳动同休息，

同吃一锅饭同举一杆旗。

战友、战友，为祖国的荣誉，

为人民的利益，

我们要并肩战斗夺取胜利。

当兵之人唱得最多的就是这首歌，这首歌使战友成为人世间最真挚、最贴心、最长久的人际关系。我当兵20来年，从不畏惧工作的艰苦与繁重，但感到最难做、最不愿做的工作就是一年一度的老兵退伍、干部转业的工作。难做、不愿做并非战友们不听话、不配合，也不是工作辛苦难做，而是战友亲如兄弟，战友情意难舍、兄弟缘分难分。我也不愿重复看到战友分别时泪流满面、依依惜别的场景，那是一种撕心裂肺的折磨与伤感。

正在主持老兵欢送晚会的营副教导员肖河清少校见我回到了军营，马上转移话题热情地说道："战友们，教导员为营队建设呕心沥血，使我们装步营成为驻军先进营；教导员为战友们的成长费尽心血，得到了全营官兵的热烈拥护与爱戴。现在组织上已确定教导员今年转业到地方工作，我们以热烈的掌声欢迎教导员给我们表演一个节目好不好？"

一阵阵热烈的掌声和"教导员、来一个"的喊声似排山倒海般地向我扑来，原本有点惆怅与羞涩的我快步跑到会场中间，给全营官兵敬了一个标准的军礼，再快步走到战士中间坐在小板凳上，表示自己今天只当一个忠实的听众和鼓掌者。可是我不上舞台战友的掌声就不停，在战友们经久不息的热烈掌声中，我站到了自己曾经站过无数次的位置。以往在战士面前出口成章的我，今天却有点羞羞答答不知如何开口，原准备的节目似乎已不适合自己现在的身份。

也许是触景生情，也许是"同病相怜"，也许是对军营、对战友爱得太深、太真，眼泪像开闸的河水喷涌而出，敬礼的手久久不愿放下，我不停地巡视着现场熟悉而亲爱的战友们。我在没有准备、没有思考、没有底稿的情况下，诗兴大发，一气呵成还有点声嘶力竭地喊出了一首诗：《战友，我真舍不得让你走》。

战友，你就要告别叱咤峥嵘的军旅春秋，
到祖国现代化建设的舞台上竞风流。
回眸你在军营亮丽的青春，
舒展你堆满老茧、皱褶的双手，
这怎不让我心潮澎湃，泪雨如秋。
我摇摇头、擦擦泪，对着蓝天、白云大喊，
亲爱的战友，我真舍不得让你走。

战友，我真舍不得让你走，
我们曾一起高擎"一国两制"的大旗，
和平进驻香港，谱写世纪风流。

我们曾在课室里谈古论今、点评时事，
把邓小平理论、香港法律在心中牢牢铭记。
我们曾在练兵场上摸爬滚打、擒拿格斗，
争金牌、抢红旗、争第一，处处展风流。

战友，我真舍不得让你走，
我们曾在九八抗洪中舍命战斗，
用血肉之躯堵住了百年不遇的疯魔洪流；
我们曾在海边演习场上冲锋陷阵，
科技练兵的硕果让我们抢滩时独占鳌头；
我们曾在波涛滚滚的大海上劈波斩浪，
武装泅渡如同浪里飞舟。

战友，我真舍不得让你走，
我们曾在足球场、游泳池龙争虎斗，
足球场上留下的疤痕是否依旧？
我们曾在草地上唇枪舌剑，促膝交谈，
我对你的严厉批评是否还在心中保留？
我们曾在和平进驻香港的喜庆时刻举杯畅饮，
我让你喝两杯，自己却喝一杯的命令，
这不平等的事情你是否心中记仇？

战友，我真舍不得让你走，

我曾听，你在歌咏比赛时引吭高歌，

男儿血性的呐喊震撼在我的心头；

我曾看，你在电脑键盘上飞奔行走，

不断变幻的方块世界让我不停闪烁着镜头；

我曾跑，为你在军事大比武场上鼓劲加油，

我紧攥的拳头渗出了血也不知松手。

战友，我真舍不得让你走，

几载的朝夕相处，我们情同手足，

几载的共同拼搏，我们风雨同舟，

几载的窃窃私语，我们永说不够。

军旅生涯使你把刚毅、勇敢与胆识拥有，

强硬的肩膀敢于亮剑，任凭狂风雨骤，

军旅铸就了我们人生一段不朽的风流。

战友，我真舍不得让你走，

可年迈的双亲盼望你去赡养、侍候，

家乡的建设等着你去开拓、领头，

在我们即将离别依依不舍的时候。

我只好拍拍你的肩、握紧你的手，道一声珍重，

等待我们再相逢、再拥抱的时候，

让我们共饮一杯战友情深、事业有成的美酒。

俗话说"酒不醉人人自醉"，可今天的我滴酒未沾，全身无力似乎醉倒，被战友们挽回宿舍。我在轻微的眩晕中还是有点不敢相信，自己真的要脱下穿了整整20年的军装吗？自己要摘下戴了20年的军帽和军衔吗？自己要告别魂牵梦绕的军营和朝夕相处的战友吗？心中的那份失落与依恋是何等强烈，非从军之人是无法体会其中的滋味与感受。我这时才真正懂得了每年老兵退伍、干部转业时，战友们为何都相拥哭成泪人，似恋人般依依告别；我真正理解了为何战友分别后，还能像一家人一样保持终身的联系与情意。

军营生活的最后1天

• • • • • • • • • •

　　在我们转业干部离开香港军营前的最后一天，驻港部队为我们举行了隆重的向军旗告别仪式。在我20年的军旅生涯中，以前曾参加或主持过19次欢送仪式。今天是第20次参与这种仪式，自己成了今天被欢送的主角。我在前往仪式集合地点——驻军总部大楼的路上，告诫自己不要激动、不要伤心，更不要流泪，仪式只是给即将离开部队的军人一点安慰而已。

　　当我们来到欢送仪式现场时，只见"向军旗告别仪式"的横幅悬挂在主席台正中，主席台两边彩旗飘飘、战旗猎猎，仪仗兵高擎军旗正整装待发，高音喇叭播放着《当兵的人》《驻港部队之歌》等军歌。我虽然对这种场面已习以为常，但今天总有一种酸楚在心中涌动。当我看见曾经朝夕相处、带着营队进驻香港、现任驻军作训处副处长的张杰战友正在集合整队时，我的泪点被瞬间引爆，眼泪迅速流满面颊。张杰副处长见到我在队伍中不停流泪，便跑过来拍了拍我的肩膀说："好兄弟，不要流泪，相信你是最棒的。"

"向军旗告别仪式"是部队最隆重、最庄重的仪式之一。仪式主要包括迎军旗、奏军歌、宣读转业干部名单、向军旗告别并宣誓、军转干部代表发言、部队首长讲话等内容和程序。今天的告别仪式由驻军政治部主任刘将军主持，首先进行大会第一项议程：迎军旗、奏军歌。当我听到熟悉的《中国人民解放军军歌》响起，看到三位英俊的战友擎着军旗、迈着矫健的步伐从我面前经过时，不争气的眼泪再次在眼眶里打转，我眨了眨眼睛、深呼了一口气，未让眼泪流出来。

刘将军宣布进行大会第二项议程：向军旗敬礼和告别宣誓。我们面对军旗，庄重地抬起了右臂，朗读起那段再熟悉不过的告别誓词："我退出现役后，依然保守党和军队的机密，继续发扬军队的优良传统，永远保持军人的革命本色，为家乡建设发展再立新功！"这段词我早已熟记于心，当我想到今天就是人生中最后一次向军旗敬礼，最后一次重温这段誓词时，眼泪不停地在眼角打转。

刘将军宣布进行大会第三项议程：为军转干部献鲜

花，卸摘军徽、军衔。当一位年轻漂亮的女兵微笑着站到我的面前，为我献上一束以牡丹为主的鲜花时，我噙满泪水的眼中变成了一片红色，我强咬着舌尖不让泪水流下来。当听到女兵轻轻地说"首长好，请允许我为您摘下军徽、军衔"时，我的眼泪像断了线的泪珠一串串落了下来，我用鲜花挡住自己不争气的眼泪，但我清醒地知道自己从此刻起就真正与军营彻底地画上了句号。

刘将军宣布进行大会最后一项议程：让我们以热烈的掌声，请驻军副司令致欢送词。这是一位新调任到驻港部队的首长，我从未与这位首长有过交集，今天是第一次听此首长发表讲话。副司令清了清嗓子后讲道："同志们，我首先代表驻军首长、机关向你们光荣退出现役，投身到地方现代化建设的大舞台表示衷心的感谢和热烈的祝贺！"

副司令的第一句话就让我有些反感，明明是部队提出让我转业，剥夺了我继续从军的愿望和权利，这是我所不愿想，也不愿做的事情，为何还要向我们表示祝贺呢？副司令在给军转干部敬了一个军礼后说道："你们当中绝大部分人员是首批进驻香港的优秀军人，在部队练就了过硬的本领，转业到地方后一定具有很大的优势。你们具有高超的管理指挥能力，具有钢铁般的毅力与意志，又亲身经历了香港回归的洗礼，到地方后一定会大有作为、大有用武之地，我们等待着你们的好消息。"副司令讲话结束后，下面传来了有点稀里哗啦的掌声。

这位我并不熟知的副司令的讲话，虽然中规中矩，没什么可挑剔的地方，但让我感觉基本是官话、套话，无用之言、刺耳之语，对我们的转业安置、努力方向没有一点指导意义。此刻对转业干部的教育与引导，就应该帮转业干部疏通地方关系、写封介绍信、教点具体办法、整点到地方工作实在可用可行的办法，这才能引起军转干部的共鸣，获得军转干部的掌声。现在再给我们讲空洞之言、搞心理宣传战，对这些从军十年以上的"老兵油子"是没用的。首长的讲话让我有些失望、失落，泪水也不再流了。

"向军旗告别仪式"结束后，留队的战友与转业的战友依依惜别，我悄悄躲进厕所，告诉自己不要想得太多，更不要发什么牢骚。我深知：每一个离开军队的人，其内心深处依然爱着军队，爱着军人这个身份，依然关注着军队，关注着战友。因为流淌在身体里的血液，早已深深烙上军人的印记，在军营经历的岁月早已成为自己生命的重要组成部分。

俗话说得好啊，铁打的营盘流水的兵。离开并非自己不爱也并非自己所愿，每个人面对现实和生活都需要做出太多的选择。我从此刻起就要离开军营，从此与军队的联系只剩下了曾经的记忆、心中的念想，但我始终期待着人民军队更加强大，期待人民子弟兵能够早日成为真正受人尊重、令人向往、确实有生活保障的神圣职业，只有国防强大人民才能安居乐业啊。

在军旅告别仪式结束后，部队组织军转干部乘坐大巴车，走马观花式地游览了港岛的市容、海洋公园、维多利亚港湾……当我们经过香港会展中心紫荆广场，远远看到中央政府送给香港的紫荆花雕塑时，1997年7月1日香港回归那天的自豪与光荣感油然而生。我面对高高飘扬的五星红旗和紫荆花区旗，禁不住轻轻吟唱起了《驻香港部队之歌》，同车的战友们也慢慢随声合唱起来，车内逐渐演变成了一场大合唱。

> 五星红旗飘扬在香港上空，
> 八一军徽映着我们的笑容。
> 威武文明之师，
> 祖国的钢铁长城。
> 在陆地、在海洋、在天空，
> 肩负着神圣的使命。
> 爱我人民，像爱父母兄弟，
> 捍卫主权，重于宝贵生命。
> 让东方之珠更加灿烂更加辉煌，
> 我们多么自豪光荣。

五星红旗飘扬在我们心中，

八一军徽凝聚我们的忠诚。

我们香港驻军，

发扬优良传统。

扬国威、壮军威、展雄风，

不辱历史的使命。

爱我香港，像爱自己的眼睛，

爱我香港，献出满腔热情。

愿中华腾飞更加繁荣，更加富强，

我们多么自豪光荣。

　　按照香港驻军的规定，我们这批军转干部要于下午4点到石岗军营集中，再集体乘车离开香港返回内地。我回到九龙枪会山军营已是中午12点整，距我离开驻守了1966天的香港仅剩4个小时，我的军旅生涯也仅仅只有最后4个小时了。我仰头闭目躺在英军留下的布面沙发上，什么事也不想做，什么话也不想说，什么人也不想见，我只想在驻港军营多待一会，我只想让时间真正地停顿下来，让自己的思维也停下来，延长自己在军营停留的时间。

　　距离出港离队的时间只剩最后2个多小时，我表面显得异常平静，心里却翻江倒海腾巨浪。我时而漫不经心地躺在床上，回忆自己20年军旅生涯的精彩片断。一会又猜想着到地方后可能出现的困难，更多的时间是看着简单的行李发呆、发滞、发木。我把最美好的青春奉献给了伟大的国防事业，现在不愿去回顾和思考更多的事情，只想让自己进入暂时的休眠状态。我的心情与歌曲《故乡的云》产生了完全的共鸣，忍不住哼唱起费翔演唱的歌。

天边飘过故乡的云，
它不停地向我召唤，
当身边的微风轻轻吹起，
有个声音在对我呼唤。
归来吧，归来哟，
浪迹天涯的游子；
归来吧，归来哟，
别再四处漂泊。
…………
我已是满怀疲惫，
眼里是酸楚的泪。
那故乡的风和故乡的云，
为我抹去创痕。
我曾经豪情万丈，
归来却空空的行囊。

那故乡的风和故乡的云，

为我抚平创伤。

归来吧，归来哟，

浪迹天涯的游子；

归来吧，归来哟，

我已厌倦漂泊。

我已是满怀疲惫，

眼里是酸楚的泪。

那故乡的风和故乡的云，

为我抹去创痕……

在我即将离开军营的最后一小时，营部通信员唐新元带着营部几位战友帮我收拾着行李、打理包裹。新元是我最喜欢、最难舍的一位战友，哥俩平常在一起时是无话不谈，从不分上下级、老和少。可我此刻的心情是越来越沉重，话语也是越来越少，真不知跟新元说什么好。新元见此安慰我说："教导员，您不要为转业而难过，凭借您出色的才能与本领，相信您到地方是站在了更大的舞台，一定有更大发展，我等着以后继续借您的光呢。"

我有点有气无力地对新元说："你把我收集了多年的政治工作资料送给接任的教导员，把我积累了多年的军事资料送给营队军事资料室，把我摆放了多年的一辆坦克模型留给你自己，把对营队建设有用的资料全部留下吧……"行李简化到最轻的行军状态，背包打成入伍时的整洁、扎实、好看。我已听到了房门外全营官兵正整队集合，准备热烈欢送我的哨声与脚步声。

离开部队的时间越来越近，可我一点也不想跨出宿舍半步，我知道这一步的跨出就意味着结束自己半辈子的军人生活，意味着军旅生涯即将成永久的思念与回忆。前来送别的战友已挤满客厅，小唐跑前跑后地热情招待战友们。我在卧室里擦拭着止不住的眼泪，真不想以泪眼婆娑的样子出现在战友面前。孟向前连长了解我心中的苦闷，轻轻地敲了敲卧室门后说："教导员，时间来不及了，我们出发吧，你永远是我们的好首长、好大哥。"

真正到了离开部队的时候，才知道自己对军队的情有多深、意有多真、爱有多浓。我关闭好宿舍的门窗，背起简单的行装，对着镜子看了看自己的小平头，放任眼泪肆意流淌。我庄重地向空荡荡的房子敬一个军礼，义无反顾地跨出自己居住了1966天的宿舍。守在门外多时的营部战友们疯狂地向我涌了过来，全营官兵已从我宿舍大门列队站到了军营大门口。这场面比我入伍离开家乡的时候热闹多了，可此刻的心情也比当兵离开家的时候糟糕多了，我强作笑脸与战友们依依握手告别，强忍着不让眼泪流出来。

当我踏上自己乘坐多年的军绿色的吉普车时，眼泪像开闸的河水一样喷涌而出。司机夏琪为我开车多年，他将车开得很慢很慢，想让我再次看看曾经守卫多年的东方之珠。香港理工大学、红磡火车站、尖沙咀、旺角、维多利亚港湾……一幅幅熟悉而亲切的画面从身边慢慢地闪过，从军20年的一幕幕场景在我脑海里不停闪现。当香港警察指挥我们加速行驶时，我默默念道：再见了，美丽的香港！再见了，火热的军营！

"论成败、人生豪迈，大不了从头再来""是金子总会闪光的"，我曾多次用这两句话来激励战士，现在成为安慰自己的精神力量。我决心从现在起，从零起步，从头再来。不管前面的路在何方、道路是否平坦，我将勇敢地接受各种风雨雷电的洗礼，努力适应训练场之外的市场经济大潮。当我想到这里时，心里似乎平静、淡然了许多，便昂首挺胸地回到了改革开放的前沿城市。

自本
风色
流

BENSE
ZIFENGLIU

第二章　艰难选择工作岗位

　　从单一的部队生活转移到复杂的地方工作，这犹如学生参加高考一样重要。这对每一位军转干部来说都是人生的重大考验与转折，能否安排一个合适的工作岗位，关系到个人后半生的前途与命运。绝大部分军转干部都拥有一颗顺其自然的平常心，相信组织的公平，服从政府的安排。可树欲静而风不止，少数军转干部的"蠢蠢欲动"又引起其他军转干部的骚动不安，军转安置都不想输在"起跑"线上。大家在等待分配期间只好"八仙过海，各显神通"，在茫然中寻找寄托，在盲目中寻求关系，最终还是服从组织的安排。

60多天的放松与困惑

　　我在得知部队确定我转业之初，心中暗自定了一个小小的计划，就是回家后一定好好地睡上三天三夜，睡到自然醒，睡到黄昏落。因为在我整整20年的军旅生涯中，部队的战备状态让我们不能睡安稳觉，战士的思想动态让我们不能睡放心觉，夜训的频繁活动让我们不能睡舒服觉。练习夜战是我军部队的必修课，深夜紧急集合是部队经常性的必然课，每晚带队查岗查哨是基层干部的必备课。能好好睡一觉成了我在部队最奢望、最可望而不可即的梦想。

　　我在部队还产生了一种神经质，非常害怕晚上电话铃声响。在部队有句顺口溜：天不怕，地不怕，就怕半夜来电话。这种半夜的电话不是部队组织的夜战演习，就是上级机关开展的夜间军事考核;不是部队立即出动参加抗洪抢险、抗震救灾的命令,就是自己所带的部队出了事、所管的战士惹了麻烦……在我20年的军营生活中真的渴望能睡个好觉。

我现在成了一个无官一身轻、等待分配的普通老百姓,进入了一个什么也不用想、什么也不需要管、什么事也不用做的完全放松状态,终于可以睡上一个毫无牵挂的大觉了。我要利用这段轻松的休闲时间,把自己在部队因忙碌所缺少的觉补回来,把自己在部队曾想体会的裸体觉睡起来,真正享受一下无责任、无负担、无压力状态下的甜美梦乡。

在我回家的第二天早晨,待家人上班和上学之后,我喜笑颜开地走进卧室,把黑白两层窗帘紧紧地合拢在一起,关闭了电视、电灯和手机等一切电器设备。尽量不让一丝阳光渗入,不让一点声音与信息进入。我破天荒地把自己脱得一丝不挂,四仰八叉地躺在温柔松软的席梦思床上,长长地舒了一口粗气,使劲地伸了一个懒腰,庆幸自己现在终于可以放心睡大觉了。

我在部队时沾床就能入睡,战友的呼噜声、梦话声、放屁声对我不会产生影响。行军时可以边走边眯着眼睛歇一会儿,开会时可以端正坐着眯一会儿,站岗时可以手握钢枪睡一会儿,躺在硬硬的炮塔上依然可安然入睡。尤其是1997年7月1日进驻香港后，我安排好哨兵和值班人员，一觉整整睡了14个小时……地球对军人来说就好像是一张大床，无处不可以承载军人甜蜜的睡梦。

我今天躺在宽大、柔软的席梦思床上，虽然很快就进入了一种半睡眠状态，可很难把我带入深度的熟睡之中，找不到在部队时那种渴望睡觉的甜美感觉。我在床上翻来覆去地来回折腾，始终处于一个似睡非睡的状态。我暗处责怪自己太贱，有福不会享。我熟睡了不到一个来小时，一个又一个的梦魇便在我有点迷糊的大脑中缠绕、交叉、迂回，让我茫然失措、叫苦连天。

我梦见自己不知什么原因被部队开除了，回到了老家成了一个无业游民，原来热情、好客的乡亲们都远远地躲着我，我想给乡亲们解释和到政府部门申诉，可没一人愿意听我讲话；我梦见自己转业后被安置在一个濒临倒闭的乡镇企业，原本的小康家庭突然变成了吃救济粮的贫困户，远远看着原来的好战友、好哥们进高档酒店、进歌舞厅，我却在为给父亲的孝顺钱、家人的生活费、孩子的学费发愁……

尤其是梦见已逝去多年的母亲、二姐，她们披头散发地来找我，责问我为何不在部队好好干而转业，为何多年不回家乡来看望她们。我哭泣着诉说自己在部队的奋斗与对亲人们的思念，可母亲根本不听我的任何解释。母亲说到气愤时还狠狠地用锄头敲打我。当母亲用尽全力将锄头砸向我时将我惊醒，我狠劲地摇了摇头，不知自己现在身处何地，睁开眼睛看到的是漆黑一片的房间。我这才发现自己早已汗流浃背，脸颊上、头发上豆大的汗珠正不停地滴到枕头上，床单也被汗水湿透了一片。

初冬的天气已有些凉意，头枕着打湿的枕头，身躺在湿透的床单上，全身倍感一股凉意侵袭和疲倦无力。我顺手抽出湿枕巾丢到地下，翘起屁股把床单扯出后扔到床边，平躺着任思绪遨游与畅想。过去的人与事、眼前的事与情，五湖四海任我游，天南海北任我想。我想最应该办、立即要办的事情是回家给母亲扫墓，看看久违的亲朋好友。

当我想到要回家乡的时候，这才想起自己已有多年未踏上家乡的土地了，确实欠家乡、欠家人的太多了，确实应该回家看看亲人们了。我猛然翻身起床，拉开窗帘，哼着歌曲《敢问路在何方》的小调，光着屁股跑进了洗漱间。任由冰凉的自来水从我的头发和面颊上流淌，刺骨的冷意穿透身体并让我的大脑清醒许多，身体也仿佛一下轻松许多，补觉的想法也荡然无存。

当我带着一种衣锦还乡的兴奋回到阔别多年的家乡时，真有一种"少小离家老大回，乡音未改鬓毛衰"的感觉。当我置身于熟悉而又陌生的家乡的土地上时，有一种不可言说的激动与惆怅。家里的祖屋虽有点破旧，但依然显现着当年全县第一栋私家楼房的风采；昔日在我心中风华正茂的亲朋好友，如今已成了毛发疏落的驼背之人……我深深地感受到，人世间真是沧海桑田，历史潮流永向前啊！

我悄悄地来到母亲的坟前，静静落泪，轻轻诉说，从天亮到天黑，十多个小时不吃不喝，蚊虫叮咬全然不顾。我就想多陪母亲聊聊天，把十多年的思念之情尽情倾诉，寻求母亲的宽恕与理解。一条小小的青蛇从我身边爬过，我没有半点恐慌与躲让，甚至幻想这条青蛇是母亲来看我了，青蛇真的与我对视几眼后绕道离开。到了夜深人静的时候，我也没有一点恐惧的感觉，整天未见到我的妹妹猜想我在守墓，便来到母亲的坟地将我劝说回家。

整整20年的部队群体生活，我已习惯和适应了紧张而忙碌的军旅环境。现在突然转业到地方并处于待业状态，我真不知如何安排自己的作息与生活。在部队是按时起床就寝，现在是想睡想起由自己；在部队是排队进饭堂吃饭，现在自己进厨房炒菜做饭；在部队是天天与战友同学习、同训练、同娱乐，现在是不知找谁来聊聊天、乐一乐；在部队是紧张而有序且严肃有趣，现在是松松散散且生活索然无味……我内心不由埋怨起部队首长，为何让我转业呢！

　　我现在既不用训练学习，也不用战备检查，更不用上岗值勤。白天可以放心地睡大觉，醒来便呼朋唤友地约老乡、战友们喝酒、斗地主、打麻将，晚上与战友开心地泡泡吧、洗洗脚、按按摩、KK歌，真仿佛过上了神仙一样悠哉的日子，肩上、心中、身体完全处于一种悠闲状态。在部队欠下的觉全部补回来了，在部队未享受的娱乐项目全部享乐一番……

　　有一次，我约比我先期转业的钟诚、军林等几位哥们小聚，想了解一点转业安置的政策与办法，听听战友们对我转业安置工作的建议，顺便也和老乡们喝点我从香港带回的正宗茅台酒。我们来到当地湖北菜最有名气的"枫盛楼"酒店，五位战友各点了两样自己最喜欢的湖北菜。我们在不知不觉中将四瓶茅台喝净，我最后醉倒在酒店大堂里。钟诚事后对我说："哥，你那天太恐怖了，急着抢着要喝啊，最少喝了一斤酒。"我都不敢相信自己有这个酒量。

　　我的好战友且仍在部队服役的孟向前兄弟休假时，见我在家里待业比较苦闷和无聊，便约上郭贵臣、战东清等几位小兄弟来了一次说走就走的旅行。我们没有计划、没有目标，背起行装，向着不远处的山峦出发，到达山脚已见太阳西落，山顶炊烟缭绕，集体决定爬到山顶。当我们打着手机电筒爬到山顶时，只见山下看见的炊烟是山雾在飘荡，山顶除了茂密的树丛不见一间房舍。大家只好背靠背取暖，啃着方便面充饥，伴着"呜、呜、呜"的山林声熬到天明。

我在等待工作安置的日子里，虽然吃得很潇洒，玩得很尽兴，甚至有点离奇、离谱，但思维一直离不开"如何选择新的工作岗位，如何迈好人生第二步"这个主题，这个主题也一直占据着脑海的主阵地。我相信组织肯定会给我安排一份工作，给我一个生活的饭碗，可工作有好坏之差，饭碗也有金银之别啊，所以军转干部都把重新就业当成人生的第二次高考来重视。

本次工作安置将是我人生旅程中最为重要的关节点、关键点，这将决定本人未来人生的全部走向、人生价值、社会地位与家庭福祉。这么重要而重大的战役，我的心怎能完全平静下来呢？我在与朋友聊天或与家人闲侃时总是不知不觉地转到了工作安置这个话题上，而且还出现一些道听途说的消息，让我为自己没资金送礼、没后台帮助而感到困惑、感到忧心。

我在等待分配工作的日子里，常常回味与品味自己在部队的峥嵘岁月，真有一种光辉人生和光宗耀祖的自豪感，也真有一种当了"官"的感觉。自己站在下面有几千官兵的台上不带讲话稿、不使用话筒讲话，台下官兵听得群情激昂；自己从事政治宣传工作多年，对党的政策规章如数家珍，能够解决一个个难解的思想问题；自己面对艰难险阻冲锋陷阵，结下了一段段亲如兄弟的战友情……想到自己在部队铸成的这些优势，一种光荣感、成就感在心中荡漾，备受鼓舞。

军队的辉煌已成过去，军地双方的对比更让我惊醒万分。军队是玩命的训练场加战场，地方是拼命的商场与市场；军队是以服从命令、听从指挥为天职，地方是以改革、创新、发展为动力；军队是以服务人民为宗旨，地方是以抢占商机为目标；军队是直线加方块的简单生活，地方是拼搏与奋斗的繁忙日子……我是不比不知道，一比吓一跳啊，感到自己与社会真有点脱节了。

训练场与战场、市场与商场，一个个"场"字在我脑海里蹦来蹦去。同一个"场"却是完全不同内涵、不同性质、不同战法的"场"哟，没有更多的相同性和可比性啊。我是一个在部队工作、奋斗了半辈子，把最美好的青春奉献给国防的人，自己到地方能做什么、会做什么呢？我能不能适应地方的工作环境、生活习惯呢？我会不会被社会与历史淘汰、被朋友笑话呢？

一个个问号在我脑海里闪烁着、一个个疑问在我思绪中旋转着，让我困惑迷茫、百思不得其解，也根本没法找到说服自己的有力答案。我便找各种理由来安慰、宽慰自己。我想自己抛家舍业驻守国防20年整，堂堂的一名中国军队中校军官，曾做过军、师、旅、团的宣传干事，公开发表了过百万字的文章与报道，又是首批进驻港香港的优秀军人。我的转业安置总不会差到说不过去吧，政府在安置上要讲原则，也得讲贡献、讲能力吧！

可我在部队时就曾听说过，现在军转干部到地方安置难、难安置，安排到稍好一点的单位和岗位都必须有关系、拉关系、请吃饭、送红包，方方面面打点到位才行。我也曾在媒体上看到过这样一则消息，说一名副团职干部转业到中原地区某一个县级市，为安排工作花尽了在部队期间微薄的积蓄，最后依然未安排到合适的工作岗位，在妻子和社会的讥讽之中跳楼自杀。

我仔细回忆自己从军20年的军旅经历。在银装素裹的北国驻守8年，天天与山为伍、战备保卫边防，仅有的一点微薄的工资，也大多贡献给了祖国的铁路事业；选调到四季如春的南疆驻守8年，天天封闭在军营练军事、学粤语，为确保部队顺利进港精心准备。营区外的高楼一天一个样，可这似乎与军营内的我们没关系。我的父辈是"泥腿子"出身，生老病死都得靠我来负责。我何来关系可找，何来厚礼可送，何来路子可寻呢？

想到这些现实让我有点不寒而栗，悲观情绪油然而生。军人的性格决定我不能"束手就擒"，必须"破釜沉舟"。我躺在床上打开脑海的搜索引擎，挖空心思地查找各种关系，搜寻各类人脉。家乡驻本市办事处的黄主任、有"地下组织部长"之称的李总、在市纪委工作的陈主任……当一个个熟悉的名字在我眼前闪过时，又一个个被我否决，我深知自己与这些人还达不到能办事的交情。

当我搜索到市委办公厅政研室胡副主任时，沉重的心情似乎一下轻松起来，仿佛身处冰天雪地的裸体人突然见到了灿烂而温暖的阳光。胡副主任是我在驻港部队时的业务领导，也是一直以来非常关心我的首长，并以师级干部的身份转业到市委机关工作，成为负责全市体制改革工作的牵头人，成为军转干部二次就业的成功典范，也是所有军转干部羡慕的代表人物。

我真有一种"踏破铁鞋无觅处，得来全不费功夫"的喜悦，决定先到胡副主任那里去听指示、求真经，看自己的转业之路该如何起步，如何行走。我迅速拿起手机给胡副主任发了一条短信："首长好！我拟明天来拜访首长，可否？"公文式的短信发出后，不到30秒便收到胡副主任的回信："热烈欢迎，明天下午两点半，市委大院406室。"我从信息上可以看出，首长依然保持着军人的风格和作风，可用两个字来形容——爽快。

与老首长2小时的促膝交流

　　首长痛快地答应与我见面，让我倍感激动与舒坦，沉甸甸的心情一下轻松了许多。当晚睡了一个最舒心、香甜的安稳觉，醒来已是上午10点多。我穿上印有"八一纪念"的运动服，沿着临近海边的滨海路跑了起来。当跑到沙嘴村边时，看见了一间间挂着转灯的发廊。部队是绝不允许军人进发廊的，这是驻港部队不可触碰的"红线"。我现在属于军地双方的"空管"地带，又看见窗户玻璃上写着"洗剪吹30元"的标价，于是第一次走进了危言耸听的发廊。

　　发廊内坐着几位统一着装的女子，不见传统理发店的椅子和洗脸盆，只有一排小铺炕，铺炕之间用布帘隔离。我真仿佛刘姥姥走进了大观园，确实有点不知所措，想退回去又觉得太丢男人面子。一个穿着有点暴露的洗头妹对我说："您是洗中式还是洗泰式呢？"我不明白什么是中式，什么是泰式，心想自己不能给香港驻军掉价啊，于是选择了价格较贵的泰式。按照洗头妹的指引，我静静地躺在硬硬的洗头床上，不敢直视洗头妹火辣辣的眼神。

洗头妹唠唠叨叨地讲个不停，问我需不需要更好的服务，今天能否办一张优惠卡。我不冷不热地回答道："我今天只是来体验一下，感觉好的话，以后就会经常来。"我此时只想闭目养神思考一下，下午如何开口向胡副主任请教。洗头妹的手艺还真是不错，洗头发、按穴位、捏指头、揉肩膀，还帮我刮了刮并不长的胡须，清了清面部的一些黑斑点。我不敢与洗头妹有更多的交流，但感觉发廊并没有传说中的那样可怕与邪恶。

军人是最遵守时间规定的，一般会做到分秒不差。我按照胡副主任提出的下午两点半见面的时间，下午两点二十时到达了市委大院正门。虽然市委大院有点陈旧，与周边的高楼大厦格格不入，但显得庄严肃穆，更是戒备森严。两位身材高大威猛、眼睛炯炯有神、身着笔挺礼服的武警战士持枪站立在岗台上。我在繁华的香港驻守了5年多，曾进港府参加交流活动、与香港明星联欢，营区对港人开放，也算是见过一些世面之人，可见到这样的场面也有敬畏之感。

市委大门左侧聚集了十来名农民工，他们手举"请市领导为我们农民工撑腰""请市领导为我们农民工讨薪"的纸牌。五名腰佩手枪、手持警棍、面无表情的警察面向上访者站立着，十来名协警手持盾牌紧紧地围在上访者身边。我心中的城市是一个充满爱心、充满包容、充满财富的地方，为何会出现这种讨薪的情况呢？看着这几位头发凌乱、穿着破烂的农民工，一股同情心、失落感弥漫在心中，暗暗咒骂那些拖欠农民工工资的黑心老板。

我整理了稍显瘦小的驻港军服，心情稍有紧张地来到哨兵面前。两个武警战士见到我肩饰中校军衔，立即立正敬礼并礼貌地说道："首长好，进市委大院请到右侧的传达室登记。"哨兵的礼节与尊敬让我自豪之感油然而生，心中的胆怯感也荡然无存。我礼节性地回礼后来到传达室窗口，递上自己的军官证后说："我到市委政研室找胡副主任汇报工作。"

一位长相还算标致的女接待员头也不抬，顺手接过我递过来的军官证后冷冷地说道："你等一下，我打电话问问。"我看到这接待员冷若冰霜的脸，真为市委大院有这样的工作人员感到羞愧。我转过身望着路边可怜的上访人员。这些农民工是从何处来，因何原因在此上访，是否有我的同乡呢？有钱的老板为何自己花天酒地，却忍心拖欠农民工的工资呢？我心里暗想：政府应该把这样的老板抓起来、关起来，让这些老板们也尝尝打工仔的艰辛。

我正在天马行空地猜想着这十多个农民工的窘况与遭遇，想着市委传达室竟然还有这样冰冷的接待员时，身后传来了一声比刚才稍微热忱一点的声音："解放军同志，请你到市委大楼406室，胡副主任在办公室等你。"我接过军官证后冷冷地对女接待员说了一句："同志，你在此处工作代表着市委、市政府机关的形象与素质，请你今后对来访者说话态度和气一些、热情一些。"说完后挺胸抬头朝市委机关大楼走去。

市委机关大楼显得有点破旧、寒酸，水泥面的外墙已长满了青苔，狭小的停车场竟有黄土外露。我真没想到，真没想到啊，市委、市政府机关，竟然在这么简陋的楼房里规划全市发展、指挥全市行动，从这里发出了无数创造中国奇迹、引领城市发展的指令和声音。

我经过大楼门卫验证后走进市委大楼，只见大厅正中央矗立着一张邓小平同志大型油画，四周白色的墙壁一尘不染，坚硬的大理石地面油光水亮，陈旧的木质窗户擦得窗明几净。我是第一次来到市委机关，心里真有点发虚和紧张。我在一楼的走廊里来回踱步，注视着来来往往的机关工作人员，想从中找到一点机关工作的端倪，以便应对与胡副主任的交流。只见几位穿戴整齐、文质彬彬、手拿文件夹的年轻人匆匆走过，我猜想这些人可能是政府机关具体办事的一般工作人员；有几位戴着眼镜、端着水杯、提着文件包的中年人站在电梯旁谈笑风生，一眼就可以看出是在政府机关工作多年的干部，肯定在大院里也有一定的"江湖"地位。

我本想乘坐电梯上楼，可又不想与这些"文化人"一同挤电梯，便沿着还是水泥栏杆的楼梯向上爬去。我边爬边想：这里精英荟萃、人才济济，自己能否进入这个大院工作呢？能否与这帮有能力之人为伍呢？自己在军队练就的一点技能能否在这里有用武之地呢？当我有点气喘吁吁地爬到四楼时抬头一看，只见胡副主任已在406室门前等着我呢！一股温情涌上心头，心中的彷徨与沉闷荡然无存，真有一种迷路的孩子找到家的感觉。

我有点兴奋地三步并作两步跑到胡副主任面前，挺胸、立正、敬礼并大声喊道："首长好！"胡副主任伸出右手食指放在嘴前小声说："兄弟，这是市委、市政府机关工作之地，不是可以大喊大叫的部队训练场啊。"我不好意思地吐了吐舌头，微笑着走进了胡副主任的办公室。我虽然是第一次走进胡副主任办公室，却没有一点点的陌生感，仿佛到了自己的家一样，不停地东瞧瞧、西望望，从头到尾、从上到下仔细地巡视了一遍。

胡副主任现在已是副局级干部了，可办公室并不宽敞，更不豪华，与我心中的想象有较大的差距，但办公室收拾得非常整洁有序，处处显示着军人的痕迹和氛围。棕色办公桌上整齐地堆满了文件、报纸、笔砚，两个书柜内摆满了书籍和驻港部队的一些纪念品，窗台上一盆君子兰青翠欲滴，一盆杜鹃花红得耀眼，墙角有序地堆放着一些报纸和礼品袋。

办公室里最为醒目的当属悬挂在墙壁正中央的两幅照片：一幅是江泽民同志视察驻港部队时，与香港驻军正营以上干部的合影；一幅是香港特区第一任行政长官董建华先生视察驻港部队时，慈祥地注视胡副主任并亲切握手的照片。我非常熟悉这两幅照片的来历，因为我当时就在活动的现场，并且是活动现场的组织与协调者，可无缘也无资格走进镜头之中。

"兄弟，你是来检查工作的吗？快坐下喝茶吧！"胡副主任幽默的招呼让我的脸一下红了起来，感觉有点自作多情真把自己当领导兄弟的窘迫。我赶紧坐在有点发硬的皮质沙发上，端起胡副主任早已泡好的功夫茶小杯，一下子真不知如何开口，从何说起。我故意将茶杯放在嘴边慢慢品着，偶尔还放在鼻子下闻闻香味，装出一副很懂功夫茶的样子。

胡副主任看出了我的窘态后主动说道："我听说你今年准备转业啊？在部队干得好好的，为何突然要提出转业呢？为何不提一个副团职再转业呢？你这个级别的军转干部在地方可不好安排，比较吃亏哟。"胡副主任的一席问话真是直截了当、直奔主题，让我一时不知如何回答是好。我有点苦笑着回答道："首长，您在部队这么年轻有为，有发展、有作为、有前途，您都选择了调转船头，我这样在部队没出息、没奔头之人只好抛锚靠港，到地方继续跟着您干啊。"

我与胡副主任天南地北、家长里短地闲聊了一阵，可就是不好意思开口说出想请老首长帮忙找关系，安排一个好工作的请求。胡副主任好像猜透了我心思一样，又直奔我最关心的主题问道："你今年转业后有什么计划和打算呢？是想到哪个具体单位、具体岗位，做什么工作呢？近几年来，本市接收的军转干部数量大，地方安置压力大，很多军转干部安置都不太理想啊！"

我一时真不知道如何回答，又慢慢品了一口功夫茶后说："首长，我现在是特别迷茫、特别苦恼啊。对地方什么政策、什么单位均是一无所知，可以说是一窍不通哟！我也不知本市今年哪些单位要人，也不知去哪个单位好啊。听说现在军转干部安置难，凭关系、找路子才行。您是我在地方认识的最大的官，也是我在部队的老首长，所以斗胆来找您，就是想请您给我出主意、想办法，为我做主啊。"我一口气把自己想说的话全倒了出来。

胡副主任边听着我的讲话，边慢慢地端起镌刻着"和平进驻香港纪念，1997年7月1日"的茶杯品了两口，在发出"吱、吱"叫声的老板椅上往后仰了仰头说："兄弟，现在地方工作确实比较复杂，没有我们在转业之初想象得那么简单。尤其是在改革开放的前沿城市，是靠真功夫吃饭，凭真实力说话哟。你可要有充分的思想准备，树立从零起步、从头再来的思想观念。你说依靠我，这肯定不行。我有这个心，也没有这个力，确实是力不从心啊！本市讲的是公平竞争。"

胡副主任直白的语言让我感受了沉重的压力，脸上也露出了一些担忧、不悦的表情。胡副主任从老板椅上站起来，往我的茶杯里续了一点茶水，再与我并排坐在沙发上说："兄弟，你听了我的话也不要太害怕。你是经历过大风大浪、见过大场合、大世面的人，又有在军队从事宣传政治和带兵管理工作所积累的能力与经验，这些在地方是大有用途、大有作为、大有用武之地的。"

胡副主任轻轻地品了一口茶后语重心长地对我说："我现在不可能马上为你协调什么单位、找什么关系、指什么方向，但我可把自己转业后得到的一点实践经验说给你听听。根据我转业到地方工作三年多的经历来看，军转干部到地方工作之初，要亮好第一次相、走好第一步路、说好第一句话是至关重要的大事。具体讲就是要亮好'四相'，这是军转干部到地方工作成功与否的重要一步。若'四相'亮不好、亮不亮，那到地方发展的前途基本也就到此为止了。

"一是要亮好仪容仪表相。当你踏入新单位的大门时，大家会用看军人的眼光打量你。你应该显示出军人本色，展示军人的阳刚之气。衣着打扮要适当，不要过分地追新潮、赶时髦，更不能衣冠不整、不修边幅。言谈举止要得体，谨言慎行，少说为佳，切不可端军人的架子、摆当官的谱。与领导交流敬而不媚，与群众接触谦而不傲，举手投足要中性传统，表现出文化素养。

"二是亮好思想品德相。军转干部初来乍到，一定要重品德，讲涵养。要诚恳待人，实在办事，处理好利与义、苦与乐、荣与辱的关系。要注重以品德感召人，以诚信取信于人，以感情凝聚人心，以政绩站稳脚跟。切忌稍不如愿就发牢骚、说怪话，甚至撂挑子，更不要为了一官半职、一点待遇斤斤计较，甚至吵吵闹闹。与其怨天尤人，不如埋头苦干，做一个让组织和群众放心的'公仆'，相信好人终究会有好报，付出就会有收获。

"三是亮好能力素质相。任过部队主管的组织管理能力强，任过机关干部的写作能力强，任过技术干部的革新能力强。这就需要自己把握机遇施展特长，遇到机遇敢于亮剑。军转干部走上新的工作岗位后，要在熟悉环境和工作岗位的基础上，淋漓尽致地发挥特长。必须在新的岗位上取长补短。否则，很快就会显现出后劲不足，特长也会黯然失色。你在部队经历过多个岗位，尤其是管兵带兵与撰写材料的能力强，这正是地方需要的人才。

"四是亮好工作作风相。无论哪一级领导干部都喜欢思维敏捷坚定、办事干净利落、做人忠诚实在的部属；无论哪一个下属都希望自己的领导是一个有主见，敢说、敢做、敢闯的'领头雁'。因此，军转干部要把指挥部队的沉稳果断，训练场上雷厉风行的作风延续到地方的工作岗位上。领导赋予你一项困难较大的任务，要勇挑重担，勇争第一，集众人的智慧和力量，向困难开刀，用一流的佳绩，证明我们军转干部的实力。"

我从胡副主任掏心窝子的话语中，深切地感受到了首长的良苦用心。我有点动情地说："首长真不愧为军地的大才子、笔杆子，您用亲身经历总结出来的做法与经验，这真是让我受益终身的人生真谛，更是我们每位军转干部必须要学的第一课。真心感谢您把我当亲兄弟来关心，当真部下来培养。不论今后工作安排如何，我都将按您的训诫来践行。"

胡副主任笑着说："你小子就不要跟我溜须拍马、整形式主义这一套了，我可受不起啊，也没你说的这么有能力。我们作为好兄弟，我再跟你谈谈军转干部到地方可能出现的'五死'现象吧。

"一是工作上闲死。部队的连、排干部一般不安排转业，转业到地方的均是年龄在35岁左右、营职以上的干部。这些军转干部在部队有一定级别与生活待遇，可到地方后已没有年龄与专业优势，有的甚至无法适应地方工作。干跑腿的小事、苦事感觉很丢面子，不想干，搞创新发展的大事却不会干、干不了，地方政府只好给你安排一个无关紧要、可有可无的工作岗位。这些人在单位没职没权、无尊无卑，但每天着装严谨、准时上下班，闲着没事一直待到光荣退休。

"二是岗位上累死。少数军转干部比较年轻，有能力、有冲劲，转业之初想干成一番大事业。他们经常点灯熬夜写那些'应景'的材料，起早摸黑接待那些来基层混吃喝的检查组，加班加点工作成为生活的常态。这部分军转干部表面光鲜，有一定的上升空间，成了领导的心腹，可长年累月的高负荷的运转，容易患上高血压、冠心病、高血脂、糖尿病等疾病，直到干不动为止，地方职务也很难超过军队职务，甚至活活累死在工作岗位上。

"三是酒桌上醉死。当过兵的人往往都是酒场上'拼命三郎'的角色，地方领导常把这种军转干部摆放在酒桌上冲锋陷阵。这些军转干部为了单位的利益、领导的开心和军人的荣誉，经不住别人'军人喝酒就是不一般'等怂愚与刺激，完美展示'宁伤身体不伤感情''感情深一口闷'的豪情……到地方酒量是增加了，身体却不行了，少数军转干部还真醉卧酒场。

"四是职场上气死。有些军转干部和本人一样是'三代贫农'出身，在地方什么关系都没有，但争强好胜、急躁冒进。他们把刘欢的《从头再来》作为励志歌曲用来激励自己，从到地方上班的第一天起，处处像新兵一样要求自己，虽然单位上下对其评价很好，但提职晋级从来与他无缘。前几年刚从地方大学毕业分在身边工作的年轻人，昨天还称他为'老师'的小伙子，一不小心就成为他的上级。他心中委屈却毫无办法，这能不让军转干部生气嘛！

"五是官场上整死。有些军转干部年轻且有一定的专长，到地方后进入状态很快，有的还从事业务工作，担任比较重要的角色，处于比较重要的岗位，也成了单位重要的业务骨干。谁知地方单位的关系网错综复杂，转业干部不懂里面的奥秘，军人的性格更不会阿谀奉承。工作出现丝毫问题就收不了摊，也不知如何灵活解决棘手问题，更不懂得如何保护自己，最后成了承担后果的责任人，从而让自己一蹶不振。"

外面的天空已经慢慢暗了下来，街道上的路灯也亮了起来。胡副主任好像谈兴正浓，口若悬河与我交流着。当胡副主任低头看了看手表后说："哎哟，早过了下班的时间了，今天就谈到这里吧！"我热情地邀请首长共进晚餐，首长婉拒了我的好意并真诚地说："兄弟啊，你现在转业了，既不要太悲观，也不能太乐观。人生不可能什么好事都占尽，我们在部队时对家庭、妻儿照顾得太少，现在要把重点放在家庭和孩子身上。只有家庭、孩子和一副好的身体才是真正属于自己的，其他都是浮云，都可以看淡一些。"

我满怀美好的希望和憧憬而来，感受了一番思想教育与行为引导，结果多多少少带着失望与懊悔而归。首长确实给我谈了肺腑之言，相信对我也是很关心的，可对我关注的转业安置问题作用不大；首长的归纳确实有水平、很现实、很到位，但与我眼前追逐的目标不相一致；首长热情的态度和热忱的谈话让我有点受宠若惊，但不能解决我最关心的现实问题。我确实佩服首长的归纳总结能力，本次交流谈话让我大开眼界、受益匪浅，也算是一种收获吧。

与家乡领导的第1次交流

　　我因转业安置工作的事情，很不情愿地放弃军人的刚毅、正直的性格，满怀希望地去求助部队的老首长，结果接受了老首长一场政治形势与思想教育的讲座；充满幻想地去求助家乡的老领导，结果受到了一番不冷不热的奚落……当我想到安置工作刚刚起步就这么艰难，还不知有多少坎坷之路要走，真让我有点悲观失望、灰心丧气。我再不想低三下四去求人了，相信组织总会给我安排一个工作岗位。我便天天在家看新闻、读报纸，找军转干部安置的法规依据。

　　五月上旬的一天晚上，我在中央电视台新闻联播中看到，中共中央、国务院在北京召开了军转干部安置工作会议。国务院领导在会上强调指出，军队转业干部是党和国家干部队伍的组成部分，是重要的人才资源，是社会主义现代化建设的重要力量。军队转业干部为国防事业、军队建设作出了牺牲和贡献，应当受到国家和社会的尊重、优待，要尽全力解决他们的就业问题和后顾之忧……听得我是热血沸腾，从理论上感受到党和政府对军转干部的重视与关心。

上级的政策法规让人心旷神怡，上面的会议精神令人备受鼓舞，我那颗躁动的心似乎平静了许多，似乎有一种坐享其成之感。可在与同为军转干部的战友聊天、聚会时总是听到：某某已准备安置到某某局了，因为他父亲与某某市领导是好朋友；某某已初定安排到某某委了，因为他找某某将军给某某领导写了条子；某某拟安排到某某肥差的位置了，据说他与市安置办某某领导关系好……一系列的传闻又让我坐立不安，我不能坐以待毙啊。人们不是常说嘛，自己努力了，哪怕失败了，也不会后悔了。

我又打开自己的搜索引擎，在脑海里铺天盖地地搜寻，家乡省驻本市办事处黄主任突然出现在脑屏上。我与黄主任结缘于香港驻军某部装甲训练场，当时是驻军首长秘书亲自传达的首长指示：家乡省驻本市办事处黄主任率队到部队过军事日，请认真做好接待工作，确保军事日安全！首长秘书神秘地介绍说："黄主任兼任省政府副秘书长，以前曾是省驻京办主任，能力可大了，上可通天、下可入地，与本市的高层都很熟悉，你可要抓住这个难得的机会哟。"

既然是驻军最高首长下达的最高指示，我就有了超标准做好接待工作的尚方宝剑；既然是家乡省驻本市的最高行政长官，这就给了我一次结识家乡大领导的大好机会，我也应该用圆满与完美来完成本次军事日。我全身像打了鸡血一样兴奋，立即召开了驻训干部的工作部署会议，成立了军事训练、后勤保障、礼仪服务等3个小组，要求大家全力以赴、精心准备，确保本次地方领导的军事日的安全、顺利与圆满，我只是没讲出这是来自我家乡的领导。

我们用军用帐篷搭起遮风挡雨的观礼台，观礼台周边摆满了从山上采摘的新鲜野花。当黄主任一行乘坐两辆奔驰车进入训练场时，五辆装甲车立即同时发射爆震弹21响，仿佛迎接国外元首访问时的最隆重礼遇。当黄主任等来宾在观礼台就座后，连长孟向前迅速跑到黄主任面前敬礼并大声说道："报告黄主任，军事日准备完毕，请您指示！"热烈的场面、规范的动作让黄主任受宠若惊，连连作揖说道："感谢！感谢！道新首长说了算，我们听大家的安排。"

黄主任带着来宾围着最新型的防爆装甲车转了几圈，大家七嘴八舌地问个不停。孟向前连长耐心细致地给予解答，但涉及装备的性能、参数等军事秘密时，保密性挺强的孟连长总是一笑而过；李青排长给大家介绍了装甲车的武器系统，尤其是发射爆震弹的操作流程，亲自表演了两枚爆震弹的发射程序。虽然所有的来宾们均是非贵即富之人，但第一次见到、摸到军用装甲车，个个看得兴高采烈，人人摩拳擦掌，提出能否亲自实操一次。

孟向前连长见我点头同意之后，就将来宾们分成驾驶和射击两组。一组由孟向前连长组织来宾们驾驶装甲车，另一组由李青排长组织实弹射击。黄主任提出自己先试试驾驶装甲车的感觉，过过开军用装甲车的瘾。我陪着黄主任钻进有点闷热的装甲车内。我刚准备讲解装甲车驾驶操作的程序，黄主任已迫不及待地发动了装甲车，熟练地挂挡起步，装甲车徐徐跑了起来。

黄主任自我介绍说："自己特别爱车，喜欢亲自驾车。"轮式装甲车与汽车的操作方式基本相似，黄主任很快就能完全自主驾驶了，兴奋地开了一圈又一圈。几次转弯因车速太快，差点掉进训练场的防护沟里，我也被过快的车速整得有点晕头转向。待我俩一同走下装甲车后，这才发现我俩身上的衣服全部湿透了。

我们装甲训练场的跑道大约2公里一圈，每位来宾驾驶装甲车跑了5圈；每发爆震弹的价格大约500元，每位来宾操作发射爆震弹5发（驻军要求将这些过期的爆震弹销毁）。军事训练日结束时，我再给每位来宾赠送了2枚金黄色的炮弹壳留作纪念。来宾们高兴地说道："今天的军事日真有意义、真过瘾，黄主任以后要多组织这样的活动啊！"黄主任顿时倍感有面子并满面笑容地说："这要感谢老乡——张教导员，是道新首长的细致安排才有今天的收获与快乐，你们今后要多与道新老乡联系哟。"

我虽然是第一次与黄主任见面相识，可大家都说着家乡话、唠着家乡情，尤其是谈到家乡的美食与小吃，那真是倍感亲切与愉悦，真有一见如故的感觉。黄主任见太阳已快落西边时，提出我和几位主要军官一同回市里的阳光大酒店吃饭。我说："我们以后跟您去大酒店享受，您今天就体验一下我们部队的野炊，感受一下我们军人的苦日子吧。"

在黄主任带队来训练场之前，我考虑到黄主任和来宾们长期在高级宾馆、大酒店就餐，今天别出心裁地安排了战地野餐。我安排战士在训练场旁的荒地里铲出了一块平地，搭起了绿色的野营帐篷，在地上挖了四个锅台，支起了绿色的行军锅灶，安排8名战士烹制军事化饭菜，要让来宾们体验一下战地野餐的感觉，也加深地方领导对军队的理解与支持。

当我陪着黄主任边走边聊来到野炊地时，全营唯一有国家二级厨师证书的炊事班长陈涛，正挥舞着铁锹式的大锅铲，四个大铁锅上面烟雾、蒸汽缭绕，锅里飘出的香味迎面扑鼻。一大锅土鸡炖蘑菇、一大锅土猪肉炖萝卜、一大锅山野菜鸡蛋汤、一大锅万绿湖肥鲢鱼炖豆腐，清香四溢的菜味让来宾们垂涎欲滴，不停地舔着嘴唇。军地双方人员交叉围坐在用四张行军办公桌拼凑在一起的饭桌边，每两位来宾身后站立着一名形象高大、英俊的战士做服务。

装得满满的热气腾腾的四大盆菜被端上了桌，通信员潘什华、李立峰把临时收集来的军用水杯斟满江西"四特酒"，战士们给来宾们递上用树枝削成的筷子。我慢慢地站起来，轻轻咳了咳嗓子后举起杯笑着说："尊敬的黄主任、各位来宾，非常欢迎大家来部队过军事日，希望今天的军事日能让您难忘。为各位领导的身体健康、生活快乐、事业蓬勃，干杯！"

我的话音刚落，"干杯、干杯"的声音就连成一片。平常镇定自若的官员们失去了往日的淡定与拘谨，相互敬酒的喊叫声连成了一片。"为军民团结干一杯！""为尊敬的领导们干一杯！""为道新老乡的高升干一杯！"……干杯的理由千千万，不喝的理由一个不成立。伴着徐徐落下的晚霞，吹着远方湖面飘来的凉爽和煦的秋风，大家尽情地喝着、欢愉地唱着、天南地北地聊着，人性的粗犷与荒地的狂野完全交织在一起，现场形成人性大解放的原生态氛围。

　　大家都忘记了时间的概念，当月儿高悬在半空时，大家还在边喝边唱、边唱边跳。湖北民歌《龙船调》刚刚唱完，内蒙古的《草原之夜》又划破夜空……直到凌晨一点多，黄主任才带着来宾与我们恋恋不舍地告别，军地已亲如一家，兵民已亲如兄弟。黄主任紧紧拉着我的手说："张老弟，今天真开心啊。你今后有需要哥的地方，尽管吱声，不用客气，我们就是亲兄弟啦！"

　　当我搜索到家乡省驻深办黄主任，想到黄主任"张老弟，今后我们就是亲兄弟"这句话时，我最近非常灰暗而沉重的心情一下如释重负，感觉天空变得格外晴朗，前面的道路变得笔直宽阔。真有一种本市政府的任何单位可任我挑选，任何岗位由我自由选择的飘然感觉。我心里一想到这些美妙，真是那个倍儿爽，爽得我独自笑出声来。真有遇到人生三大喜中的"金榜题名"时的感觉。

与家乡领导的第2次交流

· · · · · · · · · · · · ·

我迫不及待地拆开自己转业时带回的几箱行李和书籍，终于在一个巴掌大的通信录本上找到了黄主任的手机和办公电话号码。我如获至宝地紧紧贴在胸口，想着如何开口给黄主任打电话，如何用简短的话讲一些可用的内容。我深深呼吸了两口气，又双手搓了搓自己的脸，待我心情平复一点后，便抄起家里的座机拨了过去，电话才"嘟、嘟"两声就接通了："您好！请问您是驻深办黄主任吗？我是驻港部队的张老弟啊！您还有印象吗？"我急不可待地说了一番话。

黄主任很快听出了我的声音并且高兴地说："张老弟啊，你好、你好，哥可想你啦！你现在是在香港还是在本市啊？你今晚有时间吗？我正想请你吃饭呢！"我真没想到黄主任这么爽快，这么真诚，这么够哥们儿。我正想找机会与黄主任见见面，就转业安置的事情向黄主任请教，请黄主任帮忙与支着呢！黄主任的邀请正中我的下怀，我毫不推辞地答应了黄主任的邀请，黄主任亲切的话语声让我感到是真心实意地邀请。

我放下电话开心地抱起一张靠背椅，在窄小的客厅独自跳起了快三步、慢四步，并独自引吭高歌起来：甜蜜的工作、甜蜜的工作无限好啰喂，甜蜜的歌儿、甜蜜的歌儿飞满天啰喂……我想晚上见黄主任时要有一个良好的形象，于是赶紧跑到楼下的理发室洗头、理发、剃胡须，并让洗面的小妹把我脸上的几颗黑痘也挑掉了，穿上了新颖威武的驻港军装。想到自己要请黄主任给我办事、办大事，那总得送点见面礼吧！

我这些年绝大部分时间在部队军营度过，也不知家里有什么礼物可送。我在家里翻箱倒柜地找啊、翻啊，终于在床底下翻出了四瓶陈年茅台酒。可我感觉这几瓶茅台酒还不够分量，代表不了我的心意，也可能打动不了黄主任。我又站在客厅仔细观察，发现礼品柜中有香港驻军赠送给首批驻港军官的纪念品——一柄短剑。我心中不觉一亮，这柄宝剑虽然没法评估它的真实价值，可它是重大时刻的参与者才能拥有，这可是意义非凡的礼品啊！

这柄短剑记录了我人生最光辉而神圣的时刻，是我一生中最骄傲与自豪之时的记录。虽然它的价格不高，可在我心中价值连城。我从礼品柜中轻轻地取出短剑，看到精致的包装盒上金色的"香港驻军赠送首批驻港军官，1997.7.1"大字时，我真有点爱不释手，心中一阵酸楚的感觉，把短剑取出来又放进去，放进去又取出来。为了自己的二次就业顺利，为了自己找到一个理想的工作，我咬牙把四瓶茅台酒和一柄短剑用一个环保袋包装起来。虽然从外面看不清是什么东西，但我想黄主任看到我这份礼物应该满意了吧！

我提前半个小时来到了黄主任指定的酒店，原来这里是家乡省在本市建设的办公大楼，也是家乡省驻本市办事处所在地。在这座寸土寸金的国际化大都市，我的家乡竟然在黄金地段拥有这块宝地，建起30多层的高楼，一种骄傲自豪之感油然而生。我望着大楼顶端矗立的"湖北大厦"几个字时感觉特别亲切：湖北是生我养我的地方，也是我走向社会、开创人生的起点。真是"光阴似箭，日月如梭"，弹指一挥我已离开家乡整整20年啦。如今我带着军营的磨砺与积累、军队的荣誉与辉煌来向家乡人民汇报。

我站在湖北大厦门前的台阶上，看着滨河大道奔驰的汽车和周边美丽的风光，想到自己即将从此地开辟人生的新战场，真是酸甜苦辣涌上心头。也许今后的征程要与今晚的活动有直接关系，也许我的人生路又要从家乡之地起步。我想到自己20年的从军之路，真是百感交集。想到自己20年的风风雨雨，真是感慨万千。想到自己未知未来的道路是否平坦，真是心烦意乱。我随口吟出一首诗：

十八从军离家乡，白山黑水守边防；
爬冰卧雪不觉苦，香港圆梦使命当；
而今迈步从头越，敢问苍天路何方；
功夫不负有心人，勇登高峰迎朝阳。

按照黄主任指定的聚会时间，我提前十分钟来到大厦的18楼。一位身材高挑、脸蛋漂亮的女服务员问明我的房号后，伸出纤巧的双手引我前行并轻轻推开1808房门，微微弯腰做了一个"请"的手势，我假装随意的样子信步走进房间。首先映入眼帘的是一幅两米见方的黄金镶边的迎客松国画，画中的松树姿态苍劲，翠叶如盖，刚毅挺拔，彬彬有礼，形象可爱，真正展现了"奇松傲立玉屏前，阅尽沧桑色更鲜。双臂垂迎天下客，包容四海寿千年"的寓意。

一张直径两米多的雕花圆桌摆放在宽敞房间的中间，圆桌中央摆放着一座用汉白玉雕刻的假山，晶莹剔透的山上碧绿的松柏、洁白的仙鹤、逼真的凉亭，山顶上缭绕的青烟散发着诱人的清香，山脚的潺潺流水在彩灯的映衬下别具诗情画意；房间的左右两侧各摆放着一台当时最时髦、最高档的松下TC-47P800DA背投电视，圆桌的四周站着四位如花似玉、亭亭玉立的女服务生。

正在房间侧厅与大家交流的黄主任见我进来，马上笑呵呵地快步走了过来，拉着我的手一一介绍现场的来宾。有带团来本市招商引资的省商务厅胡振副厅长、李萍副巡视员等厅级领导，随招商团来采访的省报记者，几位上次到部队参加军事日的驻本市办事处领导，还有几位在本市发展较好的同乡企业家。我被黄主任安排在主座左侧的座位上，心中不觉一阵暗自欣喜，这说明了黄主任对我的重视与厚爱，也创造了与黄主任交流的时机与场合。

我作为首批驻港军人进驻香港之后，曾参与香港特区政府举办的香港回归五周年欢庆晚宴，曾被在中央警卫团工作的军校同学带进人民大会堂的宴会厅聚餐，也曾多次陪同省部级领导和将军在香港军营就餐，更多的是接待香港市民来军营参观……自认为也算见过一些大领导、大场面的人。可今天这样豪华、高端、讲究的宴会阵仗，真有点出乎我的想象，甚至有点不知所措。我担心自己不知餐桌上的礼仪，脸上不知不觉地渗出了少许的汗珠。

几碟精致的凉菜和冒着青雾的刺身被端上了桌，黄主任站起来端起高脚酒杯说："热烈欢迎胡副厅长和各位家乡领导来本市招商引资，热烈欢迎张老弟从香港回来参加今天的晚宴。我提议为大家的身体健康、生活愉快、家庭幸福，干杯！"黄主任简短的祝酒词让我明白了许多缘由，黄主任今天为何这么爽快而执着地请我过来吃饭，我原来只是搭了一趟"顺风"晚宴。我作为现役的驻港军人出现在宴会上，也算给黄主任撑了面子，为家乡招商引资带来了一点"港味"。

我进宴会厅时的激动、喜悦之情瞬间消失许多，一种失落而担忧的滋味油然而生，感觉自己今晚的想法似乎无法实现。今晚参加宴会的人员是有身份的领导、有文化的记者、有财富的企业家，互相之间并不是太熟悉与了解。大家都比较讲究和注重礼节，说话彬彬有礼，敬酒礼尚往来，动作循规蹈矩。你敬我一杯，我回敬你一杯，完全是一种礼节式的喝法与做法。虽然大家轮番给我敬酒、与我攀谈，我看得出大家是出于对"香港驻军"的好奇，出于礼貌与尊重。

这种文明的喝酒方式，让我不禁想起了在部队大碗喝酒、大块吃肉、大声猜拳的场面。尤其是逢年过节的聚餐，最高行政长官端起酒碗一声高喊："祝大家节日快乐、身体健康！一、二、三！"官兵们双手捧起军用大铁碗齐声呐喊"干、干、干"后，毫不犹豫地把满满一碗的烈性酒一饮而尽，从没有一个谦逊和胆怯之人，完美演示了一名军人质朴、坦诚、豪放的性格与形象。今晚喝酒的氛围让我不太适应，也不太喜欢，我几次有主动出击掀起喝酒高潮的冲动，但"客随主便""随行就市"的想法让我冷却了自己。

黄主任可能感觉到宴会的气氛有点冷淡、有点沉闷，大家喝酒的积极性未调动起来，喝得也不够尽兴，便先给自己倒上满满一杯20年的白云边酒，再慢慢巡视全场后说："兄弟姐妹们，用张老弟部队的军语说啊，我们刚才进行了很多的单兵演练，我们现在整一个集体合练。大家共同把这杯酒干掉，再从我的左侧开始，每人讲一个笑话，或者讲一个段子。笑话与段子讲完后，如果大家都不笑，由讲的人单独喝一杯，大家都笑了就共同干一杯，大家看行不行啊？"

黄主任的话音刚落，大家异口同声且大声地说："黄主任这个建议好，好、好、好！"大家共同举了举杯，相互碰了碰杯，一口干完了杯中的酒。我从大家的言谈举止中，早已看出大家的情绪与想法。这些平常在省政府上班的局处级官员虽说脸上有光、心中有喜、兜里有钱，但在省政府大楼内、在省政府领导面前还是比较压抑和辛劳的。现在人在外地无人管束，终于找到了一次放松自己、放开自己的机会，只是没人站出来引爆大家的兴趣点。

我正琢磨今天谁敢第一个开场之时，只见特区报社金记者主动站起来说："兄弟们，我知道大家都喜欢打"头炮"，今天都不好意思开头炮，那我就来献丑打头炮吧！"金记者一语双关的开场语，引起了热烈的掌声和叫好声。一位女记者笑着说："那我们听听金记者的头炮打得响不响。"金记者笑着对女记者说："同行啊同行，我的段子还未开讲，你为何'高潮'来得这么快呢！"大家都明白金记者的含意，笑声更热烈了，并且把目光一下全聚到金记者身上。

金记者被称为"金大侠"，我俩的老家在同一个县城，地地道道的家乡人。我早已耳闻过他的大名，阅读过他的作品，听说过他的传奇。金记者是有文学水平、有理论深度、有哥儿们义气、有个性棱角、有美眉情结的"五有"才子。金记者双手示意大家安静后绘声绘色地说道："我啊，经常与娱乐圈人员打交道，那帮人才是真正的段子高手，什么黄段子、灰段子、最新出炉的段子、最动听的段子、让你泪流成行的段子多得是。"大家的情绪再次被金记者引爆，段子未讲也引起了三次热烈的掌声。

金记者本想开始讲段子，见大家七嘴八舌地交流着，便假装板起脸说道："大家能否谦虚一点、安静一点，先听我讲一个段子，引起大家高潮的时候，你们再交头接耳，评头论足吧。"大家再次热烈鼓掌的同时，赶紧回归原来座位，端正自己就座的姿态，双目注视着金记者，装出一副小学生即将认真听课的样子。我此刻从内心佩服金记者的胆识、智慧和掌控场面的能力，这与传说中的金记者"五有"形象完全相符，在内心不停地为金记者点赞。这也告诫和鼓励我今后在公共场合要敢于亮相、敢于展示自己的特长。

只见金记者卷了卷宽松的袖子，理了理黑里透白的披肩发，挺了挺有点笔直纤细的腰杆，清了清嗓子后镇定自若地讲了起来。金记者讲述了一位女子与领导发生了婚外情，丈夫设计在女子乳头上抹上毒药，最后害死了领导的段子。金记者在讲段子前已多次引起热烈的掌声，段子讲得也是绘声绘色，有故事情节、有智慧哲理、有男欢女爱，可大家想笑却不好意思笑起来，更没有一人端杯喝酒，因为现场有领导，也有女性。

省商务厅年过半百但风韵犹存的李副巡视员笑着说："金大侠，听说你占了不少女性的便宜，可你今天讲的段子是在变相侮辱我们女性同胞啊，你是不是应该自罚一杯呢？"黄主任附和着笑着说："老金，刚才大家没笑，罚你独自喝一杯酒吧。"其他人跟着一起起哄说要罚，金记者也真是爽快，端起酒杯一饮而尽，并把酒杯倒立起来抖了抖，表示自己已喝干不剩一滴酒了。

金记者有点带灰带黄的段子未让大家大笑起来，自己还独自享用了一杯烈酒，其他人见此也不敢随便开言了，桌上的气氛一下又冷落起来。胡副厅长指了指桌上最年轻一位小伙子说："小李子，大家称你是李来疯，夸你在厅里是最能闲侃，特别会讲'带色'的笑话，你今天为何这么谦虚而不带头讲呢？你看人家金大记者都开了头炮，讲了带色彩的段子，你就代表我们招商引资团讲一个吧，不要让大都市的老乡们小看我们家乡人哟。"

被胡副厅长称为"李来疯"的小伙子有着一副外向形象，说话却总是羞羞答答，欲言又止。我估计"李来疯"可能是刚大学毕业没几年，或许是从农村考上大学的。因我当年大学毕业之初也是这样的表现，与熟悉的人在一起总是夸夸其谈，可见到领导就脸红脖子粗，人多时还有点语无伦次。小李子听到厅长的点名后，慢悠悠地站了起来，低头环视了一下四周，用一种有点羞涩的语气说："我、我其实不太会讲段子。既然厅长让我讲一个就讲一个吧。不过，我有言在先，我是不会喝酒的，我讲完后大家不笑，那也不能强迫我喝酒哟。"

在胡副厅长三番两次的催促下，在大家并不太热烈的掌声中，小李子红着脸低着头讲了起来："一对夫妻要外出旅游，担心家里被盗而在桌上放了一张纸条，上面写着自己没钱而邻居家是当大官的。夫妻旅游归来时看到桌上放了两万元现金，纸条反面写着两句话：感谢您提供的准确消息，这是付给您的信息费。夫妻俩为自己的聪明才智紧紧地拥抱在了一起。"

在座的大多数是当官之人，实权派人物，小李子讲的段子明显有影射当权者腐败的意思。我心想：你这小子也太胆肥了吧，你也不考虑在座的领导们的面子啊，还想不想在政府部门混啊！果真不出我的预料，小李子的段子讲完后没有一点笑声和掌声，也没一人附和。黄主任、胡副厅长、李副巡视员露出了不悦的表情，餐厅突然静得连针掉在地毯上的声音也听得见。大家你转头看看我，我转头瞧瞧你，谁也没喝酒，也没人提议罚小李子喝酒。

李副巡视员真不愧为官场上的巾帼英雄，确实是官场上见过大领导、上过大场面的角儿，见气氛不太和谐便赶紧出来打圆场说："哎哟，你们男人讲得都不错，就是不太好笑。缺少男女之间的事情，我把自己的一个珍藏版段子讲给大家听听吧，大家愿不愿听啊？"当今社会当官不容易，女性当官更不容易，能当到厅级官员更是难上加难啊！李副巡视员这么诙谐的话语与点题点评，一下就将尴尬的场面扭转过来了，大家热烈鼓掌又伸长脖子屏住呼吸听了起来。

李副巡视员收起笑脸讲了起来："一位老太太在公园游玩时，看见有一对恋人正在卿卿我我。女孩撒娇说：'老公，我牙痛！'男孩于是吻了吻女孩的腮帮子后问：'你牙还疼吗？'女孩说不痛了！女孩一会儿又撒娇说：

'老公，我脖子痛！'男孩吻了吻女孩儿的脖子后问：
'你脖子还疼吗？'女孩很开心地说不痛了！老太太站着
看了半天，忍不住上前问小伙子：'小伙子你真是神医
啊，你能治痔疮不？能否也帮我亲一口呢？我若不痛了，
一定给你高价钱啊。'"

李副巡视员的"高价钱"几个字还未说出，大家的
笑就喷饭而出，一起站起来端起酒杯给李厅敬酒。金大记
者有点不好意思地说："真是女将出马，一个顶仨，我金
大侠自愧不如啊。"李副巡视员的段子就像加油机、润滑
剂，餐厅的气氛马上来了一百八十度的大转弯。灰色段子
没人好意思再讲了，黄色段子一个接一个亮相，一个比一
个精彩可笑。讲者是绘声绘色、如临其境，听者是眉飞色
舞、"泪流满面"，满桌是欢声笑语，"乒、乒、乒"碰
杯声连成一片。

黄主任见大家的情绪都调动起来了，只有我稳稳地
坐着当听众，便打断一位正准备讲段子的企业家的话说：
"兄弟姐妹们，我们听了很多地方精彩的段子，现在是不
是换个口味，听听部队的段子啊。张老弟当过军、师、
旅、团的宣传干部，是故事最多、段子最乐的人，我们请
张老弟给大家讲一个吧。"

我在部队从事和分管宣传文化工作多年，在部队也
算是一名文艺活跃分子，能歌善舞会讲也是本人的爱好与

特长。我早就估计黄主任今晚肯定会点名让我讲段子，我也在考虑作为一名驻港部队的军人，在这种场合讲段子合不合适呢？在这样的场所讲什么段子才为好呢？能够讲灰色、黄色的段子吗？

部队是一个工作绝对保密、管理严格封闭、信息过滤使用的特殊群体，但市场经济的吸引力、酒绿灯红的诱惑力也不可避免地冲击官兵的思想。一些描写老板过着酒绿灯红的生活、官员过着腐化堕落的日子的段子也传入官兵耳中。官兵们在开会前、茶余饭后也喜欢传一传、讲一讲最新听到的段子，我常常成了战友们询问新段子的对象，战友们戏称我为"段子讲师"。

部队是青年人集中之地，也是信息汇集之地，一些负能量的信息多多少少也影响了官兵的思想状况和训练热情。我曾为此专门收集了一些针砭时弊、反映现实、驳斥腐败的顺口溜，撰写了一篇题目为《从"顺口溜"看强化军人精神支柱的重要性》的文章，全面阐述了不健康段子流行的表面形式、带来的深刻危害与应对的具体对策。该文在香港驻军政工干部交流会上获得了一等奖，还获得《解放军报》举办的"如何做好新时期官兵思想工作"征文的三等奖。

香港驻军虽然驻守在繁华的国际大都市，可严格的封闭管理阻隔了与地方的沟通，繁重的军事训练压缩了战士喜爱的文化活动，但战友们在训练间隙、睡觉前夕也爱凑在一起，分享一下最新听到的好笑段子、灰色幽默。本人也是讲述与传播段子的积极参与者，不知何时被战友们称为"张段子""段子张"。黄主任这样一语双关地点将，把大家想听部队段子的情绪一下调动起来，大家热烈鼓掌后伸长脖子注视着我。

我在听大家讲段子的时候，心里早就准备了要讲的段子。我不能讲黄色的段子，但又要不失幽默与滑稽。我慢慢地站了起来，双手相握放在胸前，假装谦虚地笑着对大家说："本人是行伍出身之人，以前很少听段子，更不会讲段子，受大家刚才讲的段子的启发，给大家讲一个发生在部队的真实故事吧。我在这里还有一点请求，就是我讲完后，大家不笑的话，也请大家共同喝一杯酒，也算是我这位军人敬家乡人的酒吧。"

在大家稀里哗啦的掌声中，我第一次在与地方领导干部的聚会上讲段子。我便讲了一个基层连队干部见到将军后前言不搭后语的段子。我不知自己讲的段子好不好听、好不好笑，也不知大家是否听懂、是否理解其中的笑点。当我把段子讲完时，大家早已是笑成一团。黄主任脸上流淌出两行泪水，李副巡视员笑得弯起了腰，小李子擦拭着脸上的眼泪，也消除了刚才的窘迫之相。大家都很自觉地把杯中的酒喝干了，这也许是大家给我这个行伍出身之人的一点薄面吧。

晚宴不知不觉已过四个多小时，白酒也喝掉了十瓶，可大家讲段子、唱情歌的兴致仍非常浓厚，个个都处于亢奋、忘我的状态中，根本没有一点散场的迹象。我这是首次与地方领导深入交流，也属于第一次近距离观察地方官员的言行举止，他们本人与我心中地方领导一本正经、不苟言笑的形象形成了明显的反差。也许是大家长期工作在严谨、压抑的政府机关造成的结果吧，我也初次感受了在地方工作同样不容易，更需要超强的忍耐力和应变能力。

当晚喝酒最多的当属东道主黄主任，他已强挺着支撑在桌上应对。黄主任最后有点表达不清地说道："哥们、妹们，天下没有不散的筵席，来日方长情更长，我们找机会再聚吧。"大家均在有点语无伦次的"好、好的，感谢"告别中相互拥抱，用力地反复拍着肩、摇着手，依依不舍地相约下次再聚。胡副厅长几次拉着我的手说："张老弟，以后回老家，一定要联系我，到我们那里去玩玩，一定啊。"我双手握着胡副厅长的手不断地点着头。

胡副厅长的相邀让我想起了驻守香港时，家乡省政府组织了一个以地、市主要领导参与的赴港招商考察团。考察团在香港的最后一天是参观驻港部队，驻军一号首长指示我负责接待家乡领导。当考察团来到位于九龙枪会山军营时，我带领全营官兵列队夹道欢迎，带家乡领导参观了战士宿舍，观看装甲车的模拟演示和最新式的狙击步枪，安排领导们与战士共进自助晚餐。家乡领导们在与我告别时也是不停地跟我说着这句话。可我从未联系过任何领导，偶尔回家乡时也从不会打扰这些日理万机的领导们。

大家自觉列队目送胡副厅长离开后，又相互握手拥抱告别，我和黄主任站在宴会厅门前与大家握手。最辛苦的要数刚才未讲好段子的小李了，他左手紧紧地拉着搭在自己肩上的李副巡视员的左手，右手紧紧搂着李副巡视员有点发福的腰身，半背半拖地将已走路不稳的李副巡视员搀扶出了宴会厅。省招商团的大部分人员都住在宴会厅这一楼层的房间里，大家相互搂腰扶肩、摇摇晃晃地走在一起，东倒西歪地找着自己的房间，"服务员、服务员"的呼唤声连成一片。

我自从走出家门到进入宴会厅直至现在，就一直在寻找着合适的时机，寻思着如何开口跟黄主任讲自己转业安置的事情，可一直没抓住一个可谈事的机会。黄主任不是在与来宾谈笑风生，就是在接听拨打电话；不是在与人握手交流，就是在举杯共饮；不是在听别人讲段子，就是在评价段子讲得好坏……直到宴会结束时，我也没找到与黄主任单独交流的最佳时机，更怕影响黄主任的情绪而把事弄砸，话多次到嘴边后又一次次咽了回去。

人们常说，酒桌上的话不能算数，酒醒后就全部忘记了。我看黄主任今天也带头喝了不少酒，也不想跟黄主任谈自己转业安置的事情了，以后找机会单独请黄主任一起吃饭和娱乐时，再正式提出自己的想法和希望吧。黄主任把来宾一一送走后，又一直拉着我的手送到电梯口。我与黄主任挥手告别时说："主任，我带的一点礼物放在宴会厅里，礼薄表心意，请您一定要笑纳哟。"黄主任一听此话，便坚持要送我到楼下，我想拦也拦不住啊。

当我与黄主任面对面站在电梯内时，心里突然想起一句民间俗话：找对方借钱就是不想交这个朋友了，求助朋友办事是检验关系是否真诚的试金石。我何不趁此机会说一说呢？成败在此一举啊。当我俩一同走出电梯时，我突然停下来拉着黄主任的手说："主任，真心感谢您今晚的盛情款待啊，我还有更重要的事情向您求助啊！"黄主任连忙说："兄弟，你说吧，你说吧，不用客气，只要我能办到的，一定会尽力而为，一定会尽全力的！"

我见黄主任说话豪爽且态度诚恳，鼓足勇气且勇敢地说了出来："主任，我今年确定转业了，正在为工作分配发愁啊。您在本市关系深厚，我的工作安置还想请您帮忙啊。"黄主任露出非常惊讶的表情："老弟，你不是在跟我开玩笑吧？驻港部队是将军的摇篮，你年轻有为，为何有这样的想法？"我用力握了握黄主任的手说："不想当将军的士兵不是一名好士兵，可我没有这个能力，也没有这样的机会啊，我已完成了保家卫国的使命，并且部队现在已确定我今年转业了。"

黄主任见我表情真挚、态度真诚的样子，放下紧紧握着我的手后说："原来是这样啊，转业、转业也行啊。本市现在正是大发展的关键时期，地方建设也需要大量人才啊，你转业也正是时候啊。我本人来市的时间也不长，认识的领导和朋友也不多。关于你工作安置问题，我过段时间问问同事和朋友吧。兄弟，我们一起来想办法，一起来努力吧，关键还是靠你自己。"黄主任边说边拍了拍我的肩膀，迅速转身走进电梯上楼了。我看着快速升高的电梯，虽然醉意影响自己的思维，但也感觉出了黄主任无言的婉拒。

100天郁闷的日子

我从湖北大厦慢慢走回家，连澡都未洗就躺在床上。尽管酒精有催眠作用，可我始终无法入睡，脑海里反复回忆、猜测着黄主任今天的一言一行，认真琢磨黄主任说的话："兄弟，你在本市有什么难事，可以尽管来找我，我会尽力而为的。"现在看来此话不能当真，工作安置指望黄主任是没有希望了。出门时那种兴奋与期待的心情慢慢变淡、变暗，真后悔把心爱的宝剑送出去了。我想到离工作安置还有大半年的时间，相信车到山前必有路，有路必让我行走啊。

在我连续拜访自认为比较亲近的市委政研室胡副主任、家乡省驻本市办事处黄主任之后，挫折与失败之感已重挫我心。俗话说：人不求人一般高，人求人时真难受啊。希望变成了失望，礼物变成了废物，我干脆什么也不想，也不做，过起了自由散漫的生活。看到自己身体越来越胖，每天清晨起床围着皇岗公园跑个五公里；买了一套"经典八大菜系介绍"丛书，每天在家琢磨几道菜；我更多的时间是到姐姐开的小饭店、小妹开的小商店帮忙、看热闹、斗地主，一天到晚也过得很潇洒、很快乐，甚至产生不安排工作、不用上班的想法。

在我回到地方"待业"已半年之久时，部队通知我回队办理转业的相关手续。虽然知道自己现在已不是军人了，可我接到电话时还是倍感心酸。想到自己一辈子再也与军营无缘了，目光呆滞地仰面躺在床上，眼光模糊地望着天花板，心中实在是难以割舍对军营的挚爱。当我回到部队看望首长、告别战友，开具行政与组织介绍信，到财务部办理工资接转手续时，共领取转业费、安置费六万五千元。虽然感觉实在有点少，但这也算是部队对我从军20年的一点安慰吧。

我表面冷静地办着各种转业手续，可心中似乎有一种与亲人真正永别的伤痛，似乎有丢失了自己最宝贵财富的失落之感。自己20的军旅生涯戛然而止，以后与部队没有了任何行政上、法律上的关系，部队与我也没有任何必然的联系与牵挂了。我今后再也没机会穿军装，再也感受不到军人的自豪感了，军队只是永存于自己心中的热爱了。

我反复用"天下没有不散的筵席"和"能当将军的士兵必定为数不多"的理由来安慰自己、宽慰自己。

当我以一种无可奈何的心情办完转业手续后，独自在军营内漫无目标地走了四个多小时，总感觉还有一些心绪没释放出来，总感觉军营还牢牢拴着我的心。我望着曾经熟悉的军营大门，内心深处渴望着人民军队的强大，渴望战友们的成长进步；远远望着正在高强度训练的战友，我不敢上前与兄弟们道别，不想让战友们看到我流泪的面孔，便揣起介绍信悄悄地离开了军营。

我带着部队的介绍信回到家后，就与部队再没有关系了，部队的生活已成为回忆，成为过去不可重复的故事。我要重新规划着如何周游祖国的大好河山，接触地方的乡规民俗，整理自己充满军队元素的大脑，等待地方政府的分配方案……我还想让自己养精蓄锐，学习和掌握一些地方工作的方法与经验，做好走上新的工作岗位的战斗准备，以良好状态踏上人生奋斗的新征程。

我在等待工作安置的日子里，表面似乎无事可做，可树欲静而风不止啊。工作安置没有一点可靠的消息，没有一点清晰的思路。尤其是想到自己现在与部队没联系、与地方没有关系，没有领导可求助，没有朋友可助力，自己似乎成了一名"没爹管、没娘爱、没亲人"的孤儿。我是越想越窝火，越想越委屈，越想路越窄，一种消极、失望、悲观的情绪在心中慢慢升起，时不时还对家人也发出一种无名之火，之后又为自己的言行感到后悔。

想想自己在部队辛苦奉献了20年，现在一下变成了无业游民，一下失去了生活的方向与动力，不爱喝酒的我也时常约上战友到路边的小酒店饮上几杯、划上几拳，然后似醉非醉回家后倒头就睡；不爱玩麻将的我也常常约上几个朋友搓上几圈，输净口袋中的一点钱后独自漫步在大街上，欣赏着"三米之内必有美女"的时尚之都的美景；平常很少看电影的我也常常买上一张连场的套票，在有点令人窒息的电影院连轴转，看累了就睡觉，醒来就接着看……

姐姐、妹妹们理解我心中的苦闷，可她们又是心有余而力不足。我唯一的妹妹拿出沾满了汗渍的两万元钱，让我拿去送礼找关系，力争安排一个好的工作岗位。我满脸笑容但内心苦涩地说："小妹，我就是没有班上、没有工作干，也不会花你这血汗钱啊！哥大不了给你打工。"三姐天天做我最爱吃的饭菜，常常让辛劳一天的三姐夫彻夜陪我打扑克、斗地主。我理解三姐的良苦用心，便经常以斗地主输钱的方式来回报她和姐夫对我的爱。

回到地方虽然身体上似乎轻松了许多，生活的空间自由开阔了很多，但并没有自己想象的那种愉悦，有时感觉比在部队还要沉重与紧张。因为我即将迎来人生的第二次

"高考"，面临人生的第二次重大转折，并且工作安置的好坏直接影响着自己后半辈子的幸福指数。工作安置之事时刻占据着大脑、消耗着脑细胞，让我寝食不安，心情越来越郁闷。转业之初的那种豪气、霸气早已消失殆尽，好好地睡个安稳觉、周游祖国大好河山等设想都束之高阁。

人们常说：江山易改本性难移。我整整20年的军旅生涯，铸就了只走直线不走邪路的性格。可到地方后的所见所闻与自己的想象大相径庭。我不想扭曲自己正直的性格，可又必须适应地方的风俗习惯；我不愿厚着脸皮去求人办事，可又不得不低三下四去找人说好话；我不想失去军人的本色，可又不得不加速与地方接轨同行。我的人生道路该何去何从？如何寻找正确的生活方向？如何设计新的工作目标呢？特别是如何尽快解决眼前之难题，找到适合自己的工作岗位。我又再次打开大脑搜索的引擎，全面查询脑海里的全部"关系"文档。

香港驻军现任的一号首长与我是老乡，老家的距离仅有几十公里。首长曾到我营蹲点指导工作，对我的工作能力、思想品德都是认可的，曾鼓励我在部队好好干，要给家乡人民争光。首长名声显赫、人缘广阔，假若能为我给本市领导写一封推荐信，我的工作就水到渠成了。可反过来一想，首长的部下成千上万，亲朋好友连成一片，请他写纸条、捎口信的人该有多少呢！我一个小小的营教导员岂敢打扰首长呢，我迅速打消了这个念头。

我又想起老家同在一个镇上且打过几次交道的老乡——黄斌老总。黄总在本市建立之初就来到这里创业打拼，现已成为本市知名的企业家。传说中的黄总能量很大，有"地下组织部长"之称。安排一个就业岗位、办一个本市户口，甚至帮忙招调公务人员、春节期间买火车票等棘手问题，黄总都能得心应手地办好……可我这点经济实力哪敢开口求黄总办事呢？再说花钱办事也不是我做人的风格啊，想到此又很快地自灭了这条路子。

我听说过有一位老乡在本市纪委工作，据说这位老乡在本市的重要位置，能力很强、名声很好、善于帮人，且与我的大新表哥同在家乡县委班子工作过，两人的私交也是相当密切。我未曾与这位老乡见过面，可不可以给这位老乡写一封自荐信，附上我和大新哥的合影，向这位当领导的老乡寻求帮助呢？可我又仔细一想，纪委领导自我要求更严，我可别自找没趣啊。我搜肠刮肚地搜索出一个又一个关系与人物，又被自己一个又一个当场否定……

当我有点走投无路之际，便产生了怨天尤人之意。为何自己的人生之路总是这么多磨难与坎坷呢？为何自己的每一步都需要自己艰苦努力呢？为何自己想过一个普通人的生活都这么难实现啊？想起自己听到部队确定我转业消息之初，虽然心中涌现了与军营难舍难分之痛，但我想到终于再不用过军营这种大脑要紧绷、步伐要紧张的日子；终于可以放下肩上沉重的担子，结束天天如履薄冰的生活；终于可以过上普通老百姓轻松自在的日子，心情也就接受与平复了许多。现在感受到地方工作难安置、关系难疏通、前途很渺茫，这又加深了我对部队简单生活的向往与眷恋。

在我感到孤独无助的时候，常常躺在床上哼唱电影《西游记》的主题曲——《敢问路在何方》，更多的是常常回忆自己走过的从军之路，回忆各种光荣与光辉的经历来安抚自己、鼓励自己。我是一名从农村走出来的农民子弟，在小时候最大的理想是成为城里人，成为一位在城里打扫卫生的工人也行。我如今已是一名革命干部，曾率队威武雄壮和平进驻香港，也曾风光无限地衣锦还乡拜见父老乡亲，现在还有什么不知足的呢？

我有时自信地宽慰自己，我卫国守边20年整，曾到四所军事院校学习深造，曾任军、师、旅、团的宣传干部，发表了上百万字的文字材料，大小也是一名中校军官。本人作为优秀人才被选到驻香港部队，并成为首批和平进驻香港的军人之一，在香港最复杂的军营驻守五年多，成为香港驻军的优秀党员并荣立了三等功。我有了这些经历、能力和光环，组织上多少也得尊重个人的能力，照顾一点个人情绪，安排一份体面的工作吧？

当我想到自己驻守在白雪皑皑、遥远偏僻的北疆山村时，《夜色阑珊》这首歌曾深深打动我，朴实流畅的歌词唱道："晚风吹过来，多么地清爽，深圳的夜色，绚丽明亮。快快地飞跑，我的车儿，穿过大街小巷，灯光海洋，闪耀的灯光，伴我心儿在歌唱，问声美丽的姑娘，你的心是否和我一样。我的青春，我的世界，在这时刻，如此辉煌。我的希望，我的向往，幸福时光，永远难忘……"我曾被动人的歌曲打动，被美丽的经济特区所吸引，心想能有机会到经济特区看一眼该多好啊。我现在已安家在经济特区，并且将有份体面的工作，自己还有什么不满足的呢！

母亲曾告诉我，在我出生的时候，小小的县城修了一条小小的水泥路，父亲便给我取名为"道新"。道新、道新——"道是平常心，心常平是道。"这便成为我人生永久的座右铭，也成了自己受到委屈、遇到困难、遭遇不幸时而安慰、鞭策自己的格言警句。知足才能常乐、常乐就要知足啊！我随之便豁然开朗，似乎放下了一切思想包袱、释放了一切伤感情结，并做好了听天由命、顺其自然的思想准备。我由此如释重负轻松了许多，仿佛自己的天空湛蓝了许多，见到朋友重新现出了灿烂的笑容。

紧张而忙碌的60天备考

随着自己思想的开通，产生了一通百通的效果，自己的心情也愉悦了许多，精神轻松了许多。我考虑到本次工作安排关系到自己今后的社会地位与福利待遇，关系到自己以后的家庭生活与个人幸福，这必须引起我思想上的高度重视。我告诫自己不能懈怠，必须不懈努力，"不到黄河不死心""不撞南墙不回头"啊。工作安置没有尘埃落定时就不能"刀枪入库，马放南山"。

我改变了自己前段时间单纯找关系、走后门、送礼物的想法与行为方式，把自己进攻的方向和努力的着眼点放在市军转办明确的"考试选岗"规定上，放在靠本领吃饭、靠能力说话的基础上。我坚信"上帝赐给凡人的命运是公平的""功夫不负有心人"的人生真谛，相信好人必有好报，善行必有善果的道理。我要用真实的自我、真实的水平、真实的本领来引起地方安置部门的关注，让地方领导来挑选我、引进我，把安置的被动变成就业的主动。

我听说许多政府部门需要能写材料的人员，能撰写材料的人员在地方很吃香。自己长期在部队从事宣传文化和文字材料起草工作，曾在军队和地方报纸杂志上发表了数百篇文章，参加全国、全军等各类征文比赛获奖二十余次。地方政府部门不正需要我个人的特长与能力吗？我终于选准了行动的方向，也拥有了行动的力量，更有了任政府部门争抢的自信。

我把自己历年来在报纸杂志上发表的数百篇"豆腐块""大块砖"收集起来，按照讲话稿、经验材料、新闻报道、小说诗歌等门类进行了细致的整理，把地方领导希望和喜欢看到的文章放在前面，将自己30多份征文获奖证书复印，再按发表年份编印成厚厚的一本文稿集。我分别寄给了认为有一定社会地位的地方领导、市分管军转干部的组织人事部门领导、自己渴望去的地方单位领导，我想这样大面积撒网总能收获"一条小鱼"和一个理想岗位吧。

我主动找到市组织人事部门汇报思想、展示才能、了解政策、寻求指点。从市军转部门得知本年军转干部安置实行"双向选择、公平考试、择优录取、靠后统分"的办法。就是市里把安置军转干部的具体岗位、人数公布出来，由军转干部在考试前先选择自己想去的单位和部门，再参加市里专为军转干部组织的《行政职业能力》和《申论》的统一考试，最后根据考试成绩的高低分配到所填报的单位和部门。当报考同一岗位的报考人数超过招录人数时，未能录取的人员则由市统一安置和分配，其中大部分人员将分配到市公安部门，也有百分之十的人员需要安置到企事业单位工作。

我得知今年是本市接收军转干部最多的一年。因为以前规定是军人配偶的户籍必须迁入本市八年以上，军转干部方可进入本市安置工作；现修改为军人配偶户籍迁入本市两年以上，军人转业即可进入本市安置工作。政策的变化使本市今年接收军转干部的数量倍增，共有600多名军转干部符合新的政策，这也使本市政府的安置压力巨大，军转干部之间的竞争压力倍增。不论这些是好还是不好的消息，我都有了行动方向明确的信心，与战友同场竞技的自信。

在我艰难等候8月之久，已到了秋风起、秋叶黄之际，市里终于张榜公布了"军转干部岗位安置一览表"。将本市安置军转干部的政策、岗位、数量等内容全部张榜公示，供全市军转干部参考、选择与填报。我站在一览表前反复观看、琢磨、选择，可真不知道在申报表上填写哪个部门、哪个单位为好。虽然填表是非常简单之事，但要填准、填好确实是难办之事啊。这跟学生高考后填报志愿一样，真是风险与挑战同在，运气与后果并存哟。

我在填报工作岗位之前，也曾反复找人打听有关情况，征求与听取在地方政府工作的亲朋好友的意见与建议。最终得出的结论是：税务部门工资高、待遇好，可招录的人数少、报考的人员众多。我是想报而有点不敢报，香港驻军一帮年轻的军转干部个个是精英啊。国土规划委、交通运输委、科工贸信委、审计局等实权部门社会地位高、关系广，可自己起点低、专业不对口。这些好的政府部门是我想去的单位，可我没有这个实力参与竞争哟。

我也听朋友们介绍说，市政府信访办接触市领导机会多、升职空间大，可又要面对当今最难办、最令人头痛的上访事件，还要经常受到市民愤怒的指责，甚至殴打，我也不想去受那份罪；公安部门招收人员多，可公安部门太辛苦、危险性大，我刚脱下军装又不太想再穿制服……我最大的希望是找一份工作稳定、体面、相对轻松，自己能够胜任，又有一定升职空间的岗位。

我站在"军转干部岗位安置一览表"前久久徘徊、左顾右盼地看着其他军转干部填写的"岗位申报表"，最后确定在招录人员较多的市工商局、市海关、市交警局这三个单位中选取。可规定每名军转干部只能填写一个工作岗位，我便决定采取抽签的形式，来确定报考的单位。我将一张卫生纸撕成三个纸条，写上三个单位的名称，将纸条搓成三个小纸团后扔在地上，闭着眼睛随意摸了一个小纸团。我凝视着纸团暗想，假若是市交警局就是最佳选择。当小心翼翼地打开纸团一看是"市工商局"，内心虽不太喜欢这个单位，但这是命中注定之事，我便非常坦然地在岗位申报表上填写了"市工商局"。

当我填报好报考单位后，好战友、好哥们刘泉约我去小酌几杯，我以今晚已有安排而婉言谢绝。我心中早已郑重承诺，在本市军转干部工作安置考试之前，我不参加任何应酬活动，全身心地投入到备考之中。因为这是一场决定我后半辈子命运与幸福的事情，关系到我一个人、一家人甚至一个大家族福祉的大事。我将要与600多名军转干部同场竞争，谁考得好，谁就能金榜题名、造福全家，就能"挺立潮头唱大风"。何等重要之事，谁敢轻视，谁敢不重视呢！

我跟父亲和少数亲朋好友说明情况后，立即关闭了手机和家里的座机，断绝了与外界的一切联系。我跑到本市最大的书城精心挑选了多个版本的《行政职业能力考试题集》，每天至少做两至三套考试试卷；我报名参加了某培训机构组织的公务员考前培训班，十天的培训费竟然要六千多元，可班上竟然有十多位与我一样的军转干部。我心中唯一的信念和个人的行为就是学习、学习、再学习，真是"两耳不闻窗外事，一心只读圣贤书"。

有一天，我正躲在家里做模拟试卷，只听见"咚、咚、咚"的敲门声。我不想耽误复习任由敲门声响，当听到"大哥，我是钟诚，快开门啊"的喊声时，我才赶紧起身开门。只见好兄弟钟诚左手拎着一只烧鸡和一些熟食，右手提着两瓶白酒。"哥，听嫂子说你封闭在家复习，好久未闻酒香了，我特地来慰问你一下。"我看到香喷喷的烧鸡，忍不住地咽了咽口水，并强忍着诱惑说："兄弟，我现在的头等大事就是复习备考，已定下了这段时间不沾半滴酒的承诺。烧鸡给哥留下，酒你拎回去。"我接过烧鸡把好兄弟劝了回去。

经过两个多月"头悬梁、锥刺股"般残酷的刻苦学习，比当年参加高考还认真地做习题模拟，我走进了设在市人才大市场的军转干部岗位安置考核专场。大家在进场前都在谈笑风生，表面轻松自在，相互握手道好，可内心里都在暗自较劲发力，在没有硝烟的考场上展示自己真正的实力。

虽然说战友亲如兄弟，在真正的战场上可以舍身忘己，但现在是同场竞技争红旗、夺第一，真正到了冲锋亮剑的时刻，任何军人都不会示弱、不会怯场，只会勇猛向前冲。这让我想起了曾经看过的一本书《将军决胜岂止在战场》，战场上是刺刀见红，胜负决定生死。战场之外同样需要敢于亮剑，狭路相逢勇者胜。同场竞争与战友之情无关，竞争之后的战友之情方显更加珍贵。

当我感觉良好走出考场时，好哥们儿刘泉已站在我考场门前，拉着我进了路边的一家湘菜小酒馆。当我爱吃的毛血旺、红烧肉上桌后，兄弟俩一杯接一杯地干了起来。我俩把两瓶15年53度的"白云边"喝见底，相互搀扶着走出小酒馆时，只见小酒馆周边站着、蹲着好多刚同场竞技的军转干部。有的面红耳赤争论着刚才谁喝得多、谁喝得少，有的相互高声争辩着考题的对与错，还有两位战友坐在地上抠着喉管、不停地吐得脏物满地……我猜想这帮哥们也许跟我一样，奋战两月，两月未沾酒味，考试结束就完全放松了。

"时间就是金钱，效率就是生命"，这是诞生于本市的现实写照与宣传标语，折射出本市人"追求效率"的一股拼劲儿。我不得不佩服本市的工作效率，在我们考试结束后的第2天，考试结果就正式公布出来。我竟然以92.5分的高分名列报考工商局岗位的第3名，市工商局招录人员为16人，我进入该单位便成了板上钉钉的事情。我这才发现考税务部门的人员确实厉害，最高分竟然达99分，我这成绩报考了也达不到录取的成绩标准。

工商局是负责市场综合管理，统一登记市场主体并建立信息公示、管理各类商事主体的政府部门，能到这样的单位也基本符合我的愿望。这个部门比上不足比下有余，更重要的是给了我一颗"定心丸"。我再也不用做那些不愿做的"求爹爹、告奶奶"、找关系、走后门的事情了，焦虑、惆怅了近十个月的心情终于得到了放松，也算对得起老祖宗的期待了，在同辈人与同龄人中也算出类拔萃了，现在只需要静心等待市工商局的上班通知了。

我又在家安心、轻松、畅快地大睡了两天两夜，洗去了身上的疲惫与心中的烦恼，打开了关闭两个月之久的手机。我把年迈且身体不便的父亲接到家中，帮老人洗澡按摩，好好孝敬了一番，补偿自己多年来欠下的"孝顺帐"；我带着年幼的儿子游览了主题公园，把平常想看而没时间看的四大名著再次仔细阅读了一遍，又邀请在本市打工的姊妹们到家好好聚了一番……真是无官一身轻啊！毫无思想负担、毫无精神牵挂、毫无责任担当的日子让我乐不思蜀、流连忘返，我真想永远过着这样无忧无虑的生活。

自本
色
风流
BENSE
ZIFENGLIU

第三章　围剿黑网吧的雷霆行动

　　经过近一年痛苦的煎熬和漫长的等待，我最终被安置在自己没想到、没报考，也不太喜欢的市文化局。这个单位似乎与我在部队的经历、自己的特长有着紧密的联系，可我对此单位实在没有期待、没有兴趣。市军转办已下达安置工作的通知，个人只有服从组织安排和顺从天意吧。我相信"金子在哪里都会发光""人才处处是舞台"，便决定在这个并不中意的舞台开创自己的未来。

与直管领导第1次见面醉瞢腾

白驹过隙、日月如梭，转眼到了秋风扫落叶、寒气渐浓的时候，我离开部队、等待安置已快一年整了，可依然未接到上班的通知。我心中虽然想着反正上不上班，政府都会一分不少地给我发工资，但心里总想着能够早日到新单位报到，弄清自己最终的工作单位、具体岗位、单位地址以及工资待遇，安居才能乐业，乐业才能安心，安心才能发展啊。

我在一种渴望上岗的情绪之中，迎来了到地方后的第一个元旦节。逢年过节就是部队最忙碌、最紧张的日子，要让全国老百姓安心过节，军人就必须提高警惕、加强战备；过节要让战士休息好、玩开心，军官要代替战士站岗、做饭。我现在终于可以放心地与家人一起过节了，这也是我曾经梦想了很久、期待了很久的轻松日子。可长期军营封闭管理的生活，让我面对三天假日真感到无所适从，不知做点什么为好，我初步感受到了军地之间的差距与自己的落伍。

陪着家人漫步在皇岗公园，奔跑在梅沙海岸，陶醉在世界之窗……轻松快乐的日子过得真快，三天假期似乎在瞬间完美谢幕。在元旦结束后的第一天下午，我正在家津津有味地看着俄罗斯著名作家托尔斯泰所著的《战争与和平》，小说那气势磅礴、宏大复杂的结构与严整有序的布局令我震撼。托尔斯泰以天才之笔，游刃于战争与和平、心理与社会、历史与哲学、婚姻与宗教之间。小说主次分明，匠心独具，巧妙的构思与人物的描写令人钦佩。

书中讲述的安德烈·包尔康斯基、彼埃尔·别素霍夫和娜塔莎·罗斯托娃三位主人公爱恨情仇的故事，引起同样是军人出身的我的共鸣。常常触动我多情而敏感的情感细胞，让自己常常随着主人公的情绪波动、激荡与流泪。军人的牺牲岂止在战争，平常的奉献比战争的拼杀更为坚韧与艰难。

正当我沉醉在《战争与和平》书中的情节时，我的手机发出了"伟大领袖毛主席教导我们，革命是群众的战争，只有动员群众才能进行战争，只有依靠群众才能进行战争"的响铃声。我打开折叠手机一看，屏上显示的是陌生的电话号码。我猜测可能是骚扰或广告电话、求我办事或约我喝酒的电话，任由手机铃响而不接。可电话铃长时间响个不停，我很不耐烦地按下了"拒接"键。

我还未将手机放到桌面上，手机铃声又响了起来。我有点不高兴地接通手机说道："你是哪位啊？我现在正忙，你过会儿再打吧！"我未待对方说话就怼了回去。电话中传来一串谦陌的男中音："您好！我是市文化局的小林。请问您是道新同志吗？我有点事想与您沟通一下。"

这个陌生的电话真让我有点惊讶，尤其是提到市文化局更让我惊诧不已。自己在市文化局没有朋友和业务联系，这位自称小林的人为何知道我的电话呢？并且还说有事要与我沟通一下。一个敏感且有点失望的念头在我大脑里出现，是不是有关我的工作安排呢？我可没填报市文化局这个单位哟，再说我也不喜欢到文化部门工作啊，一连串的问号在我脑海里快速地闪现。

我带着明显不满的情绪和有点生硬的声音回答说："你好，有何指示？"军人习惯了的军语又脱口而出，并且带有对文化部门不屑一顾和婉拒的语气。我在部队从事宣传文化工作十多年，常年熬夜写材料，领着战士敲锣打鼓、唱歌跳舞，实在是辛辛苦苦；这岗位在部队又不显重要，个人进步只能让出道、靠边站。我已下定决心，到地方不再从事自己比较擅长的文化工作。

"道新同志，您明天下午有时间吗？文化局人事处领导想约您谈谈工作安置的事情。您若有时间的话，就请来市委大院对面的文化大厦会议室。"小林同志热情而亲切地几句话，果真应验了我刚才的预料，可这又确实出乎我的意料。市军转办明明规定是"双向选择"啊，为何市文化局的同志给我打电话，难道半路上杀出个程咬金，这与市军转的政策与规定也不相符啊，关键是我不喜欢这个单位啊，我一时真不知如何回答为好。

"哦，原来是这样啊。我也不知明天是否有时间哟，若有时间的话就过去，没时间的话就另约吧。"我一边有点不冷不热、心不在焉地回答，一边在心里打鼓。地方的文化局是不是与部队文化工作大同小异呢？无非就是写写画画、唱歌跳舞、吹吹喇叭——表面风光无限，其实无职无权、不实惠而被人瞧不起。我可不愿意到这个"空洞无物""举目无亲"的单位工作呢。我在心中"哼"了一声并"啪"的一声挂掉了手机。

我当晚莫名其妙地感觉食无味、夜难眠，在昏昏沉沉与反复辗转中难以入眠。我一会儿梦见自己站在数千官兵面前慷慨激昂，与战友们在各类球场上争锋斗勇，真有一种叱咤风云、指点江山的快感；一会儿又梦见自己到市文化局后，拉着锣鼓箱送戏下乡时无力前行，与转业战友相约聚会时无人理会……我整夜迷迷糊糊在部队与地方之间的场景中转换，在兴奋与失望的变化中折腾，在明天去不去文化局面试等问题上反复地折磨着自己。

我经历了整整一夜没一刻深度入眠的煎熬，决定不论结果如何，今天下午还是去市文化局看看情况再说吧。此时天已大亮，我的睡意袭来，便把手机调为静音，然后舒展身体，很快进入了甜美的梦境。这一觉可睡得真甜、真香，睡梦中一点杂质也没有，自然醒来时已是下午两点多钟。我打开手机一看，共有十二个未接电话。其中，市文化局小林的手机打了四次，两个座机也分别打了四次，我猜想这些电话可能也是市文化局的工作电话吧。

我不紧不慢地给小林回电话说："小林同志吗？我在家睡觉，手机静音所以没听到电话，对不起啊。"小林有点生气地说："您这架子有点大啊，昨天与您沟通好了，您今天竟然多次不接电话。您现在有时间吗？我们副局长和人事处长还在办公室等您见面呢！"我也有点生硬地回答："我又不是故意不接电话啊，确实没听到嘛。既然领导们在等，那我现在过来吧。"我心里却在埋怨：我又不稀罕到你们单位，谁让你们主动选择我啊。

我不慌不忙地起床，慢条斯理地洗洗脸、刮刮胡子、喷喷发胶，梳洗打扮一番。我感觉肚子有点饥饿，迈着小四方步到楼下的"沙县小吃"店吃了一碗馄饨，这才慢慢吞吞地坐上开往市文化局的377路公共汽车。我一路上随心所欲地欣赏着车窗外的车流、人流，到达市文化局大楼时已是下午4点整。我心想：领导们待不待见我无所谓，对我印象好坏无所谓，留不留我在本单位更无所谓。我不满意的话还不会留在此单位，因为我有到市军转办申诉的正当理由。

我心目中的文化大楼应该是一栋有花草相绕、装修时尚、富有内涵的楼宇。当我真正走近市文化大楼才发现是一栋比较低矮、破旧的楼房，楼顶上矗立的"文化大楼"四个字已经锈迹斑斑。整栋大楼被四周的高楼大厦所淹没，显得特别矮小、特别寒酸，与相邻的档案大厦还相差五六层楼呢。从文化大厦的形象与规模上就可以看出，市文化部门确实是一个没有什么社会地位、没有什么社会资源的弱势群体，是一个不受领导重视和公务人员喜爱的政府部门。

我围着文化大楼前后转了两圈，久久地不愿走进这栋对我吸引力不大的楼房。因为这一步的迈进将成为我人生一个新的转折点，将真正成为我从军队到地方的分水岭。我从此以后，除了内心保留的对军队的情感和回忆外，除了那些还没有离开部队的战友外，我将彻底与军队无任何关系与纠葛，20年的从军路将真正成为历史的回忆。我从此以后将成为地方的一名普通的公务员，并定格在这个并非如愿的政府部门走完自己的人生与事业之路。

我两眼发直地靠在文化大楼外面的围栏杆上，思绪却像深南大道上的车水马龙来回奔跑。自己从转业前的志忑到转业时的不舍，再从转业后的焦虑到如今安置中的不安。其实我的内心已比较坦然了，到地方无论是什么单位也基本能接受了，只是还有那么一种军人情结萦绕在内心的深处。有时吃饭时看到新闻里正在播放着某支部队演练的新闻，有时走在大街上看到穿着军装的人，我都会注目观看，或许还有那么一瞬间情感爆发和思维发愣。

我不愿走进这栋文化大楼，也许是因为自己还陶醉在一种梦幻之中，割舍不下对军营的眷恋。我嘴上说不怀念部队那的确是欺骗自己，虽然当初痛快答应了部队的决定并选择离开，但作为一个有感情、有尊严的军人，七千多个日日夜夜的军营沉淀，在我内心深处早已烙下了太深的印记。我人生最美好的年华全都留在了军营，人生最富有激情的岁月都贡献给了军营，人生最光荣自豪的时刻都谱写在军营，今天就是我人生之中军队与地方的分水岭。

军营留下了我最冲动、最激情、最阳光、最愤青的时光，也留下了我最温暖、最向往、最缠绵的生活。我也发泄过对规定的不满，也曾为了军人荣誉而拼搏。20年的军营生活让我流过泪水，挥过汗水，淌过血水，爱过、恨过、骂过、怨过、喊过……这些人生所有的复杂的情感融合在一起，最终都化为了对部队、对军营、对军人铭刻于心的寄托与思念。

我更深深地知道，自己选择离开部队的原因是复杂的，是无奈的，也是出于一种现实情况和长远规划的综合考虑而得出的结果。我热爱军营，我不想脱军装转业，但军队的发展已不能容下我的意愿，人生的无奈只有"选择转业"这条唯一的路可行。现在也分不清谁是谁非、讲不明孰对孰错了，一切只有放到未来时间的长河中去慢慢检验和感受吧。

现在事实已摆在面前，况且地方文化部门到底好与不好，自己也并非完全了解与清楚。我又仔细一想，工作安置好了能怎样，不好又能怎样，与其纠结其中，不如早做决断重新开辟新天地。我坚信：军队铸造了我忠诚的灵魂，培养了我刚毅的品性，塑造了我勇于拼搏的精神，我就能用军人敢于亮剑的精神，去接受市场经济的风浪与考验，相信自己一定能经受住地方大风大浪的考验。

正当我站在市文化大楼前左顾右盼的时候，只见一位年轻英俊的小伙子快速走到我面前，笑着说："您是道新同志吧？我是市文化局的小林，欢迎您的到来。"我一听到"同志"二字，一种亲近之感在心中涌动，心中原有的一些抵触情绪降低了许多。小林给人一种精明、能干的感觉，我边走边跟他再次解释了电话未接的原因，同时也表达了自己的歉意。

　　我跟着小林走进文化大楼，乘坐一部有点陈旧并发出"嘎嘎"响声的电梯来到四楼，只见一条有点幽暗、狭长的走廊墙面上挂满了一幅幅彩色照片。有中央领导来视察市文化工作的照片；有国内外明星参加市文化活动的剪影；有举办大型文化活动的花絮；有基层群众文艺演出的片段，其中还有一些到军营慰问演出的明星的照片……我似乎一下走进了高雅文化艺术的殿堂，跟我想象中的文化部门似乎不太一样，心中产生了一种敬畏、羡慕之感。我原本缓慢地行走着，突然加快速度跟上小林的步伐。

　　小林领着我走进位于走廊中间的会议室时，我快速"扫描"了一下会议室的装饰和与会人员。只见屋顶上布满了多种镭射灯具，还有一个可以组织演出的小舞台，一张长长的椭圆形会议桌上摆放着几盘橘子、花生和糖块。几位比我先期抵达会议室的人员正在愉快地交谈。其中有我熟悉的香港驻军的傅处长，与我同时参加了军转干部安置考试的海军某部俱乐部夏主任，大家见我进来都露出笑容，我进门时的紧张心情一下舒缓了许多。

　　在小林同志的陪同和介绍下，我分别与在座的市文化稽查大队苏大队长、刘副大队长，局人事呼处长、执法队黎队长、杨队长等一一握手，并习惯性地敬上一个军礼。当我与老首长傅处长握手敬礼时，傅处长在我肩上狠狠地拍了一下说："兄弟，大家今天因你已三次改变会议时间啊！今后可不能这样干哟。"当我与从海军转业的夏主任握手时，相互心照不宣地笑了笑。我瞬间似乎改变了想法，产生了就在市文化局工作的想法与决心。

呼处长见我坐下后便开门见山地说："道新同志，在你到来之前，我们已与另外两位军转干部进行了交流，他们均表态愿意来市文化局工作。你是局领导从市军转办挑选出来的，不知你是否愿意来本局工作？根据你在部队从事宣传工作的经历，局党组研究决定把你安排在局办公室负责文字材料工作，但编制只能暂时放在市文化稽查大队，任友和向阳同志也安排在这个大队工作。我们今天请你过来，就是想听听你对工作安置和岗位安排的意见。"

正当我琢磨如何回答呼处长的问题时，只听见苏大队长说："我们市文化稽查大队的职责和任务是加强对全市文化、广播影视、新闻出版、文物等市场的监督检查，负责查处演出和娱乐、网吧及上网服务、电子游戏、美术品销售、文物经营等活动中的违法行为，查处违法安装和设置卫星电视广播地面接收设施，违法接收和传递境外卫星电视节目及走私盗版影片放映行为，查处图书、报纸、期刊、音像制品、电子出版物、网络出版等方面的违法违规出版活动和印刷、复制、出版物发行中的违法经营活动。"

苏大队长喝了一口茶后接着说："我们还承担着全市

'扫黄打非'的有关工作任务。因为本市毗邻港澳，文化市场庞大，这里是国家意识形态的前沿阵地，也是国家宣传、新闻等相关部门重点关注的热点地区。我们的文化执法工作具有较大的挑战性、风险性、战斗性，很需要有文化、有胆量、有思路的军转干部来充实我们全市文化执法队伍。"苏大队长最后动情地说："我也是一名有过军旅生活经历的人，真诚欢迎你们三位军转干部来市文化稽查大队工作。"

呼处长的讲话中带有明显的武汉腔，有一种乡音乡情的味道，让我感到非常亲切与亲近；苏大队长的工作情况介绍，改变了我对文化工作的固定观念；走廊内悬挂的各种文化活动的照片，也是令我神往的工作场景。我对文化工作有了一个重新的定位和评价，感到文化部门并非我自己想象的那样没地位、无作为，"扫黄打非"不就是实打实的事嘛！

领导们的讲话、现场的感受、两位军转干部的引领，让我的思想观念发生了急剧的变化。初步改变了对地方文化部门工作的偏见，增加了对文化市场管理的兴趣。自己也不想再选择、再纠结了，有正式的公务员岗位就挺好了。我马上表态说："感谢市文化局领导的关心与厚爱，我非常愿意到本局工作。我的编制既然是在文化稽查大队，我就直接到文化稽查大队上班吧。"

苏大队长和呼处长异口同声地说："军人就是军人，说话办事就是干净利索！"苏大队长站起来说："为了欢迎三位军转干部的到来，今晚由我以一位老战士的名义举办欢迎晚餐，欢迎三位军转干部加入我们战队。请今天与会人员，特别是请呼大处长一定参加哟！"我来前不愿意到文化部门工作的想法现在已完全打消，此刻对文化部门的偏见完全改变，感觉自己被安排到了一个比较理想的工作岗位，这是一个有作为、有发展、有乐趣的好单位。

第一次与地方单位领导见面，感到地方领导比军队首长要亲近和随便一些，没有军队那么森严的级别关系，这点真让我有点喜出望外。小林大声说道："各位领导，今天的晚宴就设在文化大楼右侧的新城大厦VIP888房，请大家自行走过去。"在苏大队长热情的引领下，呼处长、各执法队队长和我们三名军转干部依次走出会议室。

待地方领导走出会议室后，我们三位军转干部才跟随离开。我首先来到老首长傅处长面前，庄重地敬了一个军礼说道："首长好，我是您的老部下，以后请您多多关照！"海军转业过来的夏主任跟我紧紧握手说："你们两位都是老大哥，以后也要多多关照小弟哟！"傅处长微笑着幽默地说："咱们三人都是曾穿军用裤衩的人，今后必须尿在一个尿壶里啊！"

晚宴酒店与文化大楼只有一墙之隔，我们不到五分钟就走到了酒店大堂。只见大堂中间挂着一副对联：美酒佳肴迎挚友，名楼雅座待高朋。对联虽然用词普通、通俗易懂，但对仗工整、字字珠玑、自然天成，真实地反映了酒店的文化素养与品质。大堂内有一排翠绿的竹子、一条循环流动的小溪，几条金鱼在小溪内嬉水。大堂装修显得清爽优雅、安静自然，华而不俗。

打扮艳丽的迎宾小姐把大家领进宴会厅后，大家站在桌边相互聊天，谁也不好意思率先落座。机灵的小林见状马上大声说道："既然大家不好意思就座，那就由我来安排吧！请今晚的东道主苏大队长坐正中间位置，呼处坐在苏大队长的右侧，三位军转干部分坐两边，其他领导穿插在军转干部中间吧！"在大家相互客气之中，我被推到呼处长右侧的位置上，这真让我有一种诚惶诚恐的感觉，但也感到这是一个与呼处联络老乡感情的机会。

大家刚刚落座完毕，桌上只摆上了一盘拍黄瓜、一碟炸花生米，苏大队长便站了起来，高高举起了大约五钱的酒杯笑着说："我今天特别开心，我们大队迎来了三名优秀的军转干部，这为我们大队增添了新的力量和强大的战斗力。我提议，为了三位军转干部的到来，为了感谢呼处长对大队的关心，也为了大家的幸福与快乐，干杯！"苏大队"干杯"二字话音未落，大家站起来端起酒杯一饮而尽，我也未加思考便仰头将酒灌进嘴里。

我们在部队喝酒时，有三杯过后尽开颜的做法，就是酒的前三杯必须共同举杯。我正期待苏大队长如何引领前三杯时，只见苏大队长给自己酌满酒后说："同志们，听说驻港部队喝酒不醉，海军喝酒有海量，大家要多敬三位军转干部几杯啊。"随着苏大队长的一声暗示与指令，整个酒桌迅速热闹沸腾起来。各位执法队长纷纷走到我们三位军转干部面前敬酒，什么自己特别崇拜军人、我们同住一个小区、我们是老乡等等都成了敬酒的理由。

傅处长是香港驻军的大笔杆子，喝性情酒也是出了名的，可今天却保持一副非常冷静、稳重的样子；夏主任是一种典型的浙江文化人的形象，大家也不知他是否能喝酒，反正别人敬酒时他总是以自己不能喝而婉拒。我看到地方领导们的热情相劝，自己的军人性格完全被激发出来。我心想：当兵的人喝酒怕什么呢，第一次与地方单位领导喝酒，咱不能给军人丢脸啊，到地方踢出的第一脚要踢好啊。

我想，既然你俩不放开喝就由我来"维护军人形象"吧，我独自也要把当兵人的面子争回来。我不知不觉成为"火力"攻击的重点对象，成为被敬酒的主角儿。大家是排着队轮番给我敬酒，我对大家的敬酒是来者不拒，同样真诚回敬一杯。李队长来敬酒时说："听说兄弟在我们东北那旮旯儿工作了十多年，俺是东北人，咱们真是有缘人啊，我敬兄弟三杯酒一定要喝啊！"我一个"喝"字出口，跟着李队长把三杯酒喝得一滴不剩。

黎队长早已在我身旁等候，见李队长一离开便对我说："兄弟，我最仰慕、最敬佩的就是军人。你们九七年进驻香港时，我是冒雨相送啊。哥俩也一定要喝三杯！"我二话没说就与黎队长连碰三杯。我在将黎队长敬的酒仰头倒进嘴时，听见李队长用低沉的声音对杨队长说："老杨，老张酒量看来不错，你要重点关照啊，关键时候就看你老杨的了。"杨队长"嘿、嘿"两声后说："你放心吧。"此刻的我虽有点恍惚，但明白大家是想试试我的酒量。

我刚才跟随大家走进餐厅落座时，曾想着今天要表现出素养、适度与酒量。届时要真诚敬苏大队长几杯，我们都有从军的经历，也可以称呼为战友啊；我也要给管人事工作的呼处长敬几杯，我们都是来自荆楚大地，亲不亲故乡人嘛；我要好好敬几位执法队长几杯，让他们了解和见识一下军人是如何喝酒的，也许他们之中就有之后分管我的人。可自从苏大队长宣布开喝以来，我就一直被大家的热情包围着，实在抽不出身来，找不到我敬领导酒的空隙。

我借故上厕所的机会休息了一会儿，对着厕所内的镜子挤挤眉、瞪瞪眼，感觉自己还算清醒，还能喝。当我走出厕所时，看见几位执法队长围在一起窃窃私语，感觉他们正商议着如何将我喝倒的办法。我便酒壮人胆地大声说："各位领导，不要商量什么办法了，你们敬我一杯，我回敬你们一杯，这样行吧？"大家异口同声笑着说："我们不会这样，我们不会这样。"开始没喝酒的小林拎着一瓶酒走到我面前说："哥俩好，啥也别说啊。"我没半点迟疑又连干三杯。

俗话说得好：一只猛虎也不敌一群狼啊。我被大家实实在在整醉了、整倒了、整吐了。自己先到厕所"翻江倒海"折腾了一番，回坐到座位上迷迷糊糊地看着大家。我在醉眼蒙眬中听到傅处长帮我挡住来敬酒的人说："老张今天真是喝到位了，大家就不要再劝他喝了。"各种嘈杂的声音传入耳中："老张，再来三杯吧？""老张，你没事吧？"我只是用眼睛盯着说话者，也不回答任何问题，偶尔皮笑肉不笑地表示一下，真的连端酒杯的力气也没有了。

我在天旋地转之中听见苏大队长说："天下没有不散的筵席，我们今晚就到这里吧，大家回家时要注意安全，到家后给小林发一条平安短信。"我扶着椅子慢慢站起来准备回家，可迈出第一步就差点摔倒在地上。听到苏大队长说："小林，你把道新扶到我车上，我俩一起送他回家吧。"我在头重脚轻的状态下听到苏大队长的话，感觉地方领导真是平易近人，没有传说中的地方等级观念十分明显的现象。我躺在苏大队长本田奥德赛商务车的后座上，虽然感到头难抬、眼难睁、身难动，但思维仍在慢慢清醒、记忆在慢慢回归。

我仔细地回想晚宴的全部经过，依然能感觉出领导的热情、酒店的奢华、服务小姐的漂亮、菜品的高端等细节，可今晚吃了什么菜不知道，喝了多少酒不记得，说了什么话不清楚。我常在心中告诫自己要牢记"任何事情开头开得好，就等于成功了一半"这句名言。今天本想凭自己的真诚、能力、酒量在领导面前表现一番，谁知自己今晚弄巧成拙，真感觉太丢人、太有失身份了。

我在家人的批评声中静静地躺在床上，妻儿唠叨了一些什么根本没听进去一句话。脑海里总是在军队与地方、部队首长与地方领导之间来回转换。我今天算是第一次与地方的直管领导正式接触与交流，军队始终强调官兵一致、战友之间永远是兄弟，可部队里官大一级就是首长是不可逾越的规矩；地方的干群关系似乎更人性化、个性化一些，地方领导也容易接近、亲近一些。

我在凌晨五点多似乎清醒了许多，躺在床上反复回味着晚宴的经过与人生的经历。俗话说"醒眼看醉人"，就是通过饭局来考察人、鉴别人，现在我似乎对"饭局"二字有了新的认识。饭局，表面是饭，其实是局。你是什么人，对方是什么人，一场饭局就能看出来。看懂局中局，方为人上人。

饭局真的是太重要了，不仅可以用来识人交人，还可以用来谈事成事。重要的是能结交人脉，找到有用的贵人，远离是非的小人。如果这些都做不到，你至少不能得罪不该惹的人。我深深感觉到在酒桌上，识人在先，吃喝在后，宁可不喝酒，也要会识人，这也是我今晚醉倒承受痛苦之后的一点收获吧。

这饭局又使我对自己在部队时的一些管理方法与手段产生了怀疑。军队本是由一帮情感丰富、需求旺盛的年轻人所组成的战斗集体，军人有情感的需求，有情欲的需求，有放松的需求，也有被尊重的需求，这更需要情感上的关注与引导、安慰与支持。军队任务与使命的特殊性，对磨砺军人性格和毅力有特殊要求，军队必须收敛一些人性合理的情感需求，甚至压制这些情感的需求，这样才能培养出对国家与人民忠诚、敢打胜仗的威武之师。在如今更趋人性化管理的社会里，军队应更新思想工作的手段与方式，满足官兵生理与心理上的需求。

躺在床上回想自己20年部队经历，我真不知道是为自己的情感处理唱赞歌，还是为自己情感上的所作所为而懊悔。母亲、亲姐因故不幸去世，我没能回家送上最后一程，现在想起此事就会仰天流泪；每年一次的牛郎织女相会，不到一个月的情欲释放，煎熬的生活真比苦行僧还苦，我从未有半点的抱怨与悔恨；我当营、连主官时思想有点守旧，总想把部下关在营区里，把战士装在"套子"里，正课时间抓紧训练，业余时间加紧农副生产，尽量减少官兵与外界接触的机会，人为地设置许多调整和减少休息的障碍……

我在部队时不仅限制自己情感的绽放，对部下也总是过于强调军人这个身份，却很少承认大家作为人的属性、本性。我常常对自己的部下讲，作为军人想家爱家是正常的，但过度思家恋家就会削弱你的斗志；作为军人给恋人打电话是可以理解的，但过度联系会浪费你的训练时间；作为军人周末想外出放松是应该的，但接触外面的世界太多会让你思想被侵蚀；作为军人生病休息是应该的，但小病大养就是不合格军人的表现……思想工作的效果掩盖了战士的生活需求，思想观念的落后掩盖了自己的能力不足。

现在看到地方人员的自由与洒脱，我也更理解了军人伟大之所在，更理解了带兵难、兵难带之根源，也反思自己20年的军旅生涯。有多少军人放弃休假、放弃休息，有多少军人父母病危不能尽孝、妻子分娩不能在身边，家庭矛盾不能回去处理，其实并不是真的回不去，而是被牺牲奉献的帽子给压回去了。我相信军人在祖国和人民需要牺牲奉献的时候，绝大多数人都是有觉悟、有担当、敢于为国献身的真正军人。

正是因为军人过度地强调牺牲奉献、忠诚勇敢，因而人为地造成了许多军人一辈子无法弥补的伤痛与自责。在人生中有一些特殊的日子，这种特殊的日子在一生中可能只有一次，错过了就永远错过了，错过了就成了心中永远无法挽回的痛点，错过了就成了一个人终生的遗憾。我自己在部队时期的很多遗憾、伤感，尤其是母亲和二姐不幸去世时，我未能回家奔丧并见上最后一面，这成了我永远、永久的伤痛，成了自己一辈子的遗憾。

与直管领导第2次见面领重任

　　我虽然经过了大半夜的半眠状态与反复折腾，但军人按时准时起床的习惯无法改变。我在早晨六点来钟已醉意全消、大脑显得特别清醒。想到自己昨晚丢人的表现，今天又是到地方后第一天上班，我立即拖着有点疲倦的身体起床，来到洗漱间，打开淋浴喷头，让冰凉的自来水从头往下倾泻而流。我感觉真有点刺骨的寒冷，连续打了几个喷嚏，边冲边喊边跳了起来。我要洗除往日的疲劳、烦恼与忧伤，开始人生新的征程，迎接人生新的挑战。

　　市政府规定是9点整上班。当我8点半来到苏大队长办公室门前时，只见苏大队长正低头收拾办公桌。我习惯性地敬了一个军礼并大声喊道："报告，大队长早上好！"苏大队长抬头看到我后微笑着说："哎哟，道新啊，你来得真早哟！快进来坐坐，我以为你今天会在家休息，不能来上班了呢！"苏大队长几句简单的话语让我倍感温暖和幸福。我有点不好意思地回答道："大队长，我昨晚高兴过度，真有点丢人现眼，让您辛苦啦，让您见笑了，请您谅解！"

苏大队长笑着说："我俩昨晚虽然是第一次见面，但我已通过市委政研室胡副主任初步了解了你的情况。你昨晚的表现与大家的评价真是一样的，真实有爱心、敢为有性格、聪明有胆量。你昨晚的表现大家都很认可啊。你军人的习惯与作风特别明显，军队有很多优良传统值得在地方发扬光大。"

我简单环视了苏大队长略显狭小的办公室。一张宽大的办公桌占据了房间的五分之一，墙壁的正中央挂着一幅苍劲有力的书法作品——"宁静致远、海纳百川"，一个略显小巧的书柜内摆满了一些线装书，一张多处"咧着小嘴"的长条皮质沙发挤在进门处，最里面的窗户旁放着一张摆满了笔墨纸砚的小学生使用的课桌。办公室虽然显得有点拥挤，但摆放井然有序，很有文化艺术氛围，给人一种温馨雅致的感觉。

苏大队长给我倒了一杯刚沏好的热茶后说："道新，昨晚没事吧？你喝酒也太实在了，今后喝酒要悠着一点，地方与军队在喝酒方面还是有差别的啊。"我低下头不好意思地说："我昨晚确实喝多了、喝高了。本想给领导留个好印象的，谁知弄巧成拙啊，真的不好意思，真是丢人现眼哟。"苏大队长端起一只杯内已沉积了些许茶垢的玻璃杯说："你昨天晚上倒没什么丢人现眼之事，大家都很开心啊，我也理解你军人的行为。只是要提醒你一下，到地方喝酒还是要留点余量、留点心眼，完全像部队那样直来直去是不行的哟。"

我像做错事情的小学生，不停点头聆听着苏大队长的讲话，偶尔轻轻喝一小口茶，以此来遮掩自己的窘迫。苏大队长又问了问我的工作经历、家庭人员等情况，我一一作了简明扼要的回答。苏大队长简要介绍了市文化稽查大队的基本情况、工作职能、人员编制。苏大队长像兄长关心弟弟似的谈话，让我倍感舒坦与力量，让我为自己在部队做思想工作时的拙劣表现而感到惭愧。

在苏大队长温柔入心的话语中，我慢慢抬起了低了很久的头，勇于直视苏大队长的眼神与表情。我看到苏大队长轮廓分明的脸庞上满是沧桑与皱纹，目光中闪烁着智慧与思想的光芒，慢条斯理的谈话中注满了诗词与经典，有点清瘦的身材填满了军人的风格与气魄。苏大队长给人一种既威严又亲切、话语严肃却让人愿意聆听的感觉。

苏大队长再次给我杯中酌满茶后说："道新，在你没来我们局报到之前，我曾仔细看了你的档案资料，翻阅了你发表的文章与材料，刚才又听了你自己的情况介绍，使我对你有了更深的了解。我和你有很多相似之处，我们都是从部队锻炼出来的，又长期从事文化宣传、撰写材料这方面的工作，这在地方是大有用武之地的，我们非常欢迎你这样的人才啊。"

苏大队长的话语虽然让我觉得很中听、很舒服，但我心里却在不停地嘀咕、不停地猜测：苏大队长会给我安排什么工作岗位、给什么工资待遇呢？自己20年的军旅生涯、堂堂的中校军衔、首批进驻香港的军人，怎么也得给我安排一个小领导岗位吧！当苏大队长问我到地方后有何打算、期待什么工作岗位时，我有点迫不及待地问道：

"我一切听您的指示，您准备把我安排在哪个工作岗位呢？具体做什么工作呢？"

苏大队长不紧不慢地笑着说："老张啊，老张，你的军人性格很典型啊，直性子、率真啊。我就直接说吧，市里对军队转业干部的规定，正营及以下军转干部一律从科员做起，更没有什么职务。我也知道这些规定有些不合理的地方，对你这样为祖国国防建设和香港回归做出过特殊贡献的军转干部来讲，确实有点不公平、不合理，可是这是市里的规定，大家都是一样的，我们是无法改变的。希望你能尽快调整好心态和角色哟。"

"没任何职务，从科员做起？"苏大队长的话仿佛在我头顶上响了一个惊天炸雷，又好像在冰天雪地里迎面泼来一盆冰水。我怀疑自己是不是没听清楚苏大队长的讲话，不敢相信苏大队长刚才讲的话是真的。这是不是苏大队长有意考验我，跟我开一个小玩笑呢？我心里不停地问：难道20年的从军路一切归零吗？难道一名堂堂的中校军官就与一位刚毕业的大学生一样的待遇吗？

苏大队长看出了我惊愕，甚至有点失望与恼怒的表情，语调更显温和地笑着说："老张，我理解你的心情与想法，辛辛苦苦几十年，一夜回到解放前，这确实让人有点想不通。市里的这个规定的确有需要改进的地方，尤其是对你们这些营级军转干部确实有点不太公平、不太合理，可规定就是规定、政策就是政策，个人只能服从组织啊。"我皮笑肉不笑地"嘿、嘿"了两声，算是回应了苏大队长的解释，此时的我确实不想讲话，也真不知道如何回答了。

苏大队长看出了我的不开心，拍了拍我的肩膀后说："老张，因为我们都是当过兵的人，所以我今天多给你谈几句。你也不要感到过于失落、过于悲观，相信组织会考虑你们这些有功之臣的，也要相信是金子总会发光的。很多部队干部转业到地方之后很快进入角色，充分发挥自己的才能，进步与发展还是很快的，地方很多重要的工作岗位都是军转干部任职的。"苏大队长的话似乎又让我的心情平静了一些，失望的心似乎又升起了一线希望和阳光。

　　苏大队长让小林把我带到我的办公室去看看。我有气无力地给苏大队长敬了一个军礼，有点失魂落魄地离开了苏大队长的办公室，连跟苏大队长道声"再见"的话也未说出口。当小林把我带到所谓的办公室时，只见狭窄的办公室内拥挤着十来个办公卡位，在两人都难并列行走的过道上堆满了零乱的书籍和光碟，房间内的霉味、烟味呛鼻呛眼，几盏有点灰暗的白炽灯管有气无力地悬在天花板上，各种线杂乱无章地交织在天花板与地板上。这样的办公条件也真是太差了，这与我昨天见到的辉煌的会议室差距太大了。

　　小林拍了拍手掌后大声地说："各位领导、哥们儿，从香港驻军转业到我们大队的道新同志今天正式来报到了，大家鼓掌欢迎，过来认识一下吧！"正聚精会神看光碟、看书籍、看电脑的人员都纷纷站了起来，从各个卡位上传来了稀稀拉拉并不热烈的掌声。昨天一起喝酒的黎队长从卡位走了出来，站在过道上与我握手表示欢迎。杨队长在卡座上给我招了招手，李队长大声笑着说："我们大队这次真来了一位真正能喝酒的酒仙啊。"

　　一位留着学生发型、戴着深度眼镜、稍显清瘦的小伙子径直走到我面前说："我是执法一队的大熊，欢迎驻港解放军同志。"我赶紧与大熊轻轻握了握手。我身旁卡座上的小胖子站起来说："我是小蒙，欢迎兵哥哥的到来！"我见整个办公室有十来个卡座，每个位置都有人在办公或者堆放着电脑与资料。我暗自猜想和高兴：这里已没有多余的卡位，自己可能不在此办公室吧。

机灵的小林仿佛看透了我的心思连忙说道："老张，你的办公室就在此间。因小李同志马上借调到局机关市场处工作，届时你就可以坐他的卡座了。你现在只能委屈一下，坐在墙角的那张折叠椅上，先看看书籍、学学文件，熟悉一下基本情况，待小李同志搬走后就有位置办公了。"小林的话让我哭笑不得，这又是一个让我大失所望的无言结局。

我近一年来是早也盼、晚也盼，盼星星、盼月亮，就盼着早点落实自己的工作岗位，就盼着能在新的岗位上建功立业。可现实与自己转业之初想象的最低安置标准、最差工作条件、最糟办公环境都存在较大的差距。真没想到自己从一位部队的指挥官变成了最普通的工作人员，但连一张办公桌都没有，只能委身于一张折叠椅上工作。我原本保留的一颗火热且想重新创业的心瞬间又变得冰冷与麻木，原本已受伤的心又添了几多伤感几多忧愁，巨大的失落感冲击着我的脑海和心灵。

我与小林轻轻地握了握手，连一句道别的话也懒得说出口，独自伤心地离开了连一张属于自己办公桌都没有的办公室，带着欲哭无泪的心情慢慢走向大街。我曾听朋友说：本市是改革开放的先锋城市，也是一个美女集合之城，十米之内必有美女。我此刻在川流不息的人群中发现，这座城市确实充满了青春与阳光，匆匆的人群里确实有很多靓女。可我此刻苦闷的心情与欢乐热闹的街景格格不入，一种对现实的愁、对远景的悲，弥漫在我的心头。

我独自漫步在绿树成荫的滨河大道的人行道上，伫立遥望一河之隔的美丽香江，1997年7月1日香港回归的情景历历在目。夹道欢送驻港部队的市民为我们送鲜花、披彩带、载歌载舞、竖起大拇指，自豪与光荣的喜悦荡漾在我的心田。可现实让我感到地方政府对我们这些"有功之臣"重视不够，20年的军旅生涯只等于地方公务员的起点，中校军衔在地方全部变得无效，4次军校苦读全部变成了白读。当年投向我的羡慕与佩服的目光为何悄无声息荡然无存了呢？

当我想到这是一座年轻的城市，市民的平均年龄不到30岁。可我已是近不惑之年的人了，年龄在地方已无优势可言，刚刚安置工作就有了被淘汰的迹象。如今一切都必须从零起步、从头再来，我不禁有点灰心丧气，对自己未来的发展失去了希望与梦想。我原想到地方大干一番事业的，可谁知人生的价值随着年龄的增长正在不断贬值。虽然感觉自己经验丰富、精力旺盛、体力充沛，但仍然躲不掉被岁月淘汰的命运，有种被抛弃、被遗弃的感觉，怎不令人惆怅！

夜色慢慢地降临，天空又飘起了零星的小雨，繁华的滨河大道上车流滚滚向前，远处香港新界的霓虹灯闪烁不停。我关闭思维、停止思想，在茂密的树木中迎风斗雨慢慢独自前行。当我路过一个垃圾中转站时，只见几位穿着暗红色工作服的清洁工，正奋战在臭气熏天的垃圾站内，脸上流淌着的不知是汗水还是雨水。两位中年妇女打着雨伞站在垃圾站外面，往一张污迹斑斑的铁架桌上摆放着食物，大概是为正在垃圾站内辛苦劳作的老公准备晚餐吧。

垃圾站、清洁工，这不就是我年幼时的目标与追求吗？我当年的理想就是从乡下人变成城里人，能够成为一名城里的"清道夫"也行啊。我现在不仅成了大都市的市民，还是城里有身份的公务员；我又想起自己在东北军营时，也只是想积攒点钱后，能来改革开放的先锋城市看一看、逛一逛。现在却成为这座城市的公务员，自己还有什么不满足的呢？想想铭刻于心的座右铭"道是平常心，心常平是道"，我现在还有什么不知足、什么可要挑剔的呢？知足才常乐，路已至此，我只有沿路而行啊！

我不禁想起了明代朱载堉所写的《十不足》，原文是："终日奔忙只为饥，才得饱食又思衣。冬穿绫罗夏穿纱，堂前缺少美貌妻。娶下三堂并四妾，又怕无官受人欺。四品三品嫌官小，又想面南做皇帝。一朝登了金銮殿，却慕神仙下象棋。洞宾与他把棋下，又问哪有上天梯。若非此时大限到，上至九天还嫌低。"我又想起了《红楼梦》中的《好了歌》，我的烦恼也减少了许多。

我因职务的安排、岗位的分配、办公室的设置等问题感到非常失落，独自冒着淅沥的小雨走到深夜，带着满身的疲惫回到家里。我决定在家好好休息一段时间，待单位有了合适的办公场地再去上班。我简单洗漱后躺在床上翻来覆去睡不着，一会儿拿手机看看信息与时间，一会儿又仰面思虑着自己未来的路该如何走，新的工作岗位该如何起步。

可当想到自己现在已有了一个值得光宗耀祖的公务员身份，有了一份风吹不着、雨淋不到且收入稳定的工作，自己的现状比年幼时的理想还要好时，我的思想疙瘩也就慢慢解开了。我还有什么不满意、不知足的呢？我暗自立下誓言：论成败、人生豪迈，大不了从头再来。我坚信：只要有起点就会有发展，只要有付出就会有收获。我最后下定决心，不再犹豫、不再彷徨。决定明天正常起床、准时上班，以全新的姿态投入到全新的工作中去。

第二天早晨8点未到，我便来到了文化大楼。大门处的保安小白笑着说："兵哥哥，我们是9点上班，你可真积极啊。"我没有办公室的钥匙，便来到敞开着门的大队会议室。只见会议室内的沙发横七竖八地摆着，一张乒乓球桌东倒西歪地立着，墙角堆放着一些奖杯和锦旗……我迅速拿起扫帚和抹布开始卖力做起会议室的清洁卫生，把沙发有序地摆在房屋的四周并分出主次座位，把奖杯擦干净后整齐地摆放在展示柜的空格内，玻璃擦得窗明几净、一尘不染。

正当我挥汗如雨、忘我打扫会议室卫生时，只听见苏大队长说："老张啊，你来了多久了？打扫多久了？我们会议室真是焕然一新啊。"我赶紧起身给苏大队长敬了一个徒手军礼并回答道："大队长，早上好！我也刚来一会儿。"苏大队长笑着说："老张，你还是军人的老习惯，处处学雷锋见行动啊，我从部队到地方也是多年后才慢慢适应。"我有点不好意思地回答说："习惯成自然了，不知不觉就表现出了军人的行为方式啊。"苏大队长接着说："我正想找你聊聊呢。你把会议室打扫得这么干净，那就在此聊聊吧。"

我赶紧把苏大队长指引到会议室中间的单人沙发上坐下，自己坐在侧面的长条沙发上。苏大队长掏出香烟问道："老张啊，你会抽烟吗？也来一支吧？我看你满眼通红，猜想昨晚肯定没休息好吧？一个在部队战斗了20年的中校到地方要从科员起步，一位风光无限的首批驻港军人到地方要从零开始，这是一般人都很难接受和适应的。但从你今天早晨的表现来看，你应该是想明白了，也想通了，可以接受了吧？"我无言地对苏大队长点了点头。

苏大队长说："老张，你长期在部队工作、生活，在驻香港部队又是封闭式管理，可能对当今社会的一些变化不太了解。现在社会上的电信网络正蓬勃发展，网络信息、网络购物、网络游戏受到年轻人热烈追捧，网吧则成了年轻人最喜欢去的地方。因为政府部门前几年暂停了网吧的审批业务，一些无证经营网吧便不停地冒出来。据初步调查了解，现在无牌无证网吧数量比正规网吧还要多，正呈几何式增长。"

苏大队长点了一根烟后接着说："由于这些无证经营网吧缺少监管、没人监管，未成年人进网吧的现象非常之多，并且带淫秽暴力等的不健康的内容充斥网吧，无证网吧成了藏污纳垢之地，这已严重影响了青少年的健康成长，引起了社会各界人士的广泛关注。"我表面在认真听着苏大队长的情况介绍，还不停地点着头，心里却十分纳闷和迷惑。我今天是正式上班的第一天，领导为何跟我谈网络游戏、无证网吧呢？这些对我来说虽说是一些新鲜的内容，但这些与我有什么关系呢？

苏大队长让小林送过来两杯冒着清香的热茶，一杯递给我，一杯自饮一口后说道："根据全市现有的正规网吧和无证网吧的现状，市政府决定开展为期半年的网吧专项整治行动，取名为'雷霆行动'。市网吧整治工作领导小组办公室就设在我们市文化局，具体事务由我们文化稽查大队承担。根据你在部队带过兵、写过材料、组织能力强的情况，我决定安排你先到市网吧专项整治办公室工作，并且负责办公室的日常事务。你看可不可以、行不行呢？"

我此刻才终于明白了苏大队长这一番话的意思，由开始的朦胧变成了清晰，由被动变成了感动。原来苏大队长是在为我介绍情况，让我了解社会现状，并逐步交给我工作任务，这也说明领导对我是了解的、信任的、敢用的。我心里泛起感动之时却有点打起鼓来，担心自己能否承担这份重任。我有点腼腆地对苏大队长说："我对网吧行业一点不了解，对地方事务一点不知，这又是一项全市性的工作，我能够胜任这份重任吗？"

苏大队长站了起来，按灭烟头，亲切而重重地拍着我的肩头说："军人刀山火海都敢上，这点'小儿科'的困难算什么。我相信你能做好，并且干得出色！"苏大队长的一番鼓励让我热血沸腾，我双脚靠拢大声回答道："保证完成任务，请您放心。"我心里暗暗惊喜与担忧，喜的是自己从此时此刻起，就要正式参与地方的工作了，并且刚就职便开始负责一项全市性的工作；忧的是自己对地方工作还一无所知，能否胜任还需要严格的考验。苏大队长的信任让我精神焕发、信心倍增，昨天的颓废情绪完全消失殆尽。

市网吧专项整治领导小组正式成立了。市政府分管文化工作的副市长任市网吧专项整治领导小组组长，市政府副秘书长、市文化局局长为副组长，市文化局、市公安局、市工商局、市教育局、市城管局、市通信管理局、市团委等单位和部门为成员单位。领导小组办公室设在市文化稽查大队，苏大队长担任办公室主任，我负责办公室的日常事务、工作安排和材料撰写等事项。这是我转业到地方的第一项工作，深感责任重大、压力山大，可箭在弦上不得不发。

市网吧整治领导小组办公室临时设在与市文化局相邻的非常高档的诺德大厦商务中心16楼，在一间近百平方米的房间大门口挂上了"市网吧整治专项行动领导小组办公室"的牌子。局里从下属的戏院、中波台、书城分别选调来了4位同志参与市网吧整治专项行动领导小组办公室工作。我经过了解，戏院的青松同志材料写得比较好，中波台的李斌同志电脑玩得比较棒，书城的马丽同志会务协调能力比较强。我看到有了这些能干的帮手，一直高悬、绷紧的心似乎安定了一些。我牵头进行了工作任务的分工、职责的明确，大家既有分工又有合作，合理安排了AB角的转换。局办公室很快将电脑、打印机、办公桌椅、折叠床等崭新的办公设备送到，在全局用车紧张的情况下为我们调配了一辆人货两用车。

市网吧整治专项行动领导小组办公室成立的当天，苏大队长就通知我们：市政府决定3天之后召开全市网吧专项整治工作筹备会议，请我们抓紧做好材料与会务准备。我们立即投入到繁忙的筹备之中，制定大会议程、撰写领导讲话稿、下发会议通知、安排会场会务……我作为市网吧整治办公室的牵头人，废寝忘食、挑灯夜战成了工作的常态，常常是错过到局食堂吃饭的时间，更别说正常上下班了。

苏大队长非常关心我们的工作与生活，百忙之中常来我们办公之处看望大家，询问工作进展情况，关心我们的生活安排，指示小林为我们送来了几箱威化饼干、花生米、蛋糕、矿泉水等食物，这也成了我们忙碌状态之中的主要食物，更让我们感觉到了肩上的责任与工作的压力。在大家加班加点到深夜之时，我就会主动到楼下餐厅给大家买来烧鸡、馄饨。

我在部队时曾多次受到中央军委、广州军区、驻港部队等高级首长的接见，出席过香港首任行政长官董建华举办的晚宴，曾与国内一线演艺明星同台演出，也算是见过大场面、干过大事的人。因本次是我首次组织地方高层次领导的工作会议，心里还真有点发怵与紧张，生怕自己丝毫疏忽而出现差错和漏洞。我多次组织大家进行会议程序的演练，就连市领导抵达时车辆停在何处、如何引导领导乘坐电梯、话筒摆放的高低等细节都进行了认真的研究与走场。整治办唯一的女生小马笑着对我说："老张，你军人出身，为何心细如大姑娘呢！"

全市网吧整治工作筹备大会如期在诺德大厦18楼报告厅召开。市分管文化工作的副市长、市政府副秘书长，市、区及各相关部门的主要负责人共计50多人出席会议。会议由市政府副秘书长主持，市文化局陈局长在动员讲话中讲清了本次网吧整治工作的重要意义、指导思想、职责分工、时间安排、工作要求等。这份讲话稿由我起草，我听得特别仔细、认真，生怕听错、漏过一句话。局长虽有个人发挥，但基本按我起草的讲话稿讲完，我听后长长地舒了一口气。

市公安局、市工商局、市电信局、两个区等相关负责人分别上台表决心，表示要举全局之力参与本次专项整治行动。副市长最后强调指出：这项工作是重要的民生工程，是市民高度关注的重点工作。各级领导要高度重视，做到组织健全、制度落实、行动迅速，措施得力、成效明显，不扫清黑网吧决不罢休，不达到目的绝不收兵。这项工作要列入绩效考核之中，对不尽责的干部一律追责。

　　副市长的讲话铿锵有力、掷地有声，我坚信每位参会者都受到了很大的震动与触动，从而进一步增强了我们做好本次专项整治工作的信心和决心。我深深感觉到：地方的会议开得简明扼要、层次清晰、重点突出、措施实在，的确是一个解决问题、形成决策、明确方向的专题会议。充分展示了经济特区"时间就是金钱，效率就是生命""少说话、重实干"的工作理念和行为准则。

　　全市网吧专项整治工作筹备之后，全市网吧整治专项行动在全市逐步展开，市、区各相关单位和部门成立了专项整治工作领导小组，各大媒体也进行了宣传报道。市民们纷纷反映对正规网吧的经营时间早该整治，对"黑网吧"的非法经营早该打击。可依据什么法律法规打击、取缔黑网吧并不完全清晰，黑网吧在全市的分布的重点区域也并不太清楚。我们按照市领导提出的网吧整治要"弄清实情、找准问题、启动审批、规范管理、促进发展"的指示精神逐项抓落实。

3天暗访写出3万字的纪实报告

············

为了准确弄清本市黑网吧市场的真实情况，为精准打击黑网吧提供依据，市网吧整治办牵头成立了8个"黑网吧现状暗访小组"。各组均由市网吧整治办成员单位的副职任组长，配备市文化、工商、公安、城管、通信等部门的人员各1名。为了把暗访工作做得扎实可靠，苏大队长要求我们把50多名暗访组成员集中起来，开展了为期2天的封闭式培训。

我们请来市公安局副局长、市通信办主任等领导和专家授课，重点介绍了暗访的重点地区、工作技巧、技术手段、注意事项等内容。苏大队长特地交代我说："暗访是一件辛苦且有风险的重要任务，既要组织好专业培训，也要保障大家的生活，经费不够的话可由我们大队适当给予补贴。"有了苏大队长的指示，我在认真组织暗访培训工作的同时，也把10人一桌的围餐改成了自助餐。

我所在的第一暗访组由市公安局网监支队副支队长牵头，主要负责市民中心区一带的调查与暗访。听到"市民中心"这个词就让我热血沸腾，这里是我的人生引以为豪、铭记于心的一块热土。在1997年6月30日香港回归的前夜，驻港部队的千军万马、钢铁洪流就聚集在这里，等待着祖国发出向香港进军的号令。当神圣时刻到来时，我们带着威武雄壮、气吞山河的气派从这里出发，于7月1日零时准时和平进驻香港、在香港准时升起国旗，谱写了永载历史的光辉篇章，也记录了我人生历史最辉煌的时刻。

人们常用"日新月异""翻天覆地"来形容经济特区的变化，这真的一点不为过，这里天天在变化，月月有更新。我们当年在此集结准备进驻香港时，这里是杂草丛生、乱石遍地，仅有几条临时为部队集结而修建的水泥路。现在这里已成为市人大、市政府所在地，成为全市政治、文化的中心。为了展示经济特区改革开放的特色、营造与市民亲近的氛围，市政府大楼取名为"市民中心"，这里是全国唯一没有围墙的副省级政府所在地。

市公安局网监支队张志副支队长是我驻港部队的老战友，在部队也是从事情报侦察、分析工作。他把大家集合在市民中心五楼的平台上，一边欣赏市民中心周边高楼林立、车水马龙、花团锦簇的美丽景象，一边介绍了暗访过程中如何分工、配合、防身的基本方法，最后笑着指了指前方不远处的城中村说："兄弟们，这个城中村是我们要去暗访的地方，据说那里社情比较复杂，大家要打起精神啊！"

我们顺着张副支队长的手势望去，只见稍远处是一片楼房高矮不一，显得有点杂乱无章的城中村。这些城中村是在城市高速发展的进程中，游离于现代城市管理之外、生活水平相对低下的居民区。城中村是我国城市中普遍存在的社会、经济现象，常居住着来城市的打工人员，也是黑发廊、黑网吧相对集中之地。

当我们暗访组一行五人来到村口时，只见高高的村门楼金碧辉煌、雕龙刻凤，两尊活灵活现的狮子蹲坐在门楼两边。我们走进村内看到，窄小的街道还算整齐干净，豪华的歌舞厅、桑拿中心、游戏大厅、购物中心一家接一家。老人们悠闲地坐在茶餐厅慢慢品茶聊天，儿童们穿着溜冰鞋在街道上来回穿梭，穿着暴露、手端饮品的美女们三三两两地闲逛着……村内看不出一点"村"的影子，我们仿佛进入了香港的尖沙咀、旺角、油麻地等繁华之地。我心里纳闷：在这样热闹、开放的地方不可能有黑网吧，也不敢公开经营黑网吧吧？

我们顺着一条铺着石头的巷子边走边看，只见一间一间装修简单的服装店、理发店、餐饮店紧密相连。服装店全是一个模式：在店门前支起一块木板，木板上杂乱无章地堆满了略显陈旧的进口服装，店内则摆满了各式各样的港式服饰，玻璃橱窗上则张贴着"清仓货""赔本买卖""血本大甩卖""最后三天甩货"等各种吸引顾客的噱头广告。这里服装的价格特别优惠，便宜得让人不敢相信这是真正的港货与名牌。我似乎一下理解了，现在大街上为何人人都爱穿流行的港式服装，为何这么多年轻人穿着港式服装招摇过市。

当我们走进一条窄窄的巷子约两百米后，只见大门旁彩色转灯闪烁的发廊一家连着一家。每家大门前都摆着一张迎宾台，一位身材高挑、穿着旗袍、浓妆艳抹的女子站在迎宾台后，看到男人走过来后就不停地轻轻喊着："帅哥、靓仔，进来洗洗头吧，我们洗得很舒服的。"发廊内则坐着几位穿着暴露、打扮妖艳的女子，她们对路过的男人总是挤眉弄眼，挥舞着染得五彩缤纷指甲的手不停地招呼着过路人，这里真的是发廊吗？这样的女子真的会洗头吗？这里一定是"挂羊头卖狗肉"吧？各种疑虑与猜测在我脑海里闪现。

当我们顺着巷子继续往里走时，发现巷子越深环境越差，地面上时不时见到污水甚至粪便横流，卖炸臭豆腐的摊位上苍蝇乱飞，时不时出现一堆堆裹着剩饭剩菜和卫生纸的垃圾……让人产生恶心呕吐之感，可仍未发现一间黑网吧。当我们快到下班时间准备折返回去时，只见一些穿着校服、背着书包的中小学生们在脏、乱、差的巷子里来回穿梭，分别轻轻敲一敲一家家紧闭的白铁皮卷闸门后，再从卷闸门中间打开的小门快速钻进屋内。这一奇特的现象引起了我们暗访组的警觉与疑惑，大白天为何要紧闭大门呢？学生们为何有节奏地轻轻敲三下门就开了呢？这里可能就是开设的黑网吧呢？

我们紧随三个中学生的身后前行，当学生"咚、咚、咚"有节奏地敲打了紧闭的白铁皮门后，卷闸门上的小门轻轻打开，我和张志副支队长跟在学生身后钻进屋里。当我直起身往屋里一看，真是吓了一大跳。只见有点狭窄、昏暗的房间内摆着三十多台电脑，十多个穿着校服的学生三三两两地挤在一台台电脑前，一个敲着键盘，另两个在旁挥舞双手，大声呐喊着"开火、开火""点射、点射"……他们聚精会神、津津有味，仿佛真正进入了一个完全忘我的实战状态。

当我和副支队长站立着巡视整个房间时，一位有点肥胖的中年妇女跑到我们面前结结巴巴地问："你们是干什么的？你们也是想上网吗？我们是有工商登记注册、合法合规的网吧哟！"老板娘一连串的自问自答已是破绽百出，我们知道她是想用表面的镇静来掩盖内心的恐慌。我们为了不打草惊蛇，回答说："我们只是随便看看，想找家网吧玩一玩。"我们再次环视了整个房间一遍后，以网吧内空气太差为由，低头钻出了烟雾缭绕的网吧，走出房间感觉呼吸畅通了许多。

我们越往巷子深处走，发现黑网吧越多，有的黑网吧门前站着一些高大威猛的黑衣人，有的黑网吧大门前安装了视频探头和监视器……我们刚在一家挂着营业执照的网吧前停了下来，几名绣着文身、穿着花衣的小伙子围着我们指桑骂槐，几只野狗来回在巷子里穿梭，一种恐怖的阴影笼罩在我们周围。我们假装闲游人员往巷子深处走，又发现了多间类似的黑网吧，均是白色的铁闸门紧闭、高高的小窗户微开，穿校服的学生轻轻敲门后进入。

当我们走进一家挂着"城锐网络会所"招牌的网吧时，只见大门口立着一个写着"未成年不得进入网吧"的牌子，整个房间用中国传统青铜器纹饰装修，显得很有文化底蕴。吧台上方张贴着一张写着"上网优惠：每小时3元、2小时5元，内容新颖、国际动态、惊险刺激"的告示，给人有一种便宜新潮之感。上网者的正面一律对着正门，电脑与电脑之间用高高的木挡板隔离着，看不到旁边上网者在看什么内容、玩什么游戏，显得非常神秘。

我们在网吧驻足观察了一会儿，这家网吧规模比较大，有八十多台电脑，上网者大多为年轻人，没有看见穿校服的学生，也没有腾云驾雾的烟民，房间的空气相对显得干净，环境显得清静。我心想，在这复杂之地竟然有一家正规网吧，这也真是难得啊。当我们走到一对男女青年的后面，想看一下他们在玩什么游戏时，只见男生快速地关闭了电脑并有点恼怒地说："站在我们后面干什么，有什么好看的？快走开、赶快走！"这对男女十分不友好的行为让我们非常难堪和郁闷，我们赶紧识趣地离开。当我们走到另一对男女后面，同样遭遇了关机与责骂，为何这两对男女的行为如出一辙呢？

我独自来到吧台前，掏出身份证和5元钱，准备办一张2小时的上网卡。一位穿着比较暴露、时尚的办卡小妹笑着对我说："先生，每小时3元的卡位没有了，现在只剩下每小时5元的卡位了。虽然每小时5元的卡位贵一些，但内容很新潮、画面很刺激哟，真是物有所值的，你不信可以先试一试。"小妹的一番话让我有点摸不着头脑，但上网看一看到底有什么新潮、刺激内容的欲望突然强烈起来，我又掏出5元钱，办了一张2小时的上网卡，办卡的小妹连我的身份证看也没看就递还给了我。

网吧最后两排的卡位已坐满了人，我找到网吧倒数第三排最靠右侧的卡位坐下，前后左右坐的人是一个也看不见。我打开电脑插上网卡浏览一番，网页上也只是普通的大众网址而已，均是我平常打开经常观看的内容，根本不存在什么新潮刺激的内容。我也不喜欢在网上玩游戏，翻看了一些中央新闻、体育报道内容后就不想再看了，与我同行的暗访组的同事们也催我快走。我拔出网卡来到前台说："你们说有新潮刺激内容，我看与普通网吧一样，也没什么好看的，我不看了，给我退钱吧。"办卡小妹笑着说："不是没有新潮刺激内容，是你没有找到新潮刺激的网址，你真的想看新潮的内容吗？"

办卡小妹递给我一张写有网址的纸条后说："你打开这个网址，保证你就看到新潮刺激的内容了，只是这个网址的消费是每小时10元哟，你看后受不了可别怪我啊！"我回到刚才坐的卡位后，在网址栏里输入办卡小妹递给我的网址后，立即弹出来一个"骚×公影院"页面。只见这个网址首页上全是介绍黄色片的标题与内容，男女寻欢作乐的画面一个接一个滚动式播出。我随便点开一个《武大郎之恋》播放，只见出现的全是淫秽不堪、极具挑逗性的画面。我短短地看了不到两分钟，赶紧关机拔卡拉着同事快速走出了网吧。

我站在大门外长长地舒了一口气，感觉到自己心惊肉跳脸红脖子硬。一同暗访的同事们对我的表情感到非常惊讶，不约而同地问："老张，你究竟看到了什么？让你这位久经沙场的老兵竟然如此惊慌失措呢？"我又长长地呼吸了一口气后说："也许我是军人出身见识少，真还没看过这样充满淫秽不堪的画面。这样的黑网吧竟然就开在市政府眼前，也验证了'越是危险的地方越安全'这句话啊。若是让这样的黑网吧存在与泛滥，那将祸害多少青少年啊。"

张志副支队长听了我简单的介绍甚感惊讶，也不敢相信黑网吧内有如此不堪入目的视频，甚至怀疑这些黑网吧是哪来的底气敢如此放肆呢。为了把情况弄清弄准，他一把拉住一位刚从网吧走出来的年轻人问道："小伙子，你是哪里人？做什么工作的？经常到这里来上网吗？有没有看过黄色视频呢？这里的黑网吧有没有政府机关的工作人员来检查呢？"

副支队长一连串的问话让这年轻小伙子如丈二和尚——摸不着头脑，有点生气并满脸不屑地大声嚷道："你是谁啊？我又不认识你。拉住我做什么啊？赶紧放开我，我什么也不知道。"副支队长见状，只好掏出警察证递给小伙子，并告诉年轻人："我们是市网吧整治办的工作人员，今天专门来暗访黑网吧的情况。黑网吧危害社会、危害青少年，我们将组织力量严厉打击。"

小伙子看到警察证后像霜打的茄子——立刻蔫了下来，双手不停颤抖，低着头小声地说："我是湖南人，来本市不到两个月，因暂时未找到工作，偶尔过来上上网、消磨时间。黄色网站费用较贵，我一般不会花钱看，老板有时免费提供给我看一会儿。来这里上网的人一般都是通过熟悉的朋友介绍而来的，朋友介绍来上网会优惠一些。我从没看到过有人来管理过，老板常说自己上面有关系罩着。"

我见小伙子是一位较诚实、憨厚之人，说话也还有一些层次与逻辑，便轻轻拍了拍小伙子的肩膀后问道："小伙子，你不用紧张，我们只是了解情况，不会把你咋样。我看这里的黑网吧也较多，这些网吧都播放黄色内容吗？来看黄色视频的学生多吗？这里是不是24小时都开门营业呢？你自己感觉未成年人看了这些不健康的视频后会产生什么样的后果呢？"

小伙子抬起头看了看周边的情况后说："我只进入过这里的两三家网吧，像这样播放黄色视频的网吧非常普遍。因为这些黑网吧上网的费用很低，老板主要靠播放一些黄片、灰片赚钱呢。这里的网吧生意都还是不错的，尤其是节假日期间，会有很多穿着校服的学生来上网，来晚了就没有位置了，有时要与网管员拉点关系才能优先等到卡座。"

小伙子看见我们都在用轻松的表情听他说话，越说越来劲地介绍说："我跟你们实话实说，我曾经在家乡农村教过一年多的书，对青少年学生、对祖国的花朵还是很关注的。这些黄色视频肯定会严重影响孩子们的学习生活和身心健康，任其发展将会引起严重的社会治安问题，甚至引诱孩子们走上犯罪之路。我听说这里的网吧有政府部门的人在参与、在保护，因而基本没有看到过有关政府部门的人员来此管理与检查。"

我见小伙子嘴上干裂，便给他递上一瓶矿泉水，小伙子喝了一口水后接着说："你们肯定比我熟知，按国家《互联网上网服务营业场所管理条例》的有关规定，网吧每日营业时间限于8时至24时，超过了这段时间属超时营业。这里的黑网吧全是24小时全天候营业，随来随上，不限制时间、不限年龄的。你们看看前面一家'流行在线网吧'橱窗里张贴的收费标准宣传栏上，赫然写着零点到上午8点的优惠价格。在这里只要交钱，上网的时间由客人自己定。这里的网吧除了涉黄、涉黑、涉赌外，均是24小时通宵营业的，并且有严重的安全隐患，随时可能发生消防火灾事故，真的后患无穷。"

我们仔细听着小伙子的情况介绍，大家听得是义愤填膺，市教育局荣科长摩拳擦掌地说道："应该将这样的黑网吧尽早关闭，应该将这样的黑网吧老板尽快抓起来，应该将这些黑网吧的后台老板尽快挖出来。任其发展下去不知要祸害多少未成年人和祖国的花朵，我们现在就动手整治吧。"我挥了挥手后安慰大家说："大家现在不用着急，不用发牢骚，现在也不用对这几家黑网吧动手，先让他们再疯狂几天吧，等全市打击黑网吧冲锋号吹响时，这些黑网吧全都会摧枯拉朽、灰飞烟灭，我们现在赶紧回去准备给市里写调查报告吧！"

全市8个暗访组经过3天的明察暗访，走了全市8个区47个街道275个社区，收回问卷调查6000多份，8份报告摆在市网吧整治办的会议桌上。苏大队长主持召开了暗访工作小结会议，各暗访组负责人汇报了暗访工作情况。暗访组的同志们东倒西歪地坐在椅子上，七嘴八舌地发表着自己的见闻，诉说着本次暗访的感受、倾泻着自己的愤怒。有的人员愤愤地说："这些黑网吧真坏，政府早该动手灭了它。"有的人则笑着说："黑网吧也不像大家说的那么严重，百姓有这方面的需要，政府就应该提供这方面的服务。"

在大家议论纷纷、慷慨激昂之际，我拿起一份份调研报告一目十行地扫了一遍。感觉有的报告数据详细、事例清楚、分析到位，并且材料的格式非常严谨，看来政府机关内确实有撰写材料的高手；可有的报告仅仅薄薄的三四张A4纸，文字稀稀拉拉，数字松松散散，根本经不起问询与推敲，一看就是应付差事、完成"作业"了事的做法，这种材料根本没什么可参考借鉴的价值，我只好安慰自己：林子大了，什么鸟都会有啊。

　　苏大队长在会议结束后把我叫到办公室说："老张，我知道你在部队是搞宣传工作的，又是部队的大笔杆子，写了不少经典的文字材料。现在可要发挥你的作用与特长了。8个暗访组的调查报告已送上来了，全市黑网吧的数据、事例也都有了，就请你简单归纳一下，撰写一份综合性材料吧。主要写出全市黑网吧的现状与现象、存在的问题和危害、整治网吧的建议和办法。你看行不行啊？"

　　我在进入地方公务员队伍之前，比我早转业到地方政府部门工作的战友劝告说："当前，各级政府部门严重缺乏能写材料的人员，这种苦活、累活是一般人干不了，干得了的人可能就要干一辈子。到地方后可不要轻易答应和接纳这样的累活，这活套在身上就很难再推掉了。"苏大队长把厚厚的一摞报告材料顺手放到了我的面前，我拿到手里真有沉甸甸的感觉。

　　苏大队长略带不容商量的话语与手势，让我感觉自己不接受任务是不行啦！军人以服从命令为天职的信念早已注入我的血液，主动接受任务比被动强迫工作更划算。我略微停顿一会儿后说："苏大队长，这个任务我接了，我会尽力让您满意。"苏大队长从手提包里拿出一瓶咖啡递给我说："这份材料要得比较急，你可能得加班加点撰写。晚上写材料发困时就喝喝巴西原产的拿铁咖啡提提神吧。"我"啪！"的一个立正后说道："请大队长放心，保证完成任务。"我一手接过咖啡，一手拿起一摞调研报告走进了自己的办公室。

我心想啊，自己在部队曾任军、师、旅、团宣传干事，参与和组织了驻香港部队1996年12月首次对外揭开神秘的面纱，1997年7月和平进驻香港等重大事件的宣传报道工作，军旅生涯中主要工作就是与文字、方格打交道，完成的各类工作计划、经验总结、调研报告、领导讲话等各类材料已不计其数。现在完成这份数据繁多、事例充足的调研汇总工作应该是轻松自在、小菜一碟的事情，根本不需要像苏大队长所讲的"劳其筋骨、饿其体肤"的劳顿吧。

我又转念一想，俗话说得好：工作开头开得好，等于事业成功了一半。这是自己转业到地方后第一次独自撰写第一份较重要的大材料，并且是一份要报送市政府主要领导和相关部门负责人的材料。这份材料写得好坏将决定我今后事业的发展走向，决定我在地方工作是否有自己的一席之地、是否有自己的话语权，这可真不能有半点的含糊与马虎，自己一定要拿出看家本领，踢好头一脚，写出一份带有部队元素的地方材料。

我先给太太打了一个电话，说明这几天要加班加点写材料，可能不能回家休息，请家里给我送几套换洗衣服过来。爱人带着埋怨的口气说："刚上班几天啊，工作就这么积极哟。在部队是特殊情况不允许，现在不需要这样表现啊。"我没有理会太太的说法，也不想过多的去解释。毫不犹豫地关闭了手机、拔掉了固定电话线路，决定这几天不与任何人联系，把自己隔离起来，全身心地投入到材料的撰写过程中，做好了"不成功便成仁"的思想准备。

小任、小马等网吧整治办的同事下班后，略显宽大的办公室就剩下我一个人。我坐在有点快散架的大班椅上，开始放纵思维在这份材料上驰骋，闭目构思着这份调查报告的框架结构、基本写法。首先在标题的问题上就让我陷入了沉思，是用规范式的标题格式"……关于……的调查报告"，还是用陈述式、提问式等自由式标题呢？规范式的写法易写、通俗、易懂，但缺乏新鲜感；自由式的写法构思复杂，需要浪费一些脑细胞，但可以让领导和读者觉得有新意，阅读后会迅速留下一些记忆和片段，可这不符合公文的写作方式。

我坐在大班椅上边摇晃着边思索，大标题、小标题、段落大意、中心思想、数据的运用、材料的填充……若写成纯粹的调查报告，感觉反映不出市民对黑网吧的憎恨与呐喊、群众对黑网吧的愤怒与呼吁；若写成纪实性的调查报告，有故事情节，有惊险曲折，又感觉与政府的公文不相符，文字也不够严谨，文学色彩太浓，看惯了公文的领导们是否喜欢这种创新式的写法呢？

我坐在有点"叫苦连天"的老板椅上苦思冥想，时常拿起厚厚的一摞材料翻来翻去。当肚子发出了"咕噜、咕噜"的警告声时，抬手一看手表已是深夜两点，难怪肚子发出了不满意的抗议。我在有点空旷的办公室巡视了一番，没看到一点可以充饥的食物。当看到苏大队长送的巴西拿铁咖啡时，赶紧打开铁盖并舀了两大勺放在茶杯里，将桌上的半瓶矿泉水倒进杯中，简单地晃了晃杯子后就大口喝了起来。结果一口未进肚就"哇"的一下全吐了出来，那真是比"黄连"还苦啊，从此让我再也不敢轻易喝未加糖的咖啡了，但深深的苦味却让我头脑清醒了许多，饥饿的感觉也消失了一些。

调查报告的框架初定，我就开始紧张地往里面填汉字、装数据、写事例。我还真感谢自己在转业前苦练的打字本领，现在可在键盘上得心应手地发挥。我在键盘上慢慢地敲打着调查报告的标题：一、全市黑网吧市场的现象与现状；二、全市黑网吧市场的影响与危害；三、治理黑网吧市场的建议与对策。本来一份材料有三大点就可以了，但我觉得写四大点更能体现材料的稳定性，于是有点牵强附会地再增加了一条：四、建立正规网吧市场的规划与发展。每个大标题内写了三至四个小标题，调查报告的标题定为《救救黑网吧里面的孩子们吧》。

我先用几组触目惊心的数据，来说明全市黑网吧市场可怕、可恶的现实。全市有牌有证的合格正规网吧1725家，电脑72652台；无证无照的黑网吧5000多家，电脑十多万台；正规网吧的价格是每小时5至7元，无证网吧的价格是每小时3至4元；在对3572名中小学生的调查中发现，有近61%的未成年学生曾进入过网吧，这里面包含了有证和无证的网吧；国家明令规定未满18岁不能进入网吧，但黑网吧百分之百允许未成年人进入网吧消费，其中有45%的黑网吧网址上含有淫秽和暴力的内容。

我们在对2765名曾进入黑网吧的未成年人的调查中发现，加强校园周边环境整治、营造学生健康成长氛围的任务也非常艰巨。口袋书、黄赌毒、营业性歌舞厅、封建迷信等对学生的负面影响同样惊人。有11%的中小学生长期拜神或佩戴着宗教饰品，3.5%的中小学生经常算命占卜，5%的中学生看过黄色录像和书籍，10%的人参与过麻将、扑克等赌博活动，竟然还有4名初中学生曾吸过毒，见过他人吸毒的中小学生则有72人，全市曾有2名小学生因连续多天在黑网吧上网而猝死，市、区各级政府曾收到了120多封因无力挽回染上网瘾孩子的家长的求助信……黑网吧给社会造成的伤害是多么的惨烈。

真是不看不知道，一看吓一跳啊。数据清清楚楚，事例摆在眼前，我越写越气愤、越写越焦急，我要为迷茫的孩子们敲响警钟，要与绝望的家长们共鸣呐喊，要为青少年营造健康成长的环境而用力发声。我详细分析了产生这种现象的原因：主要存在着正规网吧数量严重不足，孩子娱乐活动场所严重缺乏，文化执法力量十分薄弱，政府对正规网吧的监管不力，农民工孩子放学后无人看管，打工人员下班后无处消遣，网吧市场需求量大等等原因。

针对全市黑网吧存在的严重问题和带来的严重危害，我一气呵成地写出了6条合理化建议：一是成立全市网吧管理联合机制，由工商、文化、税务、公安、通信等部门组成；二是规范网吧业务经营行为，严厉打击网吧接纳未成年人的行为；三是建立覆盖全市网络监控平台，严格监控网吧电脑的运行情况；四是动员全社会力量监督，设立举报电话，实行有奖举报，聘请"网吧义务监督员"；五是严格开展执法检查行动，落实网格化执法责任制；六是深挖"黑网吧"和违规网吧的后台老板，把黑网吧老板送上审判台。

我两天两夜没有走出办公室一步，没洗过一次脸，没刷过一次牙，没洗过一次澡，连衣服也忘了换洗；一日三餐以饼干、盒装牛奶为主，偶尔点点快餐吃，常常是饥肠响如鼓，肚中存米清可数；两天两夜真正完全进入睡眠状态不过2小时，困了就在办公室的长条沙发上躺一躺……连我自己都能感觉身上的气味难闻，蓬头垢面仿佛是游荡在街头的乞丐一般。

当一份3万余字、略带有纪实性文学色彩的调查报告初步完成时，我真有一种难以抑制的浴火重生般的兴奋与激动。我反反复复把材料看了又看、改了又改、删了又删，连一个标点符号也不放过，又请工作细心的同事帮我检查是否有错字、漏字和明显问题。在确定材料基本无误后，我像参加高考时做答卷一样，把材料工工整整地打印出来。又像对待刚出生的小公主梳妆一样精心装订好、包装好，将刚刚打印整理出来的材料捧在手里闻了闻，又紧紧地贴在胸口上。

我对着镜子照了照自己发红的眼睛、脏脏的脸、长长的胡须，兴奋之余又感到羞愧难当，赶紧跑到洗手间清洗了一下黑黑的脸颊，用"五指梳"理了理有点杂乱无章的头发，这才小心翼翼地把材料捧在手里，带着有点激动而紧张的心情走进苏大队长的办公室。双手捧着调查报告呈送到苏大队长面前，然后似乎有点害羞地快速离开了苏大队长的视线。

我悄悄地躲到大队的会议室里，表面看好像是闭目养神，其实是好像做错了事的孩子，静静等待着家长的评判与发落。我从没感到等待是如此煎熬、如此残酷，似乎比自己1997年6月30日进驻香港前夕还要焦急，比自己第一次等候初恋女朋友出现还要渴望……十分钟过去了，十五分钟过去了，半小时过去了，一个小时过去了……也未听到苏大队长召唤我的指令。

我躺在会议室的沙发上，眼睛不听使唤地闭着，可心中随着墙壁上的挂钟一分一秒地数着时间，当数到1小时6分58秒时，我接到了苏大队长的电话，听到了有点亲切的声音："老张，请你来我办公室一下！"我噌地一下站了起来，对着镜子深深地吸了一口气，又搓了搓脸，故作镇静地慢慢走进了苏大队长的办公室，准备接受苏大队长尖锐的批评与建议。

苏大队长有点不冷不热地说："老张，这段时间很辛苦吧？你在部队写过材料没有呢？"领导这两句问话真让我如临深渊、如五雷轰顶，这分明是在批评我材料没写好、写得太差啊！我解释道："大队长，我在部队做过多年宣传工作，写过一些公文材料。这是到地方后第一次写材料，对地方的很多事情并不了解，所以写得不到位，请您多批评。"苏大队长笑着对我说："老张，你理解错了，我故意把话说反了。从这份材料上看你是写作高手啊。材料逻辑性很强、内容丰富、材料真实、层次分明、文字优美，具有很强的说服力与感染力。"

苏大队长的这段评价让我自己仿佛身处梦境之中，不知是真实的还是虚幻的，我暗暗地用大拇指尖狠劲地扎了扎食指尖，这才清醒地感觉到苏大队长讲的话是真实的。苏大队长接着说："这份材料我就不用改了，你抓紧打印好后报局长阅示后呈市领导审批，我相信市、局领导对此材料会满意的，你回去后就按照我的批示抓紧落实吧。"我那激动的心已无法用言语表达，心里头像揣了一只小兔子快要蹦出来了，仿佛第一次收到恋人情书时难抑的激动与兴奋。

我涨红着脸慢慢地走回到自己的办公室，慢慢收起自己有点激动，甚至有点颤抖的心，暗暗地告诫自己镇静一点、稳重一点、淡化一点，写了一份材料有什么值得如此心潮澎湃、兴高采烈的呢？自己也不是第一次起草公文！我晃了晃有点发晕的头，深深吸了一口气，感到今天的天空真湛蓝，自己的身体也特别轻松。我认真看了看苏大队长的批示：请送分管副市长、市文化局局长阅示。待市领导批复后，送市网吧整治办各成员单位和各区网吧整治办征求意见。

30分钟动员大会见行动

为了确保报送材料的印刷质量与效果，我特地将材料送到市机关印刷厂印制与装订，并以最快的速度将材料送到副市长和市文化局局长办公室。因为材料经过了苏大队长的严格审核与把关，现在再报送给其他领导审阅时，我似乎不太紧张和渴望结果了，心情也自然放松了许多。我想：领导们的工作都非常繁忙，没时间，也不会认真审阅此材料，顶多签上"已阅""拟同意""同意"等字样而已。我终于可以痛痛快快地休息两天了。

我以前下班回家的第一件事，就是抱起儿子贴贴脸，这也是儿子最喜欢、最配合的事。可今天当我拖着疲倦的身体走进家门，抱起三岁的儿子想要贴脸时，儿子用力推开我的头并用稚嫩的声音说："爸爸好臭、爸爸好脏！爸爸，你这几天是不是到街上要饭去了？怎么像一个老乞丐呢？"我赶紧解释道："宝贝儿子啊，爸爸这几天工作特别忙，加班加点写材料，爸爸可累坏了哟！我马上去洗澡，洗完后再与你贴脸，好吗？"儿子摇着小脑袋笑着点了点头。

原想市、局领导审批材料肯定需几天的时间，我可借此在家好好陪陪儿子。陪儿子玩游戏、画图画、踢足球……可刚到第二天中午的上班时间，苏大队长就来电说："市领导的批复已到，快点来我办公室商量下步工作。"我虽然极不乐意接到这个电话通知，甚至有点怨恨领导有些不近人情，但军人养成的职业习惯让我立即跑出家门。我担心乘坐公交车太慢便坐上了的士，见办公大楼等电梯的人太多，我又一口气跑到四楼苏大队长的办公室。

苏大队长见我气喘吁吁的样子问："你坐火箭过来的啊？我让你快点也不需要这么急嘛。"我擦了擦脸上的汗珠回答道："领导的指令就是冲锋号，必须在第一时间赶到啊，这是军队生活养成的习惯吧！"苏大队长笑着说："市领导对我们报送的材料给予充分的肯定，说写得很全面、很深刻、很有指导性。提出了一些具体的修改意见，主要是要细化各单位、各部门的具体职责，还要征求各单位、各部门的意见，充分发挥和调动基层人员的工作积极性。"

　　我深知：上面千条线，下面一根针。工作落实得好坏关键在基层工作人员是否用心办、真实做。按照苏大队长的指示精神，我迅速修改完善了调查报告，增加了各职能部门和各区的职责分工，并请同事们立即分头将材料送各区、各部门征求意见。当我把材料送到市工商管理局后，心里非常自信且美滋滋地想：这份调查报告已把全市黑网吧的现状与危害讲得很清楚，各单位、各部门的职责分工也很明确，全市网吧未来发展的方向与规划也制订得很完善。各单位、各部门不可能有更好的修改意见和建议吧？只要写上已阅、拟同意的意见即可。

　　我心想：只要各区、各部门的反馈意见一到，我们立即印制全市网吧专项整治行动的方案，召开全市网吧专项整治行动动员部署大会。待各区、各部门正式行动起来后，我们就可以轻松一点了。可征求意见稿送到各区、各部门2天后仍未有一个单位和部门回复意见，这让我们摸不清是什么原因而感到非常着急，我们要根据各区、各部门的反馈意见来制定全市网吧整治的专项行动方案，假如我们的方案与各区、各部门的意见不一致就会影响工作的展开啊！

　　苏大队长有点急不可待地召集我们开会说："全市网吧专项整治行动现在已到了火烧眉毛的关键时刻，市领导和广大市民都关注着我们的行动，我们不能坐等各单位、各部门的反馈意见了，要主动与各区、各部门联系沟通争取早点得到回复。我们要提前制定好全市网吧专项整治的行动方案，认真做好全市网吧专项整治行动动员部署大会的准备工作。这个大会要力争把市长、分管市长和各区、各部门的主要领导都请来参加。从现实的工作实际来看，各项工作只要一把手重视了，事情就好办了。大家现在就开始筹备此次大会吧。"

我深深理解苏大队长急切的心情，网吧市场如此混乱，广大市民反应如此强烈，作为全市文化执法战线的负责人能不着急吗！我作为曾经深入社区了解黑网吧现状的见证人，作为全市黑网吧现状与危害材料的撰稿者，与苏大队长是同样的焦虑与不安。按照苏大队长的指示精神和要求，我给市网吧整治办的同事们再次进行了工作分工。我负责起草整治方案和市领导的讲话材料，小任同志起草会议议程和会议通知，小马同志做好会场准备并发出预先通知……

我们将征求意见稿呈送到各区、各部门后的第3天仍未收到一份反馈意见，这真让我百思不得其解。我猜想是不是材料写得不好让大家不好回复呢？是不是职责写得不清让各部门不好反馈呢？各区、各部门是不是根本不重视此项工作而没安排人员办理呢……我在质疑政府机关工作效率的同时也暗暗祈祷：这可是我辛辛苦苦了两天两夜才写成的材料，分管副市长和我们局长都认可了，你们就行行好，做个顺水人情，反馈"已阅""拟同意""无意见"等几个字就行了。若能给几句赞扬的话，那更让我欢欣鼓舞、感激不尽啊。

征求意见稿送到各区、各部门的第四天下午，各单位、各部门的反馈意见纷至沓来。负责打击无证非法经营职能的市场监管局第一个回复意见，市公安局第二个回复意见……看到各单位、各部门的反馈意见，我是越看越不明白，越看越感觉部队与地方的不同。我真没想到，甚至完全出乎意料啊，大多数的反馈意见竟然与我的期望完全背离。反馈意见不仅未对我撰写的材料给予肯定，对工作提出合理建议，反而是表现出强烈的反对情绪，相互推卸工作责任。

市工商管理局的意见是：互联网文化活动分为经营性和非经营性两类。经营性互联网文化活动指以营利为目的，通过向上网用户收费或者通过电子商务、广告、赞助等方式获取利益，提供互联网文化产品及其服务的活动。非经营性互联网文化活动是指不以营利为目的向上网用户提供互联网文化产品及其服务的活动。互联网文化单位应当自设立之日起60日内向所在地省、自治区、直辖市人民政府文化行政部门备案。我局建议全市打击黑网吧工作应以文化部门牵头为主，工商部门将积极配合做好相关工作。

市公安局的意见是：网吧管理事关青少年的健康成长，

事关社会主义精神文明建设，事关健康积极向上社会风气的形成。近年来，全市网吧违法违规经营现象突出，特别是黑网吧已经成为社会公害，打击黑网吧已成了广大市民的迫切需要，这也是我们公安部门应尽的责任，局党组也要求我们尽快抓好此项工作，但本局认为全市黑网吧的数量不准确、地址不清楚，职责分工也不太清晰，这会造成打击起来难度很大。建议通信部门提供准确的地址，由街道、社区牵头打击取缔黑网吧，公安部门将积极配合行动。

市通信管理局的意见是：根据国家的相关文件精神，县级以上人民政府文化行政部门负责互联网上网服务营业场所经营单位的设立审批，并负责对依法设立的互联网上网服务营业场所经营单位经营活动的监督管理；公安机关负责对互联网上网服务营业场所经营单位的信息网络安全、治安及消防安全的监督管理；工商行政管理部门负责对互联网上网服务营业场所经营单位登记注册和营业执照的管理，并依法查处无照经营活动；通信管理等其他有关部门在各自职责范围内，依照本条例和有关法律、行政法规的规定，对互联网上网服务营业场所经营单位分别实施有关监督管理。我们建议，由市网吧整治办公室弄清每家黑网吧的准确地址，我们才能准确切断相关的IP地址。

…………

我认真研究和仔细分析了各区、各部门的反馈意见，表面看均是有法可依、合情合理的意见与建议，但从字里行间可以看出各区、各部门都在往外推责任，尽量减少自己的工作任务；大家都认为黑网吧确实应该狠狠整治、尽早取缔，但又觉得此项工作难度大、困难多、任务重，都不想主动承担责任，也不愿蹚这浑浊之水；有的单位觉得参与这项行动增加了自己工作量，有的部门顾虑因查处不力而影响年终绩效考核，有些行业管理部门为了自身利益而不愿取缔黑网吧……各区、各部门的反馈意见让我生气至极，军人的正直与勇气让我下定决心，一定要顶住压力，依照上级指示要求起草行动方案，依照法定职责明确各区、各部门在整治行动中的工作职责与分工。

为了筹划好全市网吧专项整治行动动员部署大会，市文化局局长亲自主持召开了会议筹备工作预备会，局机关相关处室的负责人、局办公室的笔杆子大熊和市网吧整治办的全体人员参加了会议。苏大队长汇报了前段会议筹备的有关情况，各相关处室提出了一些意见与建议，市政府办公厅会务处副处长到会进行了专业指导。我作为会议筹备的参与者，本想发表一点自己的看法与建议，但考虑自己位卑言轻而咽下已到嘴边的话。局长在听取各方面的意见与汇报后，就会议的筹备工作进行了详细的部署。

局领导对本次会议的高度重视完全出乎我的意料。我心想：这也不是什么高、新、尖的会议，一个不到两百人的会议又有多大难度呢？我在部队时曾多次参与策划过军、师、旅、团建制规模的军事演习，多次组织部队的大型体育比赛和文艺活动，自我感觉组织大型会议、集体活动谈不上轻车熟路，但还是有一定的实践经验。一个市级层面的工作动员部署大会与部队大型的军事演习、文体活动不就是如出一辙吗？无非是准备材料、下发通知、安排会场、排好座位、迎送领导等一些细致工作而已，我心里感到局长对我还是不太了解啊。

我将各区、各部门的反馈材料全部放在一边，重新将各位市领导对市网吧整治办工作的要求和批复认认真真琢磨了一遍，又重温了国家有关网吧工作方面的政策与文件，再开始起草全市网吧专项整治工作的行动方案。我按照指导思想、组织领导、工作重点、责任分工、方法步骤、具体要求的程序制定了中规中矩的公文式行动方案。我在起草方案中暗暗与各区、各部门较劲，你们想推责任、装好人、不干事、做懒人，我就用制度、分工、绩效倒逼你们来确保工作的完成与落实。

当我撰写方案至凌晨1点多钟时，突然接到驻港部队战友明举兄弟的电话。明举兄弟用急促带有哭腔的声音说："老哥，听说你现在负责全市网吧整治工作，请你帮兄弟一个大忙吧。我上初中的儿子染上了网瘾，天天逃学到网吧上网。我昨天对儿子经常去的网吧老板说，你再接纳我儿子在这里上网，我就到工商部门举报你。结果儿子今天没到此网吧上网，可至今没回家也不知踪影。你能不能帮我找找儿子在哪里上网啊？""兄弟，全市现有数千家黑网吧，我到哪里帮你找儿子呢？我现在正在制定全市网吧整治行动方案，相信不久的将来网吧经营秩序会大有好转。"我只能用这样的回答来安慰战友。

我边起草方案边发誓：我要用尽全力做好本次网吧专项整治工作，最大限度遏制黑网吧猖獗的势头；我一定要把取缔黑网吧作为一场精彩战役来策划和指挥，尽全力为未成年人创造良好的成长环境；我一定要请各单位、各部门在全市网吧专项整治行动方案的框架下，不想干也得干、干不好还不行……我的想法太多了，想要做的事太多了，决心已坚如磐石。我又连续两个昼夜吃住在办公室，认真精雕细琢市网吧专项整治行动方案的每一个字、每一句话。两天后将《关于开展网吧专项整治行动的工作方案》呈送到市委、市政府、市人大、市政协和市网吧专项整治办等相关领导的办公室。

我们在将"行动方案"呈送给市四大领导班子审阅的同时，苏大队长带领我们积极与市公安局、市检察院、市法院沟通协调。依据最高人民法院、最高人民检察院的有关司法解释，联合出台了《关于办理无证无照非法经营网吧刑事案件若干问题的指导意见》。该意见就刑事打击黑网吧的立案标准、适用的法律、各部门的职责和办理的程序等问题明确了有关规定。这为我们的行动提供了法律保证，更突显了本次网吧专项整治行动的重要性。

市公安局、市检察院、市法院三部门联合出台的《关于办理无证无照非法经营网吧刑事案件若干问题的指导意见》明确规定，黑网吧经营的违法所得以及从事违法经营活动的电脑主机、显示器、服务器、路由器、交换机、视频监控等专用设备要一并全部没收；对名义上以"电子竞技俱乐部"、电脑培训服务部、劳动职业技能培训等名义变相经营网吧的，将依法予以取缔。对个人无照经营网吧且非法经营5万元以上，或违法所得1万元以上；对单位无照经营且非法经营50万元以上，或违法所得10万元以上，工商行政管理部门将根据相关条例将案件移送公安机关，追究非法经营犯罪嫌疑人的刑事责任。

《关于办理无证无照非法经营网吧刑事案件若干问题的指导意见》还明确规定，对明知是黑网吧而为其提供互联网接入服务的运营商，通信管理部门将根据相关条例责令其改正、予以警告，并处以5000元以上、3万元以下罚款；工商行政管理部门将依法责令其立即停止违法行为，没收其违法所得，并处以2万元以下罚款；对为存在重大安全隐患的黑网吧提供互联网服务的企业，将处以5万元以上、50万元以下的罚款。这也充分说明非法经营网吧者与对其提供互联网服务的公司都要进行处罚。

三部门联合出台《关于办理无证无照非法经营网吧刑事案件若干问题的指导意见》，这是本市乃至全国都是首开先河的法律事件，省、市电视台等多家媒体进行了专题报道，特区报等本地媒体转载了《意见》的全部内容。行政执法与刑事司法的有力衔接，为刑事打击黑网吧提供了坚强有力的支撑和保障。尤其是"开黑网吧要被刑事拘留，要被送上审判台，要被判刑坐牢"等强硬的内容、严厉的惩罚措施让黑网吧经营者变成了热锅上的蚂蚁。

全市网吧专项整治动员部署大会如期在大剧院隆重举行。会议开始前，市公安、检察、法院、工商、文化、城管、团委、通信等多个部门的主要领导、分管领导、处（科）室负责人，各区区长、分管副区长和部门负责人以及各街道办负责人都早早进入了会场。我原以为宽敞的会场会显得冷清，没想到与会人员入场后热闹非凡，相互之间握手的、拥抱的、拍肩的、窃窃私语的、互换名片的……仿佛是一场久别重逢的欢乐盛会。

市长、分管副市长、市人大副主任、市政协副主席、市网吧整治办领导先在会场贵宾室候会，领导们正襟危坐，轻轻品茶，细细交流。大会正式开始的时间为10点整，当挂在贵宾室正中央有点典雅的挂钟显示为9点58分时，市网吧整治办主任、市文化局局长从有点松软的沙发上站了起来，优雅地伸出右手指着会场、满面笑容地望着市长轻轻地说："市长，各位领导，会议马上就要开始了，请您和各位领导入场。"大家按照市长、市人大副主任、分管副市长、市政协副主席，网吧整治办领导的顺序依次入场，会场上响起了热烈的掌声。当领导们在主席台就座后，刚才热闹沸腾的会场一下子就变得安静了。

会议由市网吧整治办主任、市文化局局长主持，首先由分管副市长传达市政府关于在全市开展网吧专项整治行动的通知，并就如何抓好此项工作进行了详细的部署，明确了专项行动的具体方案和各单位、各部门的职责分工；市政府办公厅副秘书长传达由市公安局、市检察院、市法院三部门联合出台的《关于办理无证无照非法经营网吧刑事案件若干问题的指导意见》；市工商局、市公安局、市文化局和两个区的主要领导分别上台表决心、作承诺，纷纷表示一定要认真贯彻市政府的决策要求，全力以赴做好本次打击黑网吧专项整治行动。

主持人最后讲道："各位领导、同志们，市长对本次网吧专项整治行动非常重视，亲自审批和修改了本次专项行动的方案，今天在百忙之中出席本次会议，下面让我们以热烈的掌声，请市长作重要指示。"我在会前曾反复阅读了由局办公室大熊牵头给市长起草的讲话稿，也发自内心佩服局办"才子"们撰写材料的超强能力，材料写得确实是层次清楚、逻辑严密、重点突出，是一份有市级水平、有市级分量、有血有肉的优秀公文材料。

在与会人员热烈的掌声中，市长站起来给大家微微点了点头，满脸严肃地把整个会场巡视了一番，又把面前的讲话稿文件夹合了起来，轻轻清了清嗓子后开始讲话。我原以为市长只不过是念念稿、表表态，把市网吧整治办的有关意图和要求讲出来。可市长今天却是完全脱稿讲话，讲话的内容与我们提供的讲话稿完全不一样。市长的讲话声音洪亮、慷慨激昂，会场更是寂静无语、鸦雀无声。

当市长讲到黑网吧的极大危害性时，让与会人员产生了对黑网吧咬牙切齿、恨之入骨的感觉；当市长讲到各单位、各部门的职责分工时，让与会人员产生不得不干、干不好还不行的感觉；当市长讲到对本次专项整治的有关要求时，让人感到不做好、做不到位，自己头上的乌纱帽就难保的敬畏。市长的讲话时间不长，但句句深入人心、字字画龙点睛。我不得不暗自佩服市长的讲话水平，领导就是领导，水平就是比一般人高，看得就是比一般人远。

我在筹备本次大会的时候曾想，部队为何战斗力强，靠的就是步调一致才能得胜利。全市开展网吧专项整治行动同样需要各单位、各部门树立一盘棋、一条心的理念。

只有各司其职、各尽其能，网吧整治专项行动才会隆重开场，完美收场。我暗自为自己点赞，自己一位小小的科员，在这并不显眼的办公室制定全市的重大行动方案，并从这里吹响全市向黑网吧进攻的号角。

为了强化和推动本次全市网吧专项整治行动的力度与强度，市网吧专项整治办在多个媒体上公布了黑网吧举报电话，出台了具体的举报黑网吧奖励办法，凡举报一家黑网吧并经查实的奖励现金1000元。规定各区、各部门领导每半月要到一线检查、督办一次，每周要参与一次现场查处行动。各区执法部门要组织专门力量负责黑网吧的查处工作……一场下狠手、动真格、抓典型的网吧整治专项行动在全市如火如荼、轰轰烈烈、扎扎实实地展开。

与曾暗恋的她20年间的3次交流

全市网吧专项整治行动有了市主要领导的指示，有了市公、检、法三部门联合出台的指导意见，有了各区、各相关部门的职责分工与坚定决心，有了广大市民群众的支持与拥护……一场声势浩大、上下齐心的整治黑网吧的人民战场在全市打响。我真有点不敢相信，自己竟然是吹响这场事关全市网吧市场秩序、事关广大青少年成长的重大行动冲锋号的司号员。

市领导带队深入一线督查、督办，市政府各部门按照职责分工抓落实，各区按属地管理原则成了行动的主力军，各街道实行网格式排查整治……我作为市网吧整治办的具体负责人，领着4位从局属单位抽调的工作人员，没日没夜的忙得不亦乐乎。每天要出一期《网吧专项整治工作简报》，主要反映各区、各部门在打击黑网吧中的经验与做法；每天要填报《网吧专项整治行动情况统计表》，将各区、各部门查处和取缔的黑网吧数量、查没电脑的台数、罚款的金额、刑事打击的人数进行统计、汇总与报送。

我们每天在市领导上班之前，要将这两份材料送到市领导的办公室桌上，要传真给各区、各部门的主要领导和参与整治的各成员单位。这两份材料虽然简短，只有两三页纸，可这两份材料是各区、各部门经验展示、工作表现、成绩汇报的一个舞台，也成了一个没有硝烟的比赛场，进一步调动了各区、各部门开展网吧专项整治工作的积极性，确保全市网吧专项整治工作落在实处。我们网吧整治办每天统计的各种数字节节攀升，令人拍手称快。

随着全市网吧整治行动的不断深入，各路执法人员与黑网吧业主玩起了"猫捉老鼠"的游戏，双方是各出奇招，上演了一场针锋相对的攻防大战。执法人员白天查，黑网吧业主就晚上开；执法人员突击检查，黑网吧业主就设"眼线"；执法人员穿便衣检查，黑网吧业主就紧盯执法车号码牌；执法人员声东击西，黑网吧业主就浑水摸鱼；执法人员关门捉贼，黑网吧业主就金蝉脱壳；执法人员围魏救赵，黑网吧业主就以逸待劳……双方是把《孙子兵法》中的胜战计、敌战计、攻战计、混战计、并战计、败战计全部灵活运用上了。

俗话说得好，再狡猾的狐狸也斗不过好的猎手，更何况这是一场正义的"人民战争"。执法人员在与黑网吧业主的攻防对垒中节节胜利、战果累累。全市网吧专项整治行动展开不到一个月，战报上就显示"查处、取缔黑网吧566家，没收电脑设备16580台，没收非法所得194万多元，拘留涉及非法经营的犯罪嫌疑人16人"。黑网吧露头就打的高压态势越来越猛烈。

一天清晨，我把简报送到市政府办公厅会务处时，远远看见副市长迎面向我走来，我有点害羞地低下了头。副市长笑着对我说："小张，你们辛苦啦，昨天的进展与战果如何？"我真不知道副市长还知道我的名字，我有点语无伦次地回答道："您指挥有方，形势大好，战果辉煌，请您看看战报表吧。"

随着副市长在几次会议上对我和市网吧整治办的点名表扬，加上我们负责网吧整治行动简报的采编权与数据的核准权，我这个刚从军队转业到地方上班的小小科员、市网吧整治办的办事人员也成了"香饽饽"，大到区、局领导，小到科长乃至办事员都主动与我交换电话号码。各区、各部门每天来报送材料的办事人员，对我们更是毕恭毕敬、满面笑容，纷纷与我拉关系、套近乎、说好话、送礼物，约我们吃饭，生怕自己无意中得罪我们。

我也深知，这些区、局领导和办事人员并非是对我的尊重，也并非自己有什么了不起，而是对我当前所处岗位的敬重。他们是希望通过我负责的简报与平台，多多采用他们单位报送的材料，展示他们的工作成绩，通过我这个桥梁来给市领导留下深刻而美好的印象。我此时似乎有一言九鼎的权威，但我始终保持清醒的头脑，知道自己的斤两，不敢有半点的忘乎所以。

全市的各大媒体也迅速行动起来，开展了市网吧整治的跟踪报道工作。市里的主流报纸和电视节目专门开设了《整治先锋》《据事说法》《今日之星》《突击行动》《第一现场》《市民心声》等专题节目，对全市网吧专项整治行动进行了全方位、立体式的追踪报道。该曝光的曝光、不留一点面子；该揭短的揭短、不给一点人情；该点名的点名，不讲一点关系。全市大力有效的舆论监督，从而为全市网吧专项整治工作提供强大的精神动力和舆论支持。

我原以为网吧整治行动开始后会轻松一些，谁知行动开始就如进入战场状态，吃、住全在办公室。有一天，已到了夜深人静的时候，办公室的电子钟已指到了凌晨1点的位置。诺德大厦内依然灯火通明，敲打键盘的打字声、传送文件的电传声此起彼伏，商家们正加班加点地做着外贸生意。我坐在那张破旧的老板椅上绞尽脑汁思考，时而闭目仔细琢磨，时而打开电脑查询资料，时而望着门外匆匆而过的人群寻找灵感……希望从多种途径中组合出最佳工作简报，编出一份让领导满意、同事点赞、基层接受的完美简报。

当我感觉真有点黔驴技穷时，便眯着眼睛观看着门外来来往往的人群。突然，我看见一位剃着光头、身材肥硕、戴着拇指粗项链的男人，紧紧地搂着一位烫着波浪头、身穿紧身衣的女子，走三步退两步地从我办公室门前走过。瘦弱的女子有点吃力地搀扶着男人粗壮的腰，两人东摇西晃，好像随时都可能倒地的感觉。当那位女子不经意地抬头朝我办公室望了望时，我全身仿佛触电似的沸腾起来，甚至有点大惊失色，一股又惊又恼的情绪迅速浸透全身。

这位漂亮的女子为何这么熟悉呢？她那纤细的身材在哪里见过？为何跟我心里常牵挂、梦里常相见的梅婷老师这么相像呢？我很快否定了自己的想法，因为梅婷以前是光荣的人民教师，现在是家乡县政府接待办的负责人，在家乡有体面而稳定的工作，为人做事一直给人稳重得体的形象，怎么可能来这里搀扶一位丑陋的男人呢？我假装漫不经心的样子，慢慢走到办公室门口。望着刚刚走过我办公室的女子背影，初步断定女子真是我曾魂牵梦绕的梅婷老师。

当这对男女摇晃着走到过道的转角处时，女子腾出右手理了理自己的头发，并不经意间地回头望了一眼。当我俩四目相对时，我感觉自己的视线模糊了、思维停顿了、行动呆滞了，仿佛自己走进了科幻片、穿越片之中。我赶紧擦了擦眼睛，想仔细瞧瞧近在咫尺的这位女子。可这位女子明显加快了速度，扶着那胖胖的男人很快消失在楼道的尽头，走出了我的视线。这位女子就是我时常梦中相见的青春偶像——梅婷老师。

我虽然在心中想找各种理由来否定着自己的判断，不敢相信真实的事就摆在我的眼前，可现实已让我找不到否定的理由，事实胜于雄辩啊。梅婷老师是一位举止优雅、办事得体、说话温柔、注重形象的优秀女性，现在为何成了这种粗俗的女人呢？我回到办公桌后痴痴地看着电脑屏幕，脑海里却在反复回忆和分辨着心中的梅婷老师与刚刚走过的女人之间的差异。

我清楚地记得：自己作为1997年7月1日首批进驻香港的一员，家乡市、县电视台分别报道了我在驻香港部队的事迹，省报发表的长篇通讯《搏击在驻港部队的荆沙儿女》里也有我的名字。这在当地引起了不小的轰动，家乡县委、县政府的领导亲临我家慰问，左邻右舍纷纷到我家里道喜，多年未联系的亲友也到家里要我的联系电话……因我母亲不幸去世而长期郁闷的父亲也终于有了一些笑容，姐姐、弟弟、妹妹们更是掩不住喜上眉梢、笑口常开。

我深深地记得：驻港部队在进港前为保证部队的高度稳定和顺利进驻香港，驻港官兵一般是不提拔、不换岗、不休假、不看病，每个官兵都相对固定在一个岗位上摸爬滚打；驻港部队进驻香港后，为了确保部队在复杂的香港站稳脚跟，每名官兵都要把自己的岗位当成自己的家，处处如履薄冰，确保万无一失。在我进驻香港两年后才首次回老家探亲，心情与当兵第一次休假回家一样激动，给县长当司机的战友把我安排在县政府接待宾馆入住。

我回家后的第一件事，就是到母亲坟前祭拜，跪在母亲坟前汇报自己的工作表现与成绩收获，诉说自己对母亲的感恩与思念。在短短的半个月休假期间，多年未相聚的老表们相聚一堂把酒言欢，战友们在全县域内收集野生乌龟为我设宴接风洗尘，县电视台的美女主持人还专门登门采访报道……可我心中一直渴望见到的就是常想念的梅婷老师。

我在与过去同校的老师和朋友们的聊天中，不好意思直接询问梅婷老师的近况，但我还是忍不住委婉地谈到梅婷老师，旁敲侧击地引出梅婷老师的话题。终于得知梅婷老师早已成为他人之妻，有了一个幸福和谐的家庭，并且从一名优秀的人民教师变成了县政府接待办副主任，是县主要领导身边的大红人，在这座并不大的县城也算是风云人物了。这些消息让我产生了较大的失落与惆怅之感，非常想见她的欲望似乎一下跌落下来。

从教育战线到政府机关、从人民教师到公务人员，这需要多大的能力与关系啊，梅婷老师是得到了何方神圣的鼎力相助呢？我躺在县政府接待宾馆松软的床上，反复回忆着梅婷老师的言行举止。梅婷老师是县重点中学的物理兼地理老师，曾多次荣获市、县优秀教师称号，也曾是众多帅哥俊男追求的对象。她在全县教育系统顺风顺水、声名显赫，为何要改行成为政府行政干部，并当了县接待办副主任呢？这可是一个关系难协调且要付出心血的辛苦岗位啊。

我回家探亲并不想打扰家乡的领导，只想在家里好好陪陪家人。当县长从司机口中得知我回家探亲的消息后，提出一定要与我见一面、吃顿饭。一县之长在我心中是大官、大领导，现在县长要亲自接见并宴请我，这让我有点受宠若惊，感到很有面子。我在等待战友来接我的间隙，把自己进港时穿的军礼服烫了一遍，准备将进驻香港时的纪念章作为礼物送给县长。

正当我做着晋见县长的准备工作时，传来了"叮咚、叮咚"的门铃声。我以为是战友来接我了，赶紧理了理有点紧身的军装，对着镜子整了整面容，挺胸收腹轻轻打开房门。来接我的竟然是梅婷老师，这整得我有点措手不及，不知如何开口说话。梅婷老师依然还是如此美丽动人，漂亮的脸上充满了迷人的微笑，时髦的着装注满了青春的气息，如今更显得妩媚与自信。

走进房间的梅婷老师让我顿时语塞，不知表达点什么为好，顺口来了三句不冷不热的为什么："为何是您来接我呢？您知道我回来吗？是县长安排您来接我吗？"我暗自问自己，难道县长知道我暗恋梅婷老师的历史渊源？我曾多次给高级领导、首长汇报工作，多次参加各类新闻发布会，谈不上侃侃而谈但也能应答如流，可此时见到梅婷老师后真不知如何对话。

梅婷老师完全看出了我的窘相与失态，主动伸出纤细的手握着我的手说："老弟，我早就知道你衣锦还乡了，只是最近太忙没时间来见你，可不要责怪姐姐哟。我为什么不能来接你呢？我今天是主动请示县长后来接你的哟。"我有点语无伦次地说："欢迎、欢迎，谢谢、谢谢！""我们待会再聊，县长和几位县领导都在县招待所等你呢！"梅婷老师亲切地笑着，亲热地拉着我的手走出房间。

当我们来到县政府招待所正门时，县领导竟然分列大门右侧鼓掌欢迎。县长先跟我来了个大大的拥抱，仿佛我俩是老熟人、老朋友似的，整得我一股暖流涌上心头，我以前从未与县长谋面。县长牵着我的手依次介绍现场各位县领导，我与各位领导一一握手，接过一张张印着"常务副县长""县人大副主任""县政协主席"的名片。县长特地把我带到梅婷老师面前说："这位美女是我们县委、县政府接待办的梅主任，能够与你们香港的大明星媲美吧！"我微笑着点了点头。

在县长的引领和各位父母官的簇拥下，我们依次走进了县招待所的接待大厅。县长很自然地坐到了主陪位置，我被安排在主宾的席位上，我的右侧是风韵犹存的县政协主席，梅婷老师则坐在副陪的位置上，其他领导按照座位牌就座。县长发表了热情洋溢的祝酒词，用公式化语言赞扬我为家乡争光，用数字化成绩讲述家乡的变化，更期待我运用香港这个平台为家乡招商引资。

我表面镇静地听着县长的致辞，可眼神时常含情脉脉地斜视着梅婷老师。只见梅婷老师一直认真注视、聆听着县长的讲话，从未与我对视过一眼，一个眼神也没有，这让我心里非常不悦，猜想着为何变化这么大呢？隆重而热烈的宴会开始后，县长在梅婷老师的陪同下多次为我敬酒，县领导们也纷纷为我敬酒。与县领导共进晚餐已让我诚惶诚恐，家乡父母官的热情更让我来者不拒，最后在朦胧的醉意中被梅婷老师和战友扶回宾馆，与一帮在宾馆等我的亲戚打招呼的力气都没有了。

我躺在软软的席梦思床上头痛难忍，反复挣扎着到厕所呕吐，对于今晚吃了什么菜、喝了多少酒、说了什么话、做了什么事、如何回到宾馆是一点记忆都没有，仿佛处于一种失忆与断片的状态，第一次让我真正体会翻江倒海的痛苦与艰辛。我躺在床上轻轻地呼唤着梅婷老师的名字，慢慢回忆着梅婷老师以前和今晚的一举一动，甚至有点责怪梅婷对我的不关心与冷漠。我已看出了梅婷老师的变化与无奈，接待办主任可不是一般人想干、能干的位置啊。

我与梅婷老师在家乡见面至今已6年多了，其间没有任何联系也无半点消息，心中的眷念依然存在。梅婷老师今晚突然出现在我面前，并且有强烈回避的意思，这完全打乱了我的阵脚，各种联想不断在我大脑里浮现。我原打算今晚起草好市网吧整治办主任、我们文化局局长带队到基层检查的行程安排，可现在却无心工作了。我心中在不停地猜想与琢磨，梅婷老师为何突然来到了本市呢？家里不是有风光无限的工作吗？正当我闭着眼睛苦思冥想之际，轻轻地敲门声把我惊醒，只见梅婷老师正有点慌张地向我走来。

"小张同学，还是称老弟吧。你没想到在这里会遇见我吧？没想到我会变成现在这个样子吧？我现在也要紧跟形势、适应特区的生活啊。"我还未来得及开口说话，梅婷老师开门见山直奔主题，仿佛看透了我内心的想法，并且声音还是那样亲切而悦耳，还多了一些以往少有的俏皮与坦荡。我有点惊慌失措地站了起来，赶忙搬椅子、倒开水，请梅婷老师坐下。

梅婷老师用戴着一颗大钻戒的左手轻轻地按了按我的肩，用右手半掩着嘴凑到我耳边小声说："老弟，你今后不要称我为老师了，咱们之间随便一点。我今晚的应酬比较多，现在要去陪一位香港大客户，另找时间单独跟你详聊吧。这是我现在的名片和工作单位，记得给我打电话，我请你吃家乡菜、唱歌啊。"梅婷老师边滔滔不绝地说话，边与我来了一个大大的拥抱。

我还没说一句话，也不知如何答话，连名片也未回送一张，梅婷老师就匆匆飘然而去。我望着梅婷老师渐渐消失的背影，用力吸了吸空气中留下的香水味，若有所思地拿起桌上的名片。国际、文化传播、总裁助理，这几个词深深地刺激着我，让我觉得闪眼且不可信，担忧梅婷老师会不会踏上"贼船"呢。梅婷老师今晚的出现和与我的见面，没有让我有半点的兴奋与喜悦之感，只有淡淡的忧伤与牵挂之情，因为开放的城市什么"鸟"都有啊。

漂亮、能干且风光无限的梅婷老师为何丢掉家里稳定、体面的工作而南下创业呢？是因感情还是事业，是因金钱还是喜爱，是自愿还是无奈？听说家乡的县长被双规了是否与梅婷老师有牵连呢……这些都令我百思不得其解，甚至有点埋怨起梅婷老师，这些年来为何留给我的总是思念与谜团呢？我在心中更是愤愤不平地埋怨道：你连我的名片、电话都未曾留下，如何与我联系、如何请我吃饭呢？我为自己未及时送出名片而有些懊恼。

梅婷老师与我匆匆见面又匆匆告别，留给我的又是一次失望与猜测，我决定绝不主动与她联系。与梅婷老师此次见面后一周，市网吧整治办主任、市文化局局长带队到某区检查黑网吧整治情况。这个检查行程是我精心设计安排的，有听取区里的情况汇报、观看该区整治成果展、定点取缔一家黑网吧……区、街道领导全程陪同检查，广电集团也安排了《第一现场》的记者随同采访，我是上传下达起着联络员的作用。在区、街道执法人员的大力协助下，整个检查行动非常圆满顺利，我近两个月来第一次可以正常下班回家。

我本想早点回家给家人做顿丰盛的晚餐，陪陪上幼儿园的儿子玩一玩，听听儿子用稚嫩的声音背背唐诗。可随行的电视台记者又留下我问了一些数据，确定了一些领导的姓名和职务，说是晚上播放时打屏幕用的，并告诉我要注意收看今晚的《第一现场》节目，里面肯定有我的镜头与光辉形象。我心中暗自惊喜表示一定准时收看，然后连声道谢并挥手告别。

我在家附近的超市购买了红腰豆、卤猪蹄、红烧鲤鱼、烧鸡等几份熟食，回到家后又动手蒸了一盘家乡的腊肠、一盘腊鱼，炒了两份时令青菜，并致电好战友钟诚来家小酌两杯。钟诚问："哥，邀我来家吃饭，有什么喜事吗？"我说多日不见十分想念，但内心的想法是让兄弟看看我在电视中的形象，感受我陪同市领导的自豪，分享我工作中的喜悦，给好哥们一个意想不到的惊喜。

我把八个菜盘摆在有点窄小的茶几上，儿子问为何不摆在饭桌上，我说饭桌待会留给你练字，我与钟叔叔待会儿边喝酒边看电视。我与钟诚面对电视边酌边聊，我们聊起了进港前深夜用力吸坑螺的快乐、香港驻军首次对外开放的盛况、进港后斗地主罚喝酒的乐趣、我指挥驻港旅千人大合唱的气派……哥俩聊到尽兴时，钟诚老弟端起一杯酒敬我说："俺哥当年也是指挥千军万马、叱咤风云啊，现在当'兵'可否习惯？"我真有点无言以对，端起酒杯一饮而尽。

钟诚以前敬我酒时总是说："科长，我敬你一杯，你喝完我随意。"现在不知何时酒量大长，可以不用婉拒我的敬酒了，我俩也不知不觉把一瓶江西四特酒喝见了底。今晚电视台《第一现场》的头条新闻就是市网吧整治办主任、市文化局局长带队检查网吧专项整治工作。我在节目中先后5次出镜，表现虽不算十分出彩，但也算中规中矩、可圈可点。这是我在地方工作后第一次上电视，还是陪局领导下基层检查工作，酒精和虚荣心的作用让我有点怡然自得的感觉。

钟诚看到电视节目后故意睁大眼睛看了看我，轻轻拍了拍我的肩膀，对我伸出了一个大拇指，款款端起一杯酒装着深情地对我说："哥，你真厉害哟，大大的厉害哟，到地方这么快就红起来啊！我敬哥一杯，我喝完你随意。"我也故意装着吃惊的表情说："兄弟，你在部队敬我酒时总是说'哥，我敬你一杯，你喝完我随意'，现在都能主动出击啦，说明到地方也是'酒精'考验了吧。"我俩相视会意一笑，碰了碰杯，一起高喊："干！"

我又从床底下取出一瓶从香港购买的茅台酒，哥俩正喝得有点飘飘然的时候，我的手机铃突然响了起来。我不想接听任由手机铃声响个不停，翻开手机盖见是一个陌生的电话，便迅速按下了"拒绝"键。我想继续看看《第一现场》还有什么节目，看电视台对黑网吧专项整治行动有什么样的评论，更多的是想看看自己在现场的表现和电视中的风采。

我刚端起酒杯想回敬钟诚一杯，手机铃声又长长地响了起来。我一看还是刚才的电话号码，便按了"接听"键后把手机扔在一旁不说话。"请问是小张同学吗？你没存我的电话啊？为何不接我的电话呢？听不出我是谁了吗？"一个有点嗲声嗲气，但又熟悉的声音传入耳中。原来是我在心中默念了无数遍的梅婷老师。梅婷老师今天为何突然给我打电话呢？她从何处知道我的电话号码呢？突然给我打电话肯定有什么急事吧？……

我虽然心中有一丝惊喜的感觉，也有想见一见梅婷老师的渴望，可表面故作镇静且有点冷淡地说："哦，原来是梅婷老师啊。刚才不知是您的电话就按掉了，失敬、失敬，对不起您啊！接到您的电话、听到您的声音，真让我高兴啊，您有什么指示？"虽然近几次见到梅婷老师的情景让我深感失落与失望，甚至有点烦恼与埋怨，我也曾想把梅婷老师从自己的脑海深处删除，可这份铭刻于心中的暗恋是永远也抹不掉的记忆啊。

梅婷老师声音轻柔带嬉笑着说："小张啊，称小弟吧，你上次回家乡我未接待好，前不久在诺德大厦与你也是匆匆见面，姐心中确实有很多难言之隐啊，请小弟多多理解和原谅哟。我那天在诺德大厦见到你啊，感觉小弟比以前更英俊了，更有男人风度与味道了。我最近早就想专程去看望你，请小弟吃饭和唱卡拉OK，可我近来太忙了，再次请小弟谅解哟！"梅婷老师的一番客气话，让我感觉毫无情感与滋味，完全是商场上的虚伪与做作的表现。

梅婷老师自接通电话开始，就一直夸夸其谈讲个不停，我不想耽误与哥们的酒兴便抢话说："梅婷老师啊，我上次回老家，得到了您和县领导的盛情款待，真让我受之有愧、受宠若惊啊。对您的感谢之情一直深藏在我的心中呢，就是找不到机会来感谢您、亲近您呢！我现在已转业到地方了，今后相约就方便多了，请您安排一个时间，也让我来尽一尽老乡、同事和东道主的心意吧。"我故意慢条斯理且带着调侃的口吻说。

梅婷老师未待我把话讲完就抢过话头说："老弟啊，哪敢让你请我吃饭呢！我早就想请你吃饭了，只怕你不给小姐姐这个面子啊。小弟，看你何时有时间？我在海鲜酒楼请你和家人吃生猛海鲜，行吧？"我笑着回答说："美女老乡请客，我随时都有时间啊。那就由您来请客，由我来买单吧！相请不如偶遇，您看明天如何？"我虽然对梅婷老师有些生气，心中存有怨恨情绪，但内心还是充满了想见面的渴望，能陪美女吃饭是愉悦的事情，何乐而不为呢！

"小张老弟啊，那我们就初定明天晚上吧，我订好饭店后发信息给你。我现在冒昧地给你打电话是有一件急事、难事求小弟帮忙啊。不知小弟给不给姐姐这个面子哟？"梅婷老师有点祈求的话语让我大吃一惊，心中的怨气随之而升，犹如寒冷的冬天被当头淋了一盆凉水。原来是有难办之事才想起我啊，想见她的愿望一下降到冰点。我用比较生硬的语气说："梅婷老师啊，我是一名刚从部队转业到地方的普通公务人员，哪有什么能力和本事为您办什么事呢？"

梅婷老师有点着急地说："小弟啊，你今天下午陪局领导查处网吧，现场取缔的就是我开办的网吧啊，没收了网吧的59台电脑、近3万元现金，这可是我的全部家当啊，更重要的是还拘留了我的几个员工。让我急得口生疮、嘴冒泡，真上火哟。我刚才在电视节目中看见是你陪着领导检查，我仿佛看到了希望、看到了救星啊。你看这事如何办呢？你可要好好帮帮姐姐啊。"

梅婷老师的一番话让我听得目瞪口呆，真是"无巧不成书"啊，世上真有这么巧合的事情吗！我从手提文件包中找出梅婷老师留给我的名片，仔细看了看，原来"国际文化传播公司"就是一家黑网吧啊，这使我对名片的敬畏有了一些变化，对印有总裁、董事长、总经理等名头的名片有了新的认识。我有点心不在焉地回答说："哎呀，这真是大水冲了龙王庙啊。我若知道是您开办的公司，那就不会带领导去查处了，查谁也不会查您啊！"

"小弟啊，我在本市是初来乍到、人生地不熟，就是你上次见到的那位肥仔帮我开办的网吧，我也不知道开办网吧还需要办证，这里面还有我妹妹的投资啊。我妹妹也被公安局带走了。没收的电脑和钱能不能要回来已不重要，关键是把人从公安局弄出来啊。小弟啊，你说现在咋办呢？你一定要帮姐想办法啊！请人吃饭、花钱送礼都行。"梅婷老师边说边哭泣起来。

梅婷老师的哭泣让酸楚之感涌上我的心头，早知现在何必当初呢。您本有体面的工作，为何要沦落到这样的境地呢？我现在是有心想帮也是无能为力啊。我转变语气非常诚恳地说："梅婷老师，我肯定想帮您啊，可现在实在帮不上哟。因为这是我们局长亲自带队查的，尤其是新闻媒体进行了宣传报道，这已成为社会关注的热点新闻。局长今天下午为类似事情还严肃批评了几位基层干部，我这样的位置肯定不敢向局长求情啊，只能请您理解与谅解，我实在没这个能力哟。"

"原来是这样啊，那就不为难你了，就都算了吧，我看能否想其他办法。"梅婷老师简单回话后就挂断了电话。我心中却七上八下地打起鼓来。"就都算了吧"是什么意思呢？是不再找我帮忙了还是明天请客也免了？是瞧不起我还是与我结束一切呢？算了就算了吧，我也不愿管这事，也管不了这事。我从此时此刻起，对梅婷老师再也没有了心情激荡的感觉，只是多了一些怜悯与祝福。

副市长2小时检查堵漏洞

全市网吧专项整治行动开展已一月有余，从媒体的报道上看仿佛本市当前就在干这一件事情。每天都有市领导带队查处黑网吧行动，市、区各相关部门领导陪同，公安、文化执法人员带队，大批媒体记者跟随采访，每次检查真是兵强马壮、浩浩荡荡；各区、各部门领导为了在电视屏幕上露个脸、在报纸上留个名，也纷纷带队到基层、到社区、到城中村去查处黑网吧。每当看到各区取缔黑网吧的现场报道，我心里就像喝了蜂蜜一样甜蜜。

我们每天汇编着各区、各部门报送的网吧整治的经验材料，收集并公布着各区、各部门网吧整治的成果战报，紧张而忙碌的工作成了生活的常态。在我儿子过生日的那天，我正准备提前回家陪儿子过生日。苏大队长突然给我打电话说："老张，分管副市长拟近日带队到各区检查，督导网吧整治情况。请你今晚拟制一个具体的行程方案，检查的时间、地点、陪同人员、车辆保障等都要安排周全，要安排到那些网吧整治成效比较好的区和街道，同时安排两个现场检查，再召开一个座谈会，听听两个区、两个街道的情况汇报。"

苏大队长的指示让我深感失落，我对儿子的承诺又要落空了，可性格中浸透了军人血液的我，不经思考就爽快答应了苏大队长的要求。分管我们的副市长是一位学者出身、形象优雅、为人谦和的女性，在市政府主要分管教育、卫生、文化、新闻出版等工作，并且担任本次市网吧整治工作领导小组组长。我对副市长对我的多次表扬一直心存感激，能够安排副市长的工作行程是我心中的愿望，能够陪同市领导到基层检查更是我心中的渴望。

对作为在部队政治机关工作多年的政工干部来讲，要给领导制定一个工作行程安排，这可以说是轻而易举之事。可给学者出身的副市长安排行程，我真不敢有丝毫的轻视与怠慢，赶紧加班研究方案。我先简单翻阅这段时间印发的《网吧专项整治工作简报》，选择了整治行动快、经验丰富、成效明显的一个区供领导检查；查阅各区、各部门每天上报的查处黑网吧的战报，选择一个没收电脑数量多、车辆进出方便的街道和工商所供领导考察。我还在网上查了查这位领导过去的履历，看看领导参加过什么活动。

我虽然到地方工作时间不长、参加的检查活动不多，但发现一些领导到基层、企业检查指导，只不过是走马观花、指指点点、拍照留影而已，起到的只不过是"雨过地皮湿"的作用。我的内心真希望领导们到街道、一线检查指导时，能够开展不预先安排、不给基层打招呼、不让媒体跟踪报道的求真务实的真检查。我明知自己的想法肤浅而不现实，自己还必须全力以赴地拟制好行程方案，为市领导的检查行动策划完美的行程安排。

我在初步制定好副市长到基层检查的行程方案后，先用短信把方案报苏大队长审核批准。我为了确保行动方案的顺利实施，又将初步方案分别电话告知了相关单位、部门和有关人员，并利用一个下午的时间沿着安排的行程走了一遍，认真仔细地考察了道路是否通畅，检查现场是否安全可靠，汇报会现场是否明亮舒适，汇报发言人是否准备就绪……

当我认为市领导的行程安排已很周密细致、可以执行时，正好接到苏大队长的通知："副市长拟明天下午带队检查，请你下午2点在市民中心南广场统一乘车，你要全程陪同参与检查，并及时与各单位、各部门沟通联系，确保行程的安全、顺利。"我嘴上答应马上落实，可心里却在猜疑。我原定的方案是下午4点出发，为何现在突然改为2点呢？多出的时间又如何安排呢？

我能够陪同副市长下基层检查工作，这让我当晚激动得彻夜难眠。在我们家因成分不好而下放到农村的时候，当副县长的表兄来我们村检查工作，顺便到我们家待了5分钟，送了一袋大米。我们家立即成了当地的名望家庭，经常挨斗的父亲成了大队会计，经常欺负我的小伙伴们对我有了三分害怕。我现在要陪比表兄官大几级的市领导去基层检查，一种欣喜、自豪之感涌上心头。

军人的时间观念是最强的。当我顶着炎炎烈日且提前半小时来到市民中心广场时，宽阔的广场空无一人，连一丝微风也没有，给人一种闷热难耐的感觉。我静静地坐在大理石铺垫的台阶上，望着广场中央旗杆上静静的五星红旗，不禁想起了1997年7月1日从这里整装出发进驻香港的神圣时刻。当时这个广场还是长满野草的荒凉之地，仅有几条未通车的市政道路。这里在不到10年的时间内，就有了沧海桑田、翻天覆地的巨变，成了本市的中心地带，成了市政府的办公之地。

离出发的时间还有10来分钟，市文化局局长、市公安局副局长、市工商局副局长、市文化执法大队苏大队长、两名电视台记者分别到达。副市长在市政府副秘书长刘秘书的陪同下准时来到广场，亲切地与大家一一握手。我们局长在与副市长握手时介绍说："您今天下午的检查行程，是小张拟制和安排的，今天就由小张做向导。小张是今年从驻港部队刚转业的，现在负责市网吧整治办的具体工作。"

副市长笑了笑说："网吧整治行动开始以来，网吧整治办做了大量工作，并且效率高、质量好、效果明显。我从每天的简报中，早就知道道新同志啦。说明局长慧眼识珠用对人了啊。人民解放军是战场上的勇士，整治黑网吧更应该是小菜一碟哟。"副市长亲切而诙谐的话语一下释放了我的紧张之感，在大家附和的笑声中依次登上考斯特中巴车出发了。

我本想市领导到基层检查一定是警车开道、前呼后拥、阵仗很大。今天却是轻车简从，随意淡然，副市长更像邻家姐姐一样可亲可敬。我将今天检查的行程安排表呈送到各位领导手中，再坐到副驾驶位置准备引导司机，按我预先探寻的路线行进。副市长笑着对大家说："今天就不完全按照小张制定的线路行动了，先由刘秘书带路前行吧！我要提醒两位电视台记者注意，今天下午前半段的行动要采用密拍的方式进行，避免打草惊蛇和引起社会治安问题。"

副市长轻轻松松的几句话，让车上所有参加检查的人员大吃一惊，摸不清领导的真正意图，不知副市长心里揣的什么谜。我原先精心准备的行车路线、工作事项、开会地点、参观现场、参会人员、茶歇茶点……现在一下子完全作废了。我原想利用这次机会表现一下，让领导看看我的综合协调能力，结果所有的辛苦努力成了无用之功。我一下子还真束手无策，不知如何说话与行事了，只好紧跟领导的步伐行动。

我悄悄地坐在中巴车最后一排的座位上，不敢说话甚至不敢大声咳嗽，担心苏大队长批评我方案没做好，让领导不满意、不开心而改变了行程路线。可我心里反复回忆起草行程的全过程，方案的文字上应该没问题，方案的行程上应该没差错，方案的报批上应该没纰漏……那是什么原因让副市长改变了我精心准备的行程安排呢？我默默地盯着领导们的一举一动，心中猜测着副市长今天将如何安排行程，我将如何做好协调与补台工作。

当中巴车行驶到二线关外的一个社区时，副市长要求大家下车，三人一组进入社区巡查。大家随着副市长悠闲的步伐，好像逛街似的往社区的城中村走去。我们刚从干净靓丽、鲜花盛开的市民中心出来，现在映入眼帘的景象真让我不敢相信自己的眼睛，世界闻名的大都市竟然还有这么脏、乱、差的城中村。只见楼与楼是手握手，摩托车是横着走，菜摊随地摆，垃圾污水遍地流……大家分散在副市长前后两边，踏着污秽泥水往城中村深处走去，有些村民用一种好奇和不友好的眼光打量着这帮穿戴整齐的行人。

副市长好像早有准备似的，带着我们径直来到村中的第128栋房屋侧面，就听见里面"炸、炸、炸""杀、杀、杀"的叫喊声此起彼伏，好像正在进行一场真枪实弹的战斗。我率先悄悄走进房屋内巡视了一番，只见室内有40多台电脑、30来人上网，烟雾环绕，烟头满地，网线杂乱无章。有些穿着工厂服装的打工仔正忙着聊QQ，两位光着上身、叼着香烟男子看着黄色视频，绝大部分是穿着校服的中学生在大声喊叫着玩游戏。

我此刻明白了副市长为啥提前出发，为何不让我带路前行。我赶紧出来向苏大队长报告了里面的真实情况，建议马上通知当地的公安、工商部门过来查封。副市长摆了摆手后微笑着说："大家不用着急，我们进屋上网玩一会吧，我已安排好了下一步的行动了。"当我和苏大队长率先走进房屋时，一位中年女性笑脸相迎，热情相待，完全没有一点防范的意识，反复问我们是不是来上网的，说这里上网很便宜、很安全，网上的内容也很丰富、很精彩。

为了避免中年妇女纠缠着领导们不放，我赶紧嬉笑着拉着中年妇女来到吧台前，交了一百元订金换了五张上网卡，检查组的人员拿着上网卡纷纷到电脑桌前坐了下来。我表面上在开电脑、插上网卡、要上网玩，其实眼睛在不停地巡视着屋内的一切，更多的是紧盯着副市长的一举一动。我担心这帮近乎发疯的游戏人，做出一些出格的动作伤害到漂亮的女副市长。

也许是网速太慢的原因，在我的电脑还不能完全正常运作时，大门前突然被几名警察紧紧堵住，一大帮穿着工商服的、扛着摄像机的、拿着包装箱的人涌进屋里，带队的人员快速跑到副市长面前。副市长低沉而严肃地说："杨副区长，你们来得还很快啊！请你马上安排工商、公安、街道有关人员迅速取缔此黑网吧。"杨副区长连忙答道："我们立即安排查办，请您先到区委、区政府大楼吧，我们区委书记和区长在会议室恭候您。"

杨副区长立即指示在场的区工商局副局长牵头负责取缔工作，要求公安部门严肃处理黑网吧业主，其他部门各尽其责、抓紧查办。在区里查处这一家黑网吧时，副市长又带着检查组在城中村巡查，只见一些房屋迅速关闭卷闸门，许多穿着校服的学生纷纷逃走，喧闹的城中村一下安静了许多。副市长微笑着对副区长说："这种情况说明此处黑网吧还不少啊，不知你们前段时间是如何查处的，你们研究一下如何查办吧。"

当区委书记、区长陪着副市长走进区政府会议室时，我看见会议室的座位牌还是我前天摆放的样式。待各位领导按座位依次就座时，两位漂亮的女服务员分别给领导们递上冰凉的湿毛巾，一位帅气的小伙子端上几盘无籽西瓜。副市长招呼大家吃西瓜消消暑，自己也拿起一块优雅地吃了起来。看到领导们的淡定，我的心似乎平复了一些，感到西瓜的味道真是甜、真好吃。

因为会前出现了黑网吧的事情，各位与会人员不知说什么为好，大家都低头吃着西瓜。我们局长打破宁静说道："副市长，您的情况摸得真准啊。真没想到全市网吧专项整治一个多月了，还有这样敢于公开经营的黑网吧存在，这说明网吧专项整治行动还有很多漏洞啊。"市工商局副局长有点自责地说道："这也说明我们工商部门工作不到位，我们要好好反思，重新部署，扎实工作。"我看见副市长听后均是笑而不答，但从笑脸中可以看出有一些不悦。

当负责现场查处黑网吧的杨副区长满头大汗带着相关部门负责人匆忙走进会场后，副市长扶了扶面前的话筒后说："同志们，今天的会议就由我来主持吧。我想先听听杨副区长汇报一下刚才查处黑网吧的情况，再听听区长和区工商、文化等部门有关网吧专项整治情况的汇报，我们再一起去现场察看一下，区里没收黑网吧电脑等设备的仓库。请大家汇报时要简明扼要，下面请杨副区长先介绍情况吧。"副市长的开场白简单易懂，但透出一种严肃与威严。

杨副区长是部队副师级干部转业的，现分管区文化、教育、卫生等方面的工作，也是区网吧专项整治工作领导小组组长。杨副区长听到副市长的点名，先站起来向副市长深深鞠了一躬，挺直腰板后用浑厚的男中声说道："尊敬的副市长，我首先要向市长和各位领导作出深刻检讨。因我们的工作没做到位，出现'灯下黑'的现象，给市、区网吧专项整治工作抹了黑……"

平常一向温柔典雅、可亲可敬的副市长，今天却一反常态，立即打断了副区长的发言，有点面带怒色地说道："副区长同志，我今天不是来听你作检讨的，暂时也不想听你的检讨。你先汇报一下刚才查处这家黑网吧的情况，其他的就不用汇报了。现在还没有到追究责任的时候。"副市长的话虽直截了当，但让人听了不禁有点发怵：暂时不想听你的检讨，现在还没到追究责任的时候。领导的讲话是话里有话，让人不敢深入联想啊。

"报告副市长，刚才现场查获电脑59台，没收非法所得16900元，两台服务器上储存有136部淫秽电影。因这家黑网吧涉嫌传播色情淫秽内容、非法经营罪，网吧的老板、网管、收银员等3名犯罪嫌疑人已被公安部门带走，案件有待深入查办，汇报完毕。"副区长简要汇报了刚才查处黑网吧的战果，区文化、公安、工商部门的负责人也分别汇报了本部门在黑网吧整治工作中的一些具体做法、成绩及体会。

副市长点名让刚才黑网吧所在社区的工商所所长也汇报一下。有点肥胖的工商所所长自信满满地说道："我们在市局、区局的领导下，全所人员加班加点查处黑网吧，并取得了丰硕的成果，收缴了大量的黑网吧的设备设施。"副市长插话问道："你们工商所没收了多少台电脑？没收的电脑设备存放在哪里？"工商所所长有点自豪地说："我们共查处、取缔黑网吧25家，没收电脑400多台，电脑就存放在我们工商所的仓库里。"副市长笑着说："你们辛苦了，我们会议结束后，到你们工商所仓库参观一下，看看你们查处黑网吧的成果吧！"

该区区长详细汇报了本区开展网吧专项整治行动的一些具体做法、工作成果以及后续的工作打算。概括起来就是建立了"综合治理的领导责任，舆论引导的宣传造势，内联外聚的线索采集，源头断网的查处取缔，赏罚严明的后续管理"等五项工作机制。这也是我曾在市网吧专项整治工作简报上转发过该区的一份材料，我更钦佩的是区长对工作成绩脱口而出，对罚没数字如数家珍。副市长听后简单地点了点头。

副市长做了一个简单的工作点评和工作部署，并对下一步整治行动提出了具体的要求。在副市长作简短讲话时，我看见刚才汇报工作的工商所所长似乎如坐针毡、不停地左顾右盼，豆大的汗珠在面颊上流淌，丰满的脸庞一会红、一会白、一会黑，显示出非常痛苦与难看的样子。我一下子就纳闷和好奇起来，刚才侃侃而谈的工商所所长为何瞬间变得如此狼狈不堪呢？是不是突然生病了呢？

我轻轻地走到所长身边，递上一条湿毛巾并关切地问："所长，你是不是生病了？脸色这么难看，要不要到医院去看一看啊？"所长擦了擦脸上的汗珠，用近乎哀求的语气对我说："兄弟，我现在确实有点不舒服，请你转告副市长，就不要到我们仓库去参观了吧。"所长的所言所求，我无法理解，也无能为力地笑着说："这是副市长刚才亲口作出的决定，我们哪敢改变呢。"

副市长最后用严肃的语调说道："今天的会议到此结束，请与会者一起到工商所仓库参观吧。"工商所所长还未等副市长把话讲完，就慌慌张张地站起来吞吞吐吐地说："副市长，我现在突然内急，肚子很不舒服，就不陪各位领导了，仓库保管员今天请假不在，请大家今天就不要去参观仓库了！"

"所长，你是不是开展网吧整治行动太辛苦了？若身体不舒服的话，那你赶紧去医院检查吧，今后既要做好工作，更要注意身体啊。你今天可以不陪我们去仓库参观，通知你们的仓库保管员去开门即可。我们与会人员稍等一会儿没关系，今天邀请大家参观你们罚没的物资，给大家一个学习借鉴的机会。"副市长的口气充满了关心与关爱，但参观仓库的决定也不容置疑。

工商所所长见无法阻挡副市长的决定，便用祈求的语气结结巴巴地说："我们工商所确实没收了黑网吧的400多台电脑及其设备，但因我们所里的仓库太小了，根本没法存放和保管，我们上周已将没收的电脑设备全部拍卖了，大家现在只能看到一个空置的仓库，没有什么可参观的啊。"我看见所长深深地低着头把话说完，感觉所长想把自己装进套子里藏起来一样。

副市长听后有点恼怒地问道："什么？你们把电脑拍卖了？网吧整治行动才刚刚开始，拍卖罚没物资应该有一定的时间规定吧？是谁同意你们拍卖罚没物资的呢？你们履行了相关法律程序与手续吗？每台电脑设备拍卖多少钱呢？拍卖的资金都入国库了吗？"副市长越说越生气、越说声音越大，一连串的提问让所长低着头不停地回答："没有、没有，也没有……"市工商局副局长和区领导的脸色是越来越不好看，生气的想骂人的表情呈现在脸上。

工商所所长看见副市长非常生气的样子，说话更是前言不搭后语："报告副市长，我们地处本市郊区，不是郊区是关外，黑网吧的电脑都是市区淘汰下来的残次品。400多台电脑一共拍卖了三万五千多元，平均每台八十二元。因为这些电脑都过时了，有些还不能使用了，结果只有一家企业参与拍卖并全部买走了，拍卖的资金还放在我办公室里，我马上去办理入库手续。"

副市长厉声地说道："既然所长把实话全讲了，我们就不去仓库看实物了，我想也没什么可以看的了。大家应该知道，现在每台新电脑市场价格三四千元，你们拍卖得竟然这么便宜，竟然只有一家公司来参与拍卖。我假若知道有这么好的拍卖会，也要积极参加竞拍啊，拍卖出这种价格亏你还能说出口。这种拍卖真让人怀疑是不是有什么猫腻。"

"我暂且不说你们的拍卖是否合法、是否是监守自盗，但你不按规定拍卖、拍出这么低的价格，这是无法给政府和老百姓交代的。现在请市工商局牵头，区政府相关部门参与，组成联合调查组。认真查清这个拍卖会是谁组织、是否合法。若拍卖不合法，这些电脑都拍卖给谁了？这里面是不是存在徇私舞弊之嫌？请尽快将调查结果报送市政府，若涉嫌违法违纪行为，则请纪委、检察院提前介入。"副市长一扫往日的优雅，愤愤说完后就向会场外的中巴车走去，我们检查小组的其他人员也一声不吭地登上了车。

中巴车内的氛围与外面的天气一样闷，副市长是一言不发且面带怒色，其他人员也是默默无语干瞪眼，司机连副市长平常爱听的轻音乐也不敢播放。我挺直腰板端端正正地坐在最后一排，生怕自己的任何不恰当行为，成为领导们批评与指责的导火索。可我心里却感到非常清爽，因为副市长今天到基层检查的方式是我最期盼、最敬佩的方式，这才是真正的深入基层督查。我现在终于明白了副市长今天为何改变行程，且查处黑网吧一查一个准的缘由。

当中巴车到达市民中心广场后，副市长转过头略带笑容地说："大家也不要自责，我今天也没有批评大家的意思。整治办制定的今天的检查方案很全面、很周密，也可行，但为什么没按行程安排来实施呢？我也担心方案告知基层后，把检查变成了演戏和形式主义，我们就没法了解基层网吧专项整治的真实情况。大家通过今天下午的检查与会议应该有所感触吧，网吧整治难度大、任务艰巨，大家责任重，一定要真抓实干啊！"副市长的一番话充分肯定了我们的工作，仿佛给我吃了一颗定心丸，不用担心苏大队长批评我了。

副市长接着说："我近两天已安排办公厅的人员暗访了一下，这才有下午的行动与效果。现在看来全市黑网吧现象还大量存在，少数基层公务人员参与黑网吧经营、为黑网吧提供保护伞，网吧整治的形式主义依然严重。同志们不能掉以轻心啊，必须亲自到一线摸情况、找线索、查案子、追源头，这样才能弄清实情，确保整治行动扎实有效啊。"副市长的一席话让大家沉闷的心情释放了许多，我再次感受到了副市长的优雅和可亲可敬。

根据副市长的指示精神，我们在网吧整治简报中增加了一栏，将各区每周查处、取缔黑网吧的数量、黑网吧的地址、没收电脑的数量、罚款数额、拘留人员等情况进行统计公布，并将简报直接送市委、市政府各相关部门和各区。为确保数据的真实可靠性，市网吧整治办采取不定期、不打招呼的方式到各区查看现场、清理数量，从而杜绝了数据上弄虚作假、欺上瞒下现象的出现。

经过整整180天的网吧专项整治行动，全市网吧市场得到了有效规范，黑网吧市场得到了有效遏制。共取缔黑网吧2657家，没收电脑5万多台，刑事拘留了65名犯罪嫌疑人，一批开办黑网吧牟利和为黑网吧充当保护伞的公职人员被查……那位在副市长检查时装病的工商所所长，在自己管理辖区开办了五家黑网吧，没收的400多台电脑以所谓的拍卖名义，以远远低于市场的价格卖给了自己的黑网吧和亲属，最终被判处有期徒刑五年。

全市网吧专项整治工作取得了辉煌的战果，极大地打击和限制了黑网吧的生存空间，受到了广大市民的热烈拥护和高度赞扬，从而为未成年人成长创造了良好的环境。在全市网吧专项整治行动总结表彰大会上，26名受市里通报表彰的先进个人名单中也出现了我的名字，副市长亲自为我戴花，我们局长为我颁发了先进个人证书。我在表彰大会上做了题为《把行政执法与刑事司法紧密结合，确保网吧整治行动圆满成功》的经验介绍。

我在介绍本次网吧整治工作的体会时谈到：一是确立法律依据是刑事打击黑网吧的前提；二是搞好协调配合是刑事打击黑网吧的基础；三是做好证据固定是刑事打击黑网吧的关键；四是司法及时介入是刑事打击黑网吧的保证；五是加强后续管理是刑事打击黑网吧的支撑。我所作的经验介绍材料被省厅《工作简报》转发，供全省同行们参考借鉴。

当我完成市网吧专项整治工作的历史使命，戴着大红花、捧着先进个人证书回到局里后，局党组鉴于我在市网吧整治办的出色表现和突出贡献，破格提拔我为副主任科员。这距我转业到地方工作还不到一年的时间，这完全出乎了我的意料与期待。在全国文化市场执法工作改革试验中，本市作为三个试点城市之一，市文化稽查大队升格为市文化市场行政执法总队，苏大队长也变成了苏总队长，晋升为副局级领导，总队一批晋升了5位处级干部。

第四章　破获本市最大盗版图书案

  我所在的城市经过40年的创业建设与创新发展，成为有一定国际影响力的大都市。这里水、陆、空、铁口岸俱全，是全国拥有口岸数量最多、出入境人员最多、车流量最多的口岸城市。因为这里地理位置的特殊性、交通的便利性、政治的敏感性，成了非法出版物印制、销售的重灾区，严重冲击着正规的出版物市场，打击非法出版物成了文化执法重中之重的工作任务。

第1次因公考察到新疆

　　我通过在市网吧整治办与各局、委的工作联系与对接，我对政府机关的工作职能、工作流程有了进一步的了解，感到地方工作并非自己想象的那么艰难、复杂。市网吧整治办为我提供了展示组织协调能力、材料撰写能力的大舞台，也成了局机关处室负责人观察和了解我的平台。自己勇于担当、乐于奉献的精神受到了大家的充分肯定，撰写材料的能力得到了多位处长的青睐。

　　我从部队转业到等待安置期间，自己最期待的就是能到市、局机关的综合处室工作。综合岗位能发挥自己综合能力强的特长，为自身发展提供广阔的舞台。待我从市网吧整治办返回市文化市场行政执法总队后，局机关多位处长主动向我伸出橄榄枝，问我愿不愿意到他们的处室去工作，称本处有适合我发展的岗位。局办主任对我在市网吧整治办的工作表现最为清楚，希望我到局办工作的愿望最为强烈，最为真诚，并以局办大有用武之地、我俩是老朋友等理由与我交流。

局办公室是局里的指挥中心，且能更好地发挥自己的综合能力，无疑是我最想去的工作部门。当我了解到局办编制已满，只是借调我到局办帮助干活，我经过全盘慎重考虑后决定，依然回市文化市场行政执法总队工作，安心在本职工作岗位上建功立业。苏总队长待我回到总队时，专门召开了一个小型的表彰大会，把我在市网吧整治办的工作表扬了一番，让我简单介绍了在市网吧整治办工作的具体做法和工作经验，并决定将我分配到总队最有战斗力、最有杀伤力的机动队工作。

我曾听说过许多有关总队机动队的故事与传说，这是一支能打硬仗、善打攻坚仗、专办大案要案的队伍，曾破获多宗文化市场的棘手案件，也是全国文化执法战线的一面旗帜，是市文化市场执法总队的"杀手锏"和"铁拳部队"。据悉，这支队伍是苏总队长亲自谋划、亲自推动、亲自组建的，设立机动队的初衷就是针对文化市场监管中存在的"执法治标不治本、人员执法力度不到位、工作量大而执法力量少、办案数量多而威慑力小，甚至出现的相互扯皮、责任推卸、利益纷争"等问题而设立的。

　　苏总队长为了把机动队培养和锻造成为文化执法战线的一把尖刀，按照"人员精干、装备先进、素质全面、敢打硬仗"的标准来选配队员。全体队员必须具备大专以上学历，会驾驶摩托和汽车，会讲普通话和粤语，有较强的办案经验和材料撰写能力，有部队的勇猛精神和地方的韧劲毅力等条件与标准。在市文化市场执法总队能进机动队就是一种荣誉与使命，也是总队领导认可与信任的一个标志。我虽为自己能进机动队感到高兴，但心中还有点发怵，担心自己是否符合机动队的硬标准。

　　当苏总队长亲自陪同我来到机动队时，机动队黎队长给了我一个大大的拥抱，用力拍着我的肩膀笑着说："兄弟，早就听苏总说要把你分到我们机动队，我就盼你早点过来呢，今天终于把你盼来了啊！"机动队的其他同事也纷纷过来与我握手。黎队长把我领到一张已清理干净的办公桌旁说："这就是你的办公位置，我挑选了机动队工作的一些文件和材料，你先学习和熟悉一下，我们机动队过两天为你接风。"初次与机动队打交道就有一种亲切、和谐的快感。

　　我满面笑容地送走苏总队长后，被机动队办公室挂满墙壁的奖状、锦旗和牌匾所震惊，果真名不虚传啊！有全国扫黄办颁发的"先进集体"的锦旗，香港音像联盟赠送的镶着金边的"音像市场保护神"的牌匾等。这些锦旗与奖状显得特别醒目，特有分量。它们记录了机动队的光荣历史，更凝聚了全体队员的心血与汗水。军人最崇尚荣誉，能进这个光荣集体让我倍感荣耀。

我再仔细打量了一下黎队长，高高瘦瘦的身材，戴着一副近视镜，穿着一件灰色圆领T恤衫和牛仔裤，完全一介书生的形象。这与我听到的传奇人物形象完全格格不入。听说黎队长曾在上市公司当过老总，在黑社会组织做过老三，曾到贫困的贵州山区支教，曾独自背着行囊骑车闯西藏，曾出版过具有浪漫色彩的诗集……我今天重新审视黎队长时，真没想到这个长相清瘦儒雅、着装另类、书生形象的人内心竟然蕴藏着滚滚的洪流。

机动队是执法总队执行临时性任务、处置突发性事件、办理高难度案件的队伍，实行的是半军事化管理手段。我到机动队报到后，黎队长暂时没给我分配具体工作，但我坚持每天准时到达办公室，先把大家的办公桌擦拭干净，再给同事们泡上一壶自己从家里带来的龙井茶。我没事时就研读办案卷宗、法律文书，向同事请教办案的方法与手段，希望自己能早日"参战"，渴望"冲锋"，总觉得参加"实战"比在办公室"预演"更刺激。

机动队队员们每天上班就是走市场、逛社区、找线索和挖窝点，我则独自在办公室学习、休息、闲逛，心里一直猜想着黎队长为何不安排我与大家一同前行呢？在我来机动队第一个周末快要下班的时候，黎队长和颜悦色地对大家说："兄弟们，老张来机动队一周了，我今天把大家叫回来，就是为了晚上给老张接风洗尘。大家前段时间也非常辛苦，今晚在一起好好聚聚，痛快喝上几杯吧。我今晚还请了我的几位美女同学，届时大家可别太谦虚，要好好展示我们机动队男子汉的威风哟。"

我们五个人挤在一辆有点破旧的的士头车上，来到离我们办公室不远处的下沙村。我看着有点脏、乱、差的这个城中村心想，黎队长为何把我们带到这样一个破旧的地方呢？这样的地方能有什么好吃的、好玩的呢？我们从一栋栋握手楼间穿过，最终来到了村子最里面的一栋小别墅前。只见一位长相甜美、穿着职业装的女子已在门前迎接我们："欢迎黎队和各位朋友来我家做客。"黎队长为我们介绍说："这位美女是我大学同班同学、成功的企业家李丽小姐。"

我带着羡慕的眼光悄悄地瞄了瞄黎队。李丽带着我们走过一条摆满鲜花、盆景的走廊，绕过一排古色古香的房屋，走进一间装修豪华、清香四溢的餐厅。只见一张直径约一米八的红木雕花转桌上摆着金黄色的盘子、勺子等餐具，四个金黄色的火锅正发出"咕咚、咕咚"声。房间四周摆着玉质材料雕刻的乘风破浪的帆船、小河流淌的小山、烟雾缭绕的庙堂……真没想到有点破落的城中村内深藏着这别有洞天、高档奢华的私人餐厅。

　　李丽先安排我们五人入座，每人之间都空着一张椅子。我正在为之感到纳闷之际，只见4位穿着同样职业装的女子款款走了进来，并分别交叉坐在我们的身边，很自然地与其他队员亲密聊了起来。我也算见过一些大场面的人，可真还有点不习惯这种聊法，面对身边与我无话找话的女子，真不知如何回答为好。黎队长看出了我的窘相后笑着说："老张同志是我队新来的同事，他可是首批驻港军人啊，军人是美女轻易打动不了的，你们多多关照啊。"

　　四个金黄色的火锅的盖子被揭开，美味佳肴的香味扑面而来，雾里看花似神仙聚餐，真令人食欲大增。黎队长喧宾夺主地说道："欢迎老张加入我们战队，感谢兄弟们对我的支持，祝福今晚到场的各位朋友开心快乐。我提议大家共同先喝三杯。"黎队简短的开场白立即点燃了晚宴的气氛，大家左右互相碰了碰杯就一饮而下，场面在连干三杯之后立刻和谐、活跃起来。

　　我没想到的是长相秀气的李丽老总接着站起来说："妇女能顶半边天，黎队代表男人提议干三杯，我也代表女性提议连干三杯。"李丽老总话音刚落就带头连喝三杯。其他人不管自己的酒量大小，在兴奋之中也是连喝三杯。也许是酒精快速发效的作用吧，现场的气氛被完全点爆。男为女夹菜，女为男倒酒，男女相谈甚欢，开怀畅饮。大家不知不觉都有了一些醉意。

我想，如果继续这样喝下去自己肯定顶不住，这样会有失军人出身的身份；机动队也会全军覆没，这样会有失男人和机动队的脸面。我便站起来大声提议："大家可以边喝酒边表演节目、玩点游戏，这样可以降低喝酒的速度，增进朋友间的友谊。"黎队长平常是非常内敛，甚至有点沉默寡言之人，今晚也许是酒精的作用，也许是女同学的刺激，表现得非常兴奋与活跃。

我的提议刚说出口，黎队长立即鼓掌并连喊了三声："好、好、好！"黎队长主动接过服务员手中的话筒说："本人不才，先来一个，抛砖引玉。"在大家热烈的掌声中，黎队长轻轻地朗诵起徐志摩的《再别康桥》："轻轻地我走了，正如我轻轻地来；我轻轻地招手，作别西天的云彩……"黎队长表演完毕后，李丽总也为大家清唱了一首《我爱你中国》，最后大家在声调不准、高低不一齐唱《难忘今宵》的歌声中结束了当晚的聚会。

在机动队短短一周的生活与工作，让我进一步了解了机动队带有风险与刺激的工作性质，熟悉了黎队长稳重而幽默的性格……我自此定下了就此"安营扎寨"的决心与信心，铁心跟着黎队长干下去了。我从此正式成了全市文化市场的一位"执法者"，成了打击文化市场非法经营行为的一名"战斗员",这也算是我从部队转业到地方工作后的真正起步。

我作为一名刚转业的军转干部,也是一名文化执法战线的新兵,黎队长不厌其烦地给我介绍了如何鉴定合法出版物和非法出版物。合法出版物是指经过国家新闻出版部门批准的出版物,它又分为正式出版物和非正式出版物两种,正式出版物由国家新闻出版部门严格审批,有国际标准刊号ISSN,或者有国内统一刊号CN;非正式出版物一般只限行业内部交流,不公开发行,其出版必须经过行政部门审核,并领取"内部报刊准印证"。非法出版物指既没有经过国家新闻出版部门批准,也没有注册为"内部刊物"的出版物。

我在转业之初曾听说地方人与人之间关系复杂,可黎队长的细心与真诚让我十分感动。黎队长又给我较为详细地介绍了机动队的工作性质与特点:机动队工作的重点是打击非法出版物,特别是非法的政治出版物,防止境外非法政治出版物流入本市;负责办理全市文化市场的大案、要案,跨区、跨市、跨省的综合性案子;为了找准、弄清消息与线索,我们经常需要乔装打扮潜入非法经营行业圈子里,有点做特情工作的样子;要紧紧围绕国家和政府的政治形势、经济发展与市场管理的需要,及时办理一些有针对性、有影响力的案子……

黎队长的情况介绍让我感到新奇，同时也感到有难度、有风险。我相信自己会在学习中提高，在实践中进步，也能做一名合格的机动队队员。经过黎队长的言传身教和几次小小的"实战"训练，我慢慢掌握了办案的方法与技巧，逐步进入机动队的工作状态。我跟着同事们潜伏在草丛中观察制作盗版的现场，装成买家与非法经营者斗智斗勇，用车撞击逃跑的车辆拖延时间等待援兵……苏总队长充分肯定了我的努力与表现，让我担任了机动队副队长。短短的一年多，我带着同事与公安部门联手，成功办理了多宗文化市场的案件。

当年5月30日，我们在荔香坊4幢查获一起非法经营图书案。现场查扣图书12.9万册，公安部门抓获涉案人员5人。在抓捕犯罪嫌疑人的过程中，非法经营老板段某企图用刀片割脉自杀，我以迅雷不及掩耳之势将段某紧紧压在身下。在涉案人员被辖区派出所带回处理后，我才发现自己手臂被刀片划伤了一条十多厘米的口子，鲜血已染红衬衣的袖口，直到此时才有疼痛的感觉。

当年6月8日，我们在白石洲查获一非法经营图书的窝点。现场查获盗版图书17000多册，其中涉黄淫秽书籍1200册。蹲在地上的犯罪嫌疑人趁协警看守不严，挣脱绳索后疯狂逃跑。我与市公安局机动队温队长追赶了一千多米才将嫌疑人抓获。我此刻才感到在部队练就的强壮体格已丢失大半，从此以后坚持每天锻炼半小时，每周最少跑两次五公里。

当年7月19日，我们机动队与市公安局治安分局机动大队联合行动，中央电视台记者随队采访。查获一盗版窝点，收缴非法音像制品17000张，黄碟1000余张。该区文化执法大队人员参与行动，辖区派出所带走4名涉案人员。没想到的是该派出所教导员是我多年未联系的老战友，所以案子移交得特别顺利，战友还在当地最好的酒店宴请了我们机动队全体办案人员……

日复一日地办案、年复一年地征战，我们机动队每年均能办理七八宗在国内、省内挂名的大案、要案，机动队成了全国赫赫有名的战队，每年都是国家、省里的先进集体，各地同行一批接一批来我们机动队交流学习。苏总队长为了鼓励和奖励机动队全体队员，加深我们机动队与市公安部门的联系与感情，特别安排机动队全体人员和市公安局5名警官到新疆学习考察10天。

我在部队时从未参与过任何旅游活动，因而对本次考察感到特别兴奋，能到新疆旅游更是我多年的期待。黎队长指定我担任本次考察团的组织者和联络员，负责本次考察的行程安排和生活保障。我选择了全市最好的国旅新景界为本次的组团社，并要求旅行社设计最美的旅游线路。苏总队长在我们临行前对我说："你到财务室再取两万元现金，在旅行社安排饭菜的基础上，你每顿再加两样硬菜。大家工作都非常辛苦，你就代表总队犒劳一下大家。"

人们常说，不到新疆不知中国之大。来到遥远、广袤的新疆，我才发现自己的眼睛始终不够用。新疆真的很大、很美，雪山、湖泊、戈壁、草原、沙漠、高原、绿洲、油田、棉花，都是一眼望不到头的美景，跌宕起伏浓郁的色彩令人惊叹到窒息。十月的新疆，天空与大地仿佛融为一体，万里晴空，一碧如洗，在这里我仿佛可以忘却所有的烦恼。新疆处处是美景，无处不让人流连忘返。我们迷恋新疆的美景，享受着难得的学习考察机会。

当我们一行人乘车穿越位于塔克拉玛干沙漠中间的沙漠公路时，千里瀚海，沙漠、沙丘、胡杨、红柳，无不令人赞叹。这是中国版图上一条奇迹般的沙漠公路，它使当地百姓的千年梦想变成了现实，成为世界最长的流动沙漠二级公路而创造吉尼斯纪录。当我们体验这个征服"死亡之海"的宏大工程时，真为我国公路建设的高超技术而惊叹，也祝福伟大的祖国越来越强大。

在具有浓浓维吾尔族风情的喀什老城，我们走在大街小巷里感觉处处有惊喜。干净的小巷中不时有儿童玩耍嬉戏，维吾尔族少年热情的笑容除去了游客旅途的疲惫，我们也是用温柔的笑容回应着英俊的少年。我发现维吾尔族人非常爱美，老城内处处打扫得干干净净，家家户户的门前都种植了漂亮的花卉。我们在百年老茶馆休闲时，看见几位老人即兴弹奏着都塔尔、萨塔尔、手鼓等民族乐器，倒茶的小伙计手舞足蹈，真是别具情调，我们也情不自禁地跟着舞了起来。

我在行程中慢慢发现，平常爱玩、会玩、好喝几杯的黎队长常常是沉默寡语，总是戴着耳机闭目养神，给人一种心事重重的感觉。他偶尔与大家聊的话题也是谈到如何创新办案方式、提高办案效率之事。当我们来到美丽的喀纳斯湖时，大家被称为人间天堂的喀纳斯湖的美景所吸引。当我们围坐在湖边就餐时，大家交流着刚才所见的奇花异景，谈着遇见的维吾尔族姑娘……可黎队长又大谈起文化执法创新的工作。

黎队长一本正经地讲道："我们市有近两千平方公里的土地，是国家特别关注的政治敏感地区，在这里出点小事也是通天大事。尤其是文化市场繁荣，非法经营者繁多，执法力量确实有限，这真是防不胜防啊。像我们现在这样玩命式的干下去，就是苦死、累死也是解决不了根本问题啊。大家说说如何创新工作方法与手段，向科技、向市场要战斗力与效率呢？"

我心里有点责怪黎队长有点不近人情了，大家好不容易出来轻松一下，欣赏一下祖国的大好河山和美丽风景，你也不要把工作看得太重了吧？你为何总是围绕工作、创新的话题聊个没完没了呢，难道你就与众不同且不食人间烟火吗？我心里虽然有一些埋怨情绪，但队长的工作必须支持啊。我便用嬉笑的语气说："黎队长啊，文化执法队是没有枪、没有炮，创新只会嗷嗷叫。公安部门有技术、有手段，还是请公安部门的兄弟们谈一谈吧。"

最年轻的龙警官听我这么一说，立即站起来抢先发言道："兄弟们啊，现在是处处讲创新、人人讲创新，人员管理在创新，信息建设在创新，工作体制在创新，管理方法在创新……听到太多的要创新的东西了。我不是讲消极的话，有的创新就是搞形式主义，解决不了什么问题，起不了什么作用。比如，迎检式的创新，讨好式的创新，不讲科学的创新，改换名头式的创新，这些除了热热闹闹浪费精力、财力与物力，能有什么用呢？"

我们机动队平常不善言谈的冯科接着讲道："像我们这样辛苦，确实需要创新，确实需要改进。有些领导口头讲创新，实际在守旧，生怕打破传统出漏洞，创新方法出问题。我感到有的政府部门创新就是瞎折腾，没结果的创新太多了，总喜欢在规定之外搞规定，在成熟的办法之外找路子。现有的机制体制还未理顺，现有的规定没有消化执行，去年提出的目标还未落实，领导们就急着提出新的口号、新的方法与规划。"我真没想到冯科还有这么深刻的思考。

平常办案很精、话语较少的温警官说:"现在一件正常运转的事情,领导的一句话就可随之改变,大家称之为改革;过了一段时间见效果不行,领导一句话就又变了方式,称之为创新;结果还是回到了原先的运转模式,这叫深化改革创新。就拿我们公安部门来说,领导们天天提倡用科学信息手段、运用大数据来办案、破案,而在实际中总是用墨守成规抓工作,以传统方式讲效率。仅用抓了、拘了、判了多少人来衡量我们的绩效,迫使很多基层派出所造假,在数字上做文章、下功夫,这些做法真的需要改革创新。"

大家的议论让我产生了共鸣,感觉也有道理,深感有些政府部门的创新确实是流于形式,停在口号,浪费资源,新瓶装旧酒。黎队长的本意是让大家开动脑筋、出出主意,想想今后如何提高办案的效率。没想到原本的"诸葛亮会"变成了牢骚会、发泄会。黎队长赶紧收场说:"兄弟们啊,大家都想多了,讲多了,我的想法也没这么复杂啊。只是想今后我们既把案子办好,又不能让自己太累,达到事半功倍的效果。本次是出来学习考察的,也是一次放松与联络感情的机会。我宣布,以下的行程不谈工作,彻底让身心放纵一次。"

"两法"衔接办理的第1宗盗版案

我们在长期的文化市场行政执法过程中，常常感到力不从心，束手无策，与非法经营者经常演绎着"猫捉老鼠""猫鼠共舞"的游戏。查到违法经营行为只能没收一点非法所得，查扣非法经营物品，暂时封闭经营场所。微不足道的处罚对非法经营者根本起不到伤筋动骨的作用，仅仅是起到一点"雨过地皮湿"的效果，甚至会出现"杀敌一千自损八百"的心痛。全市有限的文化执法力量只能在无限的市场中做大海捞针式的工作。执法人员整天没日没夜地工作、累死累活地查处，也未见全市文化市场秩序有根本性的好转。

这些问题与困境让苏总队长陷入了深深的思索之中，常常为此彻夜不眠。苏总队长有着丰富的人生阅历，曾当过兵、下过乡、当过工人,又是北师大历史系毕业的高才生,曾在中宣部工作多年。具有深厚的理论功底和丰富的基层工作经验,尤其是善于用哲学的观念来思考问题,用辩证的方法来分析事物,在继承传统中创新工作,在复杂事态中寻找方向。

苏总队长虽然对全市文化市场执法工作有着全方位的战略思考,但全市文化经营企业多、市场庞大与文化执法人员少、执法力量不足的矛盾仍然非常突出。现在全市文化执法力量只能是领导有指示就查,发现线索就追,接到投诉就管,媒体关注就办。结果往往是按下葫芦冒出瓢,市场管理只能治标而不治本。这种市场管理手段永远跟不上非法经营者的方式变化。

苏总队长充分认识到单靠行政执法难以遏制非法经营者疯狂的势头,仅靠行政处罚的严格也对非法经营者构不成多大威胁,露头就打的手段解决不了非法经营的源头问题,加上执法力量的薄弱难以全方位、全时空地管理到位……"乱世用重典""把违法经营者送上审判台"的想法在苏总队长心中逐渐萌芽,用刑事司法的手段来打击、威慑非法经营者是最好的出路与方式,这样才能真正起到杀一儆百、"红线"不可触碰和维护市场秩序与稳定的作用。

当苏总队长看到中共中央办公厅、国务院办公厅以

"两办"文件形式转发了最高人民法院、最高人民检察院、公安部、国家安全部等部委《关于加强行政执法与刑事司法衔接工作的意见》后深深感到：文化市场的执法就是要将行政执法与刑事打击有机结合，市场经济与法治建设齐头并进，这才是确保文化市场健康有序、公平竞争和社会和谐的必然要求。如何为全市文化市场保驾护航，如何打击非法经营行为的思路在苏总队长头脑中逐渐清晰。

苏总队长为此把总队的法律人员、办案能手召集在一起，认真研究法律规范，探讨管理新路，寻找办案新手段。通过大家集思广益、各抒己见，逐步开展"如何用'两法'衔接的手段来确保文化市场秩序"课题的研究。提出打击猖獗、泛滥的非法出版物经营者仅靠行政管理执法已难以为继，必须把行政执法与刑事司法紧密衔接，才能有效遏制经营非法出版物的违法犯罪行为，并把这一课题报告作为正式文件上报市政府寻求支持。

市政府收到我们执法总队《关于采取"两法"衔接手段，打击文化市场非法经营行为》的报告后，立即将"建立行政执法与刑事司法的衔接机制"列为当年改革创新的重点项目之一，并写入当年市政府的工作报告之中，把此项工作作为本市深化行政管理体制改革的重要举措，要求各单位、各部门必须高度重视，加强研究、全力支持、按时推进，确保此项工作的落地。

苏总队长抓住机遇、趁势而为，积极组织由市公安局、市检察院、市中级人民法院及相关行政执法部门负责人组成的考察组，赴北方某市学习当地行政执法与刑事司法相结合的办案经验。组织有关法律专家、公检法人员、行政办案能手开会，研究文化市场如何运用"两法"衔接的有关事宜。尤其是就销售非法出版物刑事案件的罪名认定、定罪标准、出版物鉴定等具体问题达成共识，最后由市公安局、市法院、市检察院三部门联合出台了《关于办理非法出版物刑事案件若干问题的指导意见》，公布之时即为实施之日。

"两法衔接"是指行政执法与刑事司法衔接，这是检察机关、监察机关、公安机关、政府主管部门和有关行政执法机关探索实行的，旨在防止以罚代刑、有罪不究、渎职违纪等社会管理问题而形成行政执法与司法合力的工作机制。这一机制规定行政执法机关要依法向公安机关移送涉嫌犯罪案件，检察机关对公安机关接受行政执法机关移送案件的处理情况进行立案监督，法院要对检察机关提起诉讼的案件进行审判并及时将违法者送进牢房。

《关于办理非法出版物刑事案件若干问题的指导意见》的出台，标志着本市在打击非法出版物领域"建立行政执法与刑事司法相衔接机制"取得重大突破，为行政执法的权威性、有效性提供了强大的支撑，对推进全市出版物市场刑事案件的办理产生了积极影响。苏总队长要求我们机动队迅速行动，抓紧侦办一宗非法经营出版物的典型案例，全面检验行政执法与刑事打击紧密结合的效果，在全市起到一个宣传、威慑、警示的作用。

因为我们长期工作在文化执法战线，"猫捉老鼠"的持久战已让非法经营者躲藏、规避的能力得到极大提高。这些非法经营者把眼线、暗探布置在我们办公室周边，对执法人员使用的车辆、电话了如指掌，执法人员稍有行动就被非法经营者探知消息。黎队长受领苏总队长部署的指令后，立即带领机动队全体队员在全市摸排、查找非法经营出版物的线索。黎队长把机动队分成两个小组，分别深入到社区、工厂、城中村等相对隐蔽、偏僻的地方找线索，一些书市、夜市、文化经营场所也成了我们重点摸排、暗访的地方。

我们经过近一周的摸查与收集，均未查到可实施刑事打击的线索。某个城中村有摆地摊销售盗版图书，可仅有三百册盗版书籍，构不成刑事打击的数量；上沙村内有一家无证经营图书的书店，可这够不上刑事打击的标准；振中路有几个兜售盗版光碟的东北小伙子，可他们每次手中只拿几张光碟，刑事打击取证很难……虽然各种渠道的信息、线索纷至沓来，可我们总感觉筛选不出一个有特色、可突破、有质量的案子线索。

原先社会上传说本市出版物市场有点混乱，非法出版物种类繁多，非法经营窝点众多，非法经营者人员更多，国家、省相关部门曾经检查督办过，市领导曾经批示严查过，也有市民曾经投诉举报过……可现在有了"尚方宝剑"却找不到"砍杀"的目标。现在查到的只是一些非法经营盗版书籍、光碟的人，这些非法经营者只能算小混混，也是生活中的弱势群体、分辨不出正版与盗版的愚昧者……这些轻微的违法行为，还上升不到用刑事打击来办理。

苏总反复要求我们必须趁着"指导意见"出台的大好机会，广泛发动群众，深挖各类线索，查出更有说服力的案子。正当我们机动队感到有点迷茫、有点苦恼之际，本市中心区文化执法大队破获了一宗非法经营盗版图书案，现场查获盗版书籍14万余册，抓获犯罪嫌疑人员6人。此案涉及盗版图书数量巨大，性质恶劣，影响极坏，被市"扫黄打非"办确定为"10·16专案"。苏总指示我们机动队迅速介入此案，并要求把此案作为刑事打击非法出版物的第一宗案例。

苏总队长在该区文化执法大队报送的材料上指示：请按照市公、检、法刚出台的"指导意见"办理，从重从快办好此案。该区区委副书记、区"扫黄打非"工作领导小组组长明确指出：要借助新出台的"指导意见"，对犯罪嫌疑人予以严厉打击，将此案办成铁案、经典案，办成有推广价值和参考标准的案子。市、区文化执法人员更是摩拳擦掌，全身心投入到创新性的办案之中。

现在虽然有了市公、检、法三部门出台的"指导意见"，有了各级领导的重要指示与批示，可在办理过程中依然遇到了一些思想认识和法律解释上的分歧。有的检察官员认为，售卖一点盗版物对社会构不成大的威胁，将这些人送上审判台有必要吗？个别法官对市颁布的"指导意见"提出异议，认为"指导意见"比国家相关的法律规定严格多了，这会影响本市改革开放的良好形象；个别文化执法人员认为，那些售卖盗版物的人员是因生活所迫而为，把这些生活中的弱者关进牢里真有点于心不忍啊……

人与法、情与理的纠缠影响了案件办理的速度与效果，苏总队长迅速以市扫黄办的名义召开有市、区公、检、法等相关部门的案件分析研讨会。就市公检法部门出台的"九条意见"如何操作、适用范围进行专题研究，着重讨论办理此案中遇到的法律问题，比如：无论是老板还是雇佣人员，均可定罪量刑；现场缴获的盗版书籍数量，包括仓储、运输过程中所查获的盗版书籍，均应计算入经营数量中；公安经侦部门、治安部门均可独自办理非法出版物案件；等等。

苏总队长为了把"10·16专案"办成铁案、经典案例，办成有推广、参考与应用价值的案例，专门在全市最高档的五洲宾馆紫荆厅宴请该区公、检、法等参与办案的有关人员。苏总在致辞中感谢各位办案人员的辛苦与奉献，并称今晚是个人请客，茅台酒也是自家带的。服务员先给每位来宾端上了一碗鲍鱼四宝羹，紧接着烤乳猪、万山对虾、芙蓉蟹、炸乳鸽、金陵片皮鸭、清炖清远鸡、潮州蚝煎、广州猪脯肉等各具特点的粤菜摆了满满一桌。

大家开怀畅饮、举杯相约、谈笑风生，一片和谐、快乐的氛围。陈超庭长有点前言不搭后语地说道："哥们儿啊，今天要特别感谢苏总队长啊。苏总队长今后交代什么事，我们一定要办好、办到位，办得苏总队长满意，大家能不能做到？"其他人异口同声地回答道："能做到！"苏总队长举起双手给大家作了作揖后笑着说："感谢大家的信任与支持，让我们齐心协力把此案办成本市的经典案例。"

自此以后，"10·16专案"的办理工作进展顺利。市、区各部门主动作为，密切配合。我们机动队和该区文化执法大队配合公安部门收集、整理相关案卷，区检察院收到相关案卷后快速提起公诉，区法院迅速立案并进入审判程序。案子办得快速、精准、完美。"10·16专案"中的6名犯罪嫌疑人分别被判处1至5年不等的有期徒刑，6名犯罪嫌疑人均表示不上诉。

该案是本市建市以来办理的首宗刑事打击非法经营出版物的案件，这在本市乃至全国都产生了广泛而深远的影响。各地同行纷纷来电祝贺和索要经验材料，本地媒体在头版榜眼发文——《贩卖盗版出版物的下场》，文章详细介绍了此案的违法事实、犯罪经过和审判过程及法律依据。在本文的编者按中指出：非法制作、经营、贩卖盗版出版物是违法犯罪行为，必将送上审判台，必将受到法律的制裁。

本市实施的行政执法与刑事司法的有效衔接，尤其是"10·16专案"的成功办理，为全市各区、各部门运用"两法衔接"办理文化市场非法经营案提供了宝贵的经验。全市在短短一年内破获非法经营出版物的刑事案件31宗，追究了54名非法经营者的刑事法律责任。全市出版物市场的经营秩序明显好转，公开性、成规模性的非法经营出版物的现象得到了有效遏制。苏总队长要求我们编写案例选编，为开展此项工作提供更详细的模板。

我们认真分析了运用"两法衔接"打击非法经营出版物的案例。从刑期上看，判刑有半年至7年不等的时间；从数量上看，有14万余册的特大非法出版物窝点，也有刚刚达到500册定罪标准的商铺；从主办部门上看，既有文化、工商等执法部门依法移送的涉嫌犯罪案件，也有公安部门自侦自查案件；从领域上看，既有非法经营出版物的案件，也有非法编辑出版物的案件；从持证情况来看，既有持证门店非法经营行为，也有无证门店和地下窝点；从市场分布看，既有街头摆摊零卖，又有专业市场里的正规商铺的销售……

鉴于我们总队刑事打击非法经营出版物案的捷报频传，国家"扫黄打非"办、新闻出版总署联合发文予以通报表扬，一向挑剔的美国电影协会、香港音像联盟也对本市整治非法经营出版物市场的做法给予了高度赞赏。全国文化市场行政执法工作的年会也在本市召开，各地新闻出版、文化、公安、工商等单位负责人与专家聚集一堂，苏总队长等5个省、市代表在会上做了经验介绍。

国家"扫黄打非"办的内部刊物转发了我撰写的《充分调动一切积极因素，打一场出版物市场的人民战争》材料。市委宣传部部长、市"扫黄打非"领导小组组长在这份材料上批示：此材料形势分析到位，案例剖析透彻，对"扫黄打非"工作有很强的指导性，请转发至市"扫黄打非"各成员单位参阅。

第1次与"盗版书王"接触

刑事打击极大震慑了违法经营出版物者，让他们发出了"没有想到经营出版物也会被判刑"的感叹。文化执法部门的社会压力和工作压力减少了很多，我终于有点时间可以做自己想了多年而未做成的事了。母亲不幸离开我已近20年了，可我一直深深困在失母的伤悲之中。每当听到别人演唱《白发亲娘》这首歌时，我就会情不自禁地痛哭流涕。我要为贤惠的母亲著书立传，要向慈祥的母亲诉说衷肠。我要撰写一部纪念母亲的长篇纪实小说，把心中长期的思念与积郁释放。书名早已取好，就叫《母亲，儿有一个难圆的梦》。

我在起草撰写这部纪实性小说之初，暗自在心中定下决心，工作再忙、应酬再多、时间再紧、困难再大，也一定要坚持把这本书写出来，要把对母亲深深的爱戴之情表达出来，让世人知道自己有一位平凡而伟大、普通而优秀的母亲。人们常常会为自己的懒惰找借口，为自己未能完成工作找理由。我为此对天发誓：要把能否保质保量按时完成这本书作为自己做事是否有恒心、有毅力的试金石，作为自己做人做事是否成功的重要标志。

这是我到地方工作后的第一次休假，我告诉家人要封闭自己、关掉手机、隔断外联，全身心投入到创作之中。正当我静静地坐在电脑前追忆母亲，在蒙眬泪光中感受母亲的温暖时，家里客厅的座机电话声将我从沉思中惊醒。当座机铃声第四次响起时，电话显示的是战友小乔的电话号码。我曾给小乔交代过，非特殊情况不要与我联系，更不准随便打家里的座机。

我心里猛然一惊，脑袋突然一热，立即拿起话筒接听。只听到小乔气喘吁吁、前言不搭后语的声音："你快来呀，快点过来，不然就来不及了！"我心里一惊，小乔今天为何突然变得如此慌乱失措呢？他是一位有过5年军旅生活的退伍战士，平常心理素质过硬，遇事处置很镇静、很有办法。他是不是遇到了什么危险呢？是不是受到他以前举报过的非法经营者的迫害呢？

苏总队长为了广泛发动市民与群众收集信息，要求我们组建了市场义务监督员队伍。义务监督员由我们机动队负责选聘、管理和使用，并且只与机动队队员保持单线联系。义务监督员的标准是身体较为强壮，观察能力较强，社会关系较广，脑袋比较灵活。其主要职责就是负责查找文化市场的违法违规的线索，为我们提供查处、打击非法经营行为的信息。义务监督员一般为2人一个小组，分别负责四至五个街道的暗访工作，报酬则按提供的线索与信息的价值而定。小乔是我从社会上聘请的义务监督管理员，仅与我保持单线联系。

我用比较威严的口气冷静地说："小乔，你是军人出身，遇事要冷静，有事慢慢说。你遇到什么急事吗？是不是有危险啊？你现在在哪里呢？"我虽然说话还比较镇静，可心里却非常为战友担心。我深知，猛烈的刑事打击让绝大部分非法经营者改行换业，但也有一小撮源头环节和批销网络的非法分子顽固不化、心存侥幸，采取更为隐蔽的方式与执法部门相对抗，有的在执法过程中还与非法经营分子发生了肢体冲突和武力对抗。

小乔稍微停顿后又说："首长，我发现了一个超大、特大盗版书窝点，真的太可怕了。漫山遍野都是盗版书，比上次全国举办的图书展会的图书还多。你快带人过来抄窝点吧，小心那帮人跑了。"小乔的报告让我大吃一惊，有点不敢相信这是真的。全市前阵子开展"净化文化市场9·20专项行动"，持续不断地开展了刑事打击行动，出版物市场已基本恢复正常的秩序，为何突然出现这么大的盗版物窝点呢？小乔的信息是不是不准确呢？

我撂下话筒，立即打开手机，飞速跑到停车场，快速开车向小乔指定的位置疾驰而去，边开车边给黎队长报告了初步了解的情况。小乔见到我就像孩子见到家长一样开心，三步并作两步地跑到我的面前，立正敬了一个标准的军礼后说道："首长，你快跟我过去看一看，那个窝点的盗版书真是多得吓死人哟，真的堆积如山啊，中心书城的书也没有那么多。"

我看着依然有点惊慌的小乔说："慌什么啊，亏你还在香港驻守了几年，也算是见过世界之人。天又塌不下来，现在又不是在消灭火灾、抗洪抢险的第一现场，遇事要冷静一点嘛。"我递给小乔一瓶矿泉水后继续问道："你怎么确定这里就是盗版书窝点呢？也许是某书店的仓库啊？"因为我俩是战友加兄弟的感情，跟小乔说话就直率一些，有什么就讲什么，不开心时还会骂他几句，战友之间是不会生气的。

小乔不好意思地吐了吐舌头，指着前方不远处的一个小山头说："窝点就在前面那个山头上，这地方非常的隐蔽，通往山顶只有一条长满杂草的小道，仅容纳一辆中小型货车行驶，大车开上来必须要有高超的驾驶技术。"我俩边交流边疾步向山脚走去。为了防止山顶的人员发现我们，我俩避开唯一通往山顶的道路，沿着布满小石块，长满小树、杂草的山坡慢慢向山顶爬去。

当我俩汗流浃背地接近山顶时，一只山鸡突然从我俩前面的一堆草丛中腾空飞起，惊吓得我全身肌肉一阵紧缩，脸颊上豆大的汗珠滚滚而下。山鸡嗷嗷的叫声引起了山顶上此起彼伏的狗叫声，只见五六名衣衫不整、穿着拖鞋、叼着烟卷的中年男子从一间铁皮房里惊慌地跑了出来，嘴里不停地发出"你他妈的钻到这里干什么""谁敢到这里来，找死啊"的叫骂声。我赶紧按住小乔的头就势趴在山坡上，一团摇曳的茅草挡在我俩的前面，我俩屏住呼吸目视前方，不敢发出一点声响。

我顺着茅草间的一丝缝隙慢慢看去，只见一张锈迹斑斑的铁丝网围着山顶，一间红砖墙、铁皮顶的房子占据了大半个山顶，房子墙上多处隐隐约约显示着"仓库"二字，三四只已停止了喊叫的狼狗在摇头摆尾地转悠着，那几名满口吐着烟雾、骂骂咧咧的中年男人漫不经心地围着山顶巡视一番后就地坐下。我悄悄地问小乔："你如何断定这是一个盗版书窝点呢？你还说是一个最大的盗版窝点。"我微笑着看着小乔，也算是对他表示的一点歉意。

小乔对着我的耳朵小声说："我盯这个窝点好多天了，发现每天晚上有一辆20吨左右的大货车过来卸书，早上有三四辆小型汽车过来取书。我昨天上午假装捡破烂混了进去，走到那间仓库前发现全是书，就立即被那帮工人连骂带推轰了出来，我初步断定这里是一个盗版书窝点。我今天上午又跟踪一辆小型货车到书店，买了几本书后发现全是盗版书，买的书就在我背包里，您可拿回去鉴定。"我听后点了点头，对着小乔伸大拇指，小乔会心地露出了笑脸。

那几位工人站在山顶一支接一支地吸着烟卷，天南地北、海阔天空地闲聊着什么，根本没有一点离开的意思。我们趴在地上也不能挪动身子，不能发出一点声音。我此刻才隐隐地感觉手臂有点火辣的疼痛，低头一看手臂上有一条五六厘米长的伤口，渗出的血已凝成了干干的血迹，我趴着的地方已被汗水浸湿一片。我突然想起抗美援朝战争中邱少云烈士的故事，感到自己此刻的行动有异曲同工之处，这也是我转业以来感到最有英雄气概的事情。

太阳慢慢落山了，嘴不离烟的中年男子们也分别走进了宿舍与仓库，一阵凉意和饿意袭来。我暗示小乔慢慢地退下去返回，小乔挪了挪身体并示意我不要动，嘴对着我耳朵悄悄地说："送书的货车一般是这个时间到达，我们再稍等一会儿吧。"小乔从背袋里掏出一块压扁了的面包递给我说："首长，饿了吧？你先垫垫肚子吧。"我不好意思地接过面包说："兄弟，现在不是在部队了，叫什么首长啊，早就跟你说了，以后就称大哥，记住啊。"

我接过面包正准备分给小乔一半时，忽然听到几声"笛、笛、笛"的汽车喇叭声，两束闪亮的灯光刺破了夜空的宁静。我俩刚刚放松的情绪立即紧张起来，只见一辆大型货车正徐徐开进山顶的院子。我们下午曾见过的那几位中年男子打着手电筒围着山顶巡视观望了一番，有的故意发出"你躲在那里干什么""你再不出来，老子就揍死你"的喊声，我和小乔赶紧将身体压得更低，呼吸屏得更紧，生怕发出一点声音，我深知山顶之人正在试探周边是否有人。

山顶突然大亮起来，几盏悬在树干、电杆上的聚光灯将山顶照得如同白天一样明亮。只见一位有点肥胖、梳着背头、穿着西装、夹着公文包的中年人正镇定自若地指挥着。小乔轻轻地说："这个人可能是这个窝点的老板，每次送货都是他带车过来，工人们对他总是点头哈腰。"工人们有序地开着车厢门、仓库门，拖着小推车奔跑着来到大货车旁，一派紧张忙碌而井然有序的劳动景象。当仓库门和车厢门打开后，我抬头望了望，只见仓库内整齐有序地摆满了看不到边的书籍，大货车车厢内装满了成捆成摞的书籍，我此刻才真正感到这是一个非法经营出版物的超大窝点，一股兴奋、热血澎湃之情在胸中汹涌。

小乔露出笑脸对我小声说："根据我近段时间的观

察，这个窝点的进货一般都安排在晚上8点左右，出货一般安排在早晨8点左右。这个窝点还有几个分销点，我们可以跟踪一下，深挖一下下线销售窝点。"小乔的一番话，让我对这位平常有点小瞧的小兄弟，有了一些重新的认识，突然间多了一点钦佩之心、欠情之意。小乔是首批驻港军人并在香港站岗放哨五年，真正的本领没学到多少，又怕回老家让人笑话，退伍后只好留在本市闯荡混日子，现已三年多未回家见父母和家人了，家里给介绍了女朋友也不敢回去相亲。

我将压扁的面包递给小乔一半，干燥且掉着渣的面包实在咽不下喉咙，我只好在嘴里挤出一点口水将面包渣吞下。当山顶仅剩一盏白炽灯有点昏暗地亮着时，我和小乔慢慢地摸索着往山脚下行走。秋风吹拂着我的脸庞，增加了几分凉意和惆怅，手臂上的伤口也慢慢有了疼痛的感觉。我内心慢慢泛起了层层涟漪：没想到自己在部队摸爬滚打二十年，转业到地方还能干这样刺激且有意义的事。自己工作起来仍然是拼命三郎，做事就要做得精彩，这也是从军二十年给我留下的军魂吧。当我与小乔走到山脚的车旁时才如释重负，深深地吸了一口气。真没想到繁花似锦的城市还有这样偏僻、原始的小山，也难怪我们开展得如火如荼的"文化市场9·20专项行动"未能扫清这样藏污纳垢之地。

第2次与"盗版书王"交锋

　　我和小乔初步分析出此处是盗版窝点后，又分别化装成爬山的驴友、购书人、拾荒者等形象，连续跟踪观察了三天，初步摸清了这个团伙销售的书店、存放书的仓库、购书的网络、运送的车辆以及主要涉嫌犯罪人员的工作、居住地、活动规律。发现这个非法经营盗版图书的团伙生意做得非常大，制作的盗版书籍达到以假乱真的效果，一些正规书城、书店也时常从这里进货。

　　我们大致掌握了这个非法经营盗版图书团伙的基本情况后，立即向黎队长作了详细汇报，建议黎队长进一步带队详查，把情况摸得更清更准。黎队长召开了机动队"诸葛亮"会议，大家集思广益后得出结论，这个窝点可能就是市场上传说的"盗版书王"。这也是与我们较量多年，我们想办而未办成的最大对手。若是能将这"盗版书王"擒获，把这个盗版犯罪团伙打掉，那本市出版物市场将规范有序地运营，我们也不会这样艰难、辛劳与疲于奔命了。

机动队的同事们对追查"盗版书王"的行动都显得非常激动。本队年龄最小、最灵活的小熊对黎队长说："队长，你就布置任务吧，我保证三天查清这伙人的基本情况。"本队年龄最大、比较老成、公安出身的老吕说："我们也不要冲动，这样的盗版书王能存在这么久，做得这么大，这非凡人所能。建议全队分成几个小组，按照老张提供的线索和窝点，分头去了解情况、弄清窝点、查清人员之间的相互联系，切实查出幕后操纵者后开展收网行动为好。"

黎队长听取大家意见后进行了完整的工作部署：一是机动队分成三个排查小组，黎队长和我负责东门窝点的摸排工作，小熊负责山顶窝点和进入车辆的摸排，老吕和小冯负责社区内门店的排查；二是迅速将情况向苏总队长报告，请求总队派人协助机动队的排查工作；三是请苏总队长出面与市公安技侦部门联系，对相关车辆和人员实施技术侦查手段；四是由黎队长与市公安局治安支队机动队联系，请求公安部门拟制抓捕方案，支持和配合我们开展行动。大家受领任务后摩拳擦掌，保证坚决完成任务。

按照黎队长的分工，各组分头行动。黎队长和我在太阳快西落的时候，开着那台有点破旧的的士头车，来到东门步行街，将车停在迎宾馆内的停车场，这个位置正好面对东门步行街的服装大市场。因为我在前两天的跟踪中，发现每天晚上9点左右，都有一辆奥迪小轿车和一辆皮卡小货车从山顶窝点出发，进入了服装大市场的地下停车场。开奥迪车的人就是在山顶窝点指挥卸书的人，皮卡车内装运的是书籍包装似的货物，我们将这里定为重要摸排之地。

黎队长虽然年龄比我小、工作年限比我短，但黎队是我的直接领导，对我一直非常尊重与关心。今天并列坐在的士头车厢内，难得有了单独相处交流的时机。我俩一边紧紧地盯着东门步行街服装大市场停车场进入的车辆，一边相互交流着过去人生的经历与感悟。我简要介绍了自己驻守在冰天雪地、与战友们在茫茫雪地打雪仗的乐趣。讲述了自己在一九九七年进驻香港的过程中，遇到车辆突然熄火，欢送群众合力推车，确保准时进港。

我曾听过一些黎队长的传奇故事，有的事情让我感到不太可信，与眼前的黎队长的风格似乎不太相符。我便笑着问黎队长："我听说你曾是本市某黑社会组织的重要头目之一，也是指点江山、叱咤风云的人物，这是真实的还是传说呢？"黎队长拍了拍我的肩膀后笑着说：

"这些陈芝麻烂谷子的事情，我已好多年不谈了。我的人生确实有这一段曲折之路，但我并不为这段经历感到后悔。"我也拍了拍黎队长的肩膀说："那你就讲给我听听吧。"

黎队长轻轻喝了一口可乐，搓了搓脸又拍了拍手后说："我从小就生活在本市，也是在本市上的大学。我在大学期间经常组织同学开展义务助学活动，我们村的村书记兼村股份公司董事长是我表哥，他经常支持和赞助我们学生的活动，表哥慢慢成了我心中的偶像和男神，他的话成了我的最高指示和必须落实的命令。我大学毕业后，顺理成章成为村股份公司的中层领导，两年后又成了公司的高管之一。我心中暗暗发誓，这一辈子铁下心跟着表哥打天下、创人生。"

黎队长在发出一声"唉"的叹息后接着说："我成为公司高层领导后，配备了当时还算高级的桑塔纳轿车，一名随身秘书兼保镖，分配了一套三室一厅的房子。我经常陪着表哥到豪华酒店品美味佳肴，到歌舞厅喝酒K歌，带一帮人要账追债……有一次，表哥亲自带队追讨一笔高利息借款，结果将无力还款的欠款方打成重伤。公安机关将我们公司中层以上人员全部抓获，我此时才知道表哥早已在公司内部组建了带有黑社会性质的组织。我因未参加过任何黑社会性质的活动，仅关了几天就被放出来了，现在想起来都有点后怕。"

黎队长讲得有声有色，我听得津津有味，但我俩目光的方向从没改变，紧紧盯着停车场的进出口。东门已灯火辉煌，时间已到晚上九点半。我对黎队长说："我这几天观察发现，那两辆车都是晚上九点左右进入车库，不知为何今天还没出现呢？黎队长，你饿了吧？我下车去买份快餐吧。"我边说边跑步来到一家快餐店，点了两份烧鹅快餐，顺手要了两瓶二锅头烧酒。

当我正提着快餐准备返回时，黎队长来电话说："那两辆车已进入地下停车场，我马上开车跟进去。你就在刚才那位置紧紧地盯着。假若那两辆车出来，我跟先出来的车，你跟后出来的车，一直要跟踪到底，摸清他们的老窝。"我边回答"请队长放心"，边快速向"哨位"飞奔过来。我气喘吁吁地坐在停车场进出口旁的一棵树下，目不转睛地紧盯着从停车场出来的每一辆车。

我的肚子已发出了"嘟、嘟、嘟"的警报声，闻着快餐发出的香味，不敢也不能吃一口，生怕稍不注意就出现闪失，让目标从我眼皮子底下溜掉。时间一分一秒地过去了，一小时两小时又过去了……仍不见黎队长发来指示，也不见嫌疑人车辆出现，饿意与困意同时袭来，我忍不住喝了一口二锅头。等到凌晨一点多钟时，黎队长打来电话急促地说："老张，奥迪车正准备离开，我在此车的后面跟着。你盯住后面那辆皮卡小货车，弄清车辆今晚停在哪里。"

我刚回答"明白"两字，就见奥迪车正从地下车库慢慢开出来，我趁司机交费之机仔细一看，开车的人正是那天在山顶上见的"肥仔"，我俩还在不经意间相互对视了一眼。我在黎队长从地下车库开车出来交费时，跑过去将快餐扔进车的尾箱里，相互对视一笑并打出了胜利的手势。我赶紧跑到停车场出口的不远处，紧紧盯着一辆辆从地下车库开出来的车辆。

热闹非凡的东门步行街行人逐渐减少了，我正想着如何换更隐蔽的位置来观察的时候，那辆皮卡小货车缓缓地开出了停车场。我三步并作两步地跑到停在路边的一辆的士车旁，在的士司机眼前晃了晃我的行政执法证说："师傅，我是市公安局的，请你跟上正在出场的那辆小货车。请放心，我会多付你费用。"师傅有点惊慌地看了我一眼，紧紧跟上了皮卡小货车。

皮卡小货车开得慢慢悠悠，的士车师傅跟得不紧不慢，我心里却七上八下打着鼓，紧张与兴奋让我汗水湿透了衣服。小货车行驶到了距东门步行街不到两公里的独树村，开进了一栋住宅楼的地下停车场。我赶紧递给的士师傅一张百元大钞并严肃低声地说："师傅，请你原地待命。"我话音未落便跑到大楼的电梯口，走进正从地下室升起的电梯，与"肥仔"有了面对面的直视。电梯上显示十七楼停，我按了十八楼停。当我从十八楼返回地面时，记住了十七楼正亮灯的房间号。

我摸排有了初步的收获，肚子虽有强烈的饥饿感，但心中却非常兴奋。"黎队长，你那边情况如何？我已摸清了基本情况，找到了嫌疑人的住地。"我迫不及待地给黎队长打电话汇报，黎队长有点失落地回答说："我刚才跟了很久，跑了十多公里，结果被一台泥头车挡住了视线，就没有跟上那辆奥迪车了，我在社区周边找了很久也未找到。你在哪里？我来接你，我俩一起吃夜宵吧。独树村那里有一个较大的夜市，你先去找一个排档，我通知另外两个组的人员也过来吃夜宵和碰碰情况吧。"我边回答"是、好的"边让的士师傅离开了。

机动队的五大金刚很快聚集到独树村的夜市，在一间临街的大排档里围坐下来。"老板，先来一箱冰镇啤酒""老板，请来两碟花生米""老板，再拍一盘黄瓜"，大家笑容满面、七嘴八舌地大声呼喊着大排档老板。我猜想各组肯定都有较大的收获，不然不会这样开心地点菜。黎队长从小生长在岭南，对粤菜和海鲜有较深的研究，每次带我们聚餐都能点到独特风味的佳肴。今晚点的韩复兴盐水鸭、肉松青团子、佛宾牛杂等，也是我未吃过的菜。

　　黎队长在大家酒到半醺之时问道："兄弟们，大家只管大吃大喝，也不谈谈今晚的收获啊？"小冯端起满满一碗啤酒，"咕、咕、咕"喝见底后说："今天的运气不错，刚到社区就发现一辆装满书籍的小货车在卸货，弄清了存书仓库、销售书店，连嫌疑人的长相也看清了。我们还专门到售书点去看了一眼，那里只是摆着样书和签订合同的地方。在这里签好合同后，另派人送书到指点的地点。那卖书的老板娘还挺漂亮的呢！"小冯说完露出了得意的笑容。

　　小熊酒量有限，喝了半碗酒后说："我今天假装成学习驾驶的学员，把车开到了山顶上，差点跟那帮臭小子干起来了。我将车开到山顶仓库的大门前，就听到一阵阵狼狗的狂叫声，结果引来了一帮人对我骂骂咧咧，有一个绣着文身的小子上来就给我一掌，问我是干什么的，来此处找死啊，快点滚开。我说自己是练习开车的，看见这条路人少就开上来了，我正准备返回呢。我从敞开的大门看到仓库的露天广场上堆满了书籍。"

　　大家七嘴八舌地讲个不停，通过汇集线索、全面分析，综合判断这的确是一个组织严密、分工明确、人员众多的特大非法经营盗版图书的团伙。这也许就是出版物市场上传说的"盗版书王"，也许就是本市非法出版物市场屡打不绝的根源所在。黎队长再次进行了工作分工与部署，要求大家交换场所抵近摸排，注意不要打草惊蛇，三天后汇总情况。

经过再次深入细致的跟踪与侦察，终于弄清了这个非法经营出版物团伙的基本情况。它由三个主要窝点组成：一是设在十分偏僻的山顶上的仓库，这里以前是一个废弃的工厂，整个面积有2000多平方米。因为这里人烟稀少，上山只有一条窄窄的小路，周边长满了野草和参差不齐的小树，很少有上山之人，但站在山顶可以窥视山下周边的活动。山顶仓库的大门前还有多只凶猛的大狼狗，外来人员很难接近，这是一块不引人关注的僻静场所。

二是设在龙珠社区的一个公开售书的门店。这个门店只有三十平方米左右。这里摆放正规出版社出版的样书，可以在这里签订购书合同。买家先在店面挑选好样书并开具目录单，再由门店通知仓库的人送货上门，买家是不知老板存放书籍的仓库在哪里的。因为书籍进价便宜，有的正规书店也在此店进货。加上店面设在社区小巷内，旁人以为只是做点糊口小生意的书店，也不会引起人们的关注。

三是设在东门步行街一家快捷酒店6楼606房间的办公场所。为了营造一种自己是正规出版物经营企业的形象，办公场所挂着市新闻出版局批准的"出版物经营许可证"，市印刷协会理事单位、市十佳图书销售公司等牌证，办公室正中央还挂着一幅公司老总参加全国书展时与新闻出版总署领导的合影。让人想不到的是，这样醒目、正规、高端的办公场所只是掩人耳目的摆设，更让人想不到的是，该公司老总竟然是区政协委员、某专业商会的理事，在本市还算是知名人士啊。

我们在侦察和跟踪过程中发现，这个团伙的所有成员都具有很强的防范和反侦察意识。有时开车时突然在路边停下，假装无事地四周观察一下再走；有时将车停下后又换乘一段的士车，步行一段后再进仓库和店面；团伙主要成员手上都有两部手机，与不同的人联系用不同的号码；居住地也是随意变换，在自己的家里、店面、仓库、出租屋、宾馆等地方变化着过夜……

我们通过对该团伙非法经营的规模、经营的渠道、经营的产品等多种情况综合分析，完全确定了这个非法经营出版物的团伙就是市场上传说的"盗版书王"。苏总队长带着黎队长和我向市"扫黄打非"领导小组组长进行了详细汇报，市"扫黄打非"办立即召开有市文化执法和市公、检、法等单位领导参加的会议，要求公安部门积极配合，市检察院提前介入，法院要及时办理，用《指导意见》把此案办成威慑本市盗版经营者并在全国有影响力的经典案件。

第3次与"盗版书王"斗智

我们根据市"扫黄扫非"办领导的指示精神，及时与市公安局、市检察院、市法院进行沟通协调。市公安局治安分局高度重视且大力支持，根据我们提供的信息制定了周密而详细的行动方案，市检察院和市法院均表示安排人员参与我们的执法与抓捕行动。市公安局治安分局李局长、市文化执法总队苏总队长为总指挥，并由有市十佳警察称号的分局机动大队王大队长亲自带队，机动大队20名警员和30名协警全部参加，市文化执法总队的25名队员配合行动，市法院、市检察院也分别有人员参与行动。

第一行动小组由市公安局治安分局机动大队第一分队的温队长带队，10名警察、14名协警、10名文化执法队员，负责山顶仓库的抓捕；第二行动小组由市公安局治安分局机动大队第二分队的邓队长带队，配备5名警察、8名协警、8名文化执法队员，负责东门步行街的行动；第三行动小组由市公安局治安分局机动大队第三分队的冯队长带队，配备5名警察、8名协警、7名文化执法队员，负责社区的收网行动。联合指挥部定于11月3日开展行动，因此将此次行动命名为"雷霆11·3专案行动"。

11月3日凌晨4点，三个行动小组集合在市文化执法总队办公室前的广场，召开了简短的动员大会。市公安局治安分局李局长说："同志们，我不想讲过多的闲话，今天的行动，难度与危险度都不大，但作用与意义非常重要，各位警察同志务必高度重视，谁出差错谁负责，完毕。"苏总队长在动员中讲道："全体文化执法队员要向公安干警学习，不怕辛苦、勇往直前，全力配合公安部门开展行动，市'扫黄打非'办领导等待着大家传来的好消息。"在两位总指挥动员完毕后，各组又进一步明确行动方案，然后悄悄地分头出发了。

我是第一行动小组的副组长兼向导，全体人员于凌晨5时已到达山顶窝点的山脚下。我们不能开车和走大路上山顶，便分成三路沿着山坡狭窄而湿滑的小道攀爬而行。天黑不能打手电筒，只能借着微弱的星光摸索前行。有的队员被树枝刮破了脸，有的队员被带刺的藤条划伤了手，有的队员被尖锐的石子扎伤了脚……可谁也不敢发出一点声音，快速有序地向山顶的窝点接近。正当天边露出一片鱼肚白时，行动小组的全体人员已潜伏在山顶仓库的正门前和两条上下山的小路上，灵敏的狼狗也未闻出一点声息。

早晨7点18分，仓库的大门"咯吱、咯吱"地慢慢打开，只见一辆小型货车从山脚开到山顶，匆匆忙忙装满书籍，正准备开出仓库。温队长大声喊道："兄弟们，开始行动。"行动小组队员们似猛虎出山，冲进仓库齐声高喊"警察！不许动""警察！抱头蹲下"。刚才往车上装书的4名工人和1名司机一脸茫然，乖乖地双手抱头蹲了下来；2名正在仓库吃早餐的工人听到外面的吵闹声，端着大碗跑出来想看个究竟，我见此高喊"警察！不许动，全部抱头蹲下"，两人也将双手抱头，自觉走到5个同伙一旁蹲在地上。

温队长见现场的犯罪嫌疑人均已被抓获，望了望我后说道："请公安的兄弟们一人带一名犯罪嫌疑人现场初步审讯，一名协警配合审讯。大家要对每名嫌疑人进行搜身并暂扣手机；请文化执法的同志们清理现场图书，并取样、拍照、登记造册。其他的公安人员到仓库内好好巡查一番，注意观察仓库周边和山脚的情况，发现有人进入一律扣留。"温队长干净利落的分工，让我感到温队不仅形象英俊潇洒，而且办事干净利落，真是令我羡慕与佩服。

当两名协警在装书的仓库内慢慢搜寻时，两名嫌疑人从堆积如山的书籍中突然窜了出来，猛地推倒一面靠山坡的铁皮墙冲出仓库，甩开膀子玩命似的向山坡下跑去。行动小组的六名队员迅速跑出仓库紧紧追踪，并分成两组从左右两边包抄过去。当两名犯罪嫌疑人跑到山脚时，见左右两边都有警察追来，前面一个鱼塘拦住了去路，竟然不顾一切地纵身跳进鱼塘。

谁知这两人并不太会游泳，在水中没走几米便下沉挣扎高呼："救命啊、救命啊！"两名协警赶忙脱下衣服跳进水塘，当游到两名嫌疑人身边时，才发现水深仅仅刚刚淹到脖子。两名协警押着两名嫌疑人慢慢走到岸边并被大家拉上岸。两名嫌疑人上岸后瘫坐在地上，全身发抖并半天说不出话来。当我们下午撤离现场时，公安部门一共带走了9名犯罪嫌疑人，市公务仓的大型货车一共拉了满满13车，涉及盗版精装书籍52万多册。

黎队长当晚请机动队全体人员聚餐，说是犒劳兄弟们，实际上是要听取情况汇报，研究下步工作。大家边吃边谈，争先恐后地讲述着行动经过。

老吕首先介绍说，第二行动小组于早晨6点多秘密潜伏到社区内，此时书店还未开门营业。早上7点半左右，2位打工模样的年轻男子摇摇晃晃走到书店门前，懒洋洋地打开电动卷帘门。隐蔽在周围的行动队员马上冲了进来，迅速将两名年轻男子牢牢控制住。穿着便服的邓警官掏出警察证对两名年轻男子说："我们是警察，请你们配合我们的工作。"邓警官吩咐两名警察和两名协警把两名年轻男子带到警车上初审，其他人员仍分散在书店内外守候。

上午8时左右，只见一位烫着波浪头、戴着镶金边墨镜、拎着小坤包、穿着时尚的少妇慢悠悠地走进书店。当她看见店内有执法人员检查时，不动声色地转身就想离开，执法人员迅速上前将其拦住。少妇强作镇静地说："我来这里只是随便走走，与这里的生意毫无关系，你们拦住我干什么。"老吕拿出暗访时拍下的少妇开书单时的照片，少妇一言不发地低下了头，被警察带到了书店的小库房。第二行动小组采用这种守株待兔的方式，到上午10时，现场抓获了社区窝点的老板娘、售货员2人、会计1人和买家2人。

老吕将脸转向我笑着说："老张，我看了看那个漂亮少妇的身份证，名字好像叫梅什么，也是你们湖北人哟。"当我听到名字叫梅什么、是湖北人时，全身像被电击了一般，不由自主地一下子坐到椅子上。难道这位女人又是让我牵挂的梅婷老师？世上同名同姓之人多着呢，人间不可能总是这么巧合吧？我暗自安慰着自己，祈求不要出现查处网吧时的同样情形。

黎队长的第三行动小组于早晨7点到达了东门步行街那家快捷酒店，多次到酒店6楼606房去查看，可房门一直到中午也没打开。根据我们前段的暗访，他们每天都是9点左右开门，为何今天却一直没有开门呢？直到下午3点，黎队长才从公安技侦部门得到消息，经常在此停留的几个人，上午7点半左右分别接到同一个电话，然后分乘两部小车离开了本市。公安部门对电话号码进行核实，发现原来是那位被抓获的少妇给这些人通风报信，这些平常西装革履夹着公文包的"老板"便仓皇逃跑了。

本次行动两个窝点告捷一个窝点扑空。我们简单清点了行动战果，共查扣非法经营的盗版图书531630册，种类达1万余种，总码洋逾千万元，盗版图书用载重15吨的大卡车整整装了13车；现场抓获团伙成员15名，经初步审讯当场拘留6人，其中"老板娘"梅某因身怀有孕被取保候审。在对抓获的嫌疑人的审讯中得知，该团伙的大部分成员是湖南、湖北籍的人员，幕后老板陈某某正是传说中的"盗版书王"，该团伙在北方某省还有自己的印刷企业。唯一遗憾的是"盗版书王"未现场抓获。

第4次与"盗版书王"决战

· · · · · · · · ·

　　"雷霆11·3专案行动"虽然取得了初步的胜利，但该案的头目"盗版书王"陈某某现场未抓获。此案案值巨大、涉及面广、影响极坏，是一颗藏在本市出版物市场的巨大"毒瘤"，必须斩草除根，追查到底。市"扫黄打非"办决定成立以市公安局治安分局牵头，公安经侦部门、技侦部门和市文化执法部门相关人员参与的追逃小组，抓捕"盗版书王"的行动正式展开。

　　苏总队长安排黎队作为行动的总联络员，负责各部门之间的沟通协调，我和小冯同志参加追逃小组的行动。苏总队长交代我既要跟公安干警一起办理案件，也要照顾好警察们的日常生活。"雷霆11·3专案行动"追逃小组成立后，大家认真分析了陈某某可能逃跑的方向、躲藏的地方、老家的情况、朋友的关系等等，做好了只要陈某某一露头，就立即进行抓捕的各项准备。

可自"雷霆11·3专案行动"展开之后，反侦察能力极强的陈某某将手机关闭并扔到一条干涸的河道里，整个人仿佛石沉大海、在人间消失一样。公安技侦部门从银行卡、QQ号码、朋友圈、宾馆酒店等渠道查不出一点信息，甚至连与自己怀孕的未婚妻也没有半点联系。陈某某的未婚妻仍然居住在社区的出租屋里，偶尔上街买买菜、逛逛街，也没发现与其他人有任何联系。

自从老吕说书店的老板娘名叫梅什么、与我是同乡之后，我那颗好奇与担忧之心一直高高悬着。我常常假装无事地跟同事打听一下，书店的老板娘长什么样子、漂不漂亮、眼睛大不大啊？当同事们的描述与我心中的梅婷老师完全是一个模板时，这真让我有点坐立不安，总想抽空去暗中观察一下，证实一下情况，可又不想破坏自己心中的美好记忆。

我们"雷霆11·3专案行动"追逃小组人员每天背上外出的行李，集中在市文化大楼的会议室，反复分析研究案情的发展，制定修改追逃的方案，查找陈某某的蛛丝马迹，做好了随时出发的工作准备。大家在案件分析中认为，陈某某近段不可能不与怀孕的未婚妻联系，也不可能放弃北方某省印刷厂的生意，更不可能放弃自己做"盗版书王"的梦想。陈某某现在是在以侥幸的心理与我们比耐性、比心智，等待着东山再起的时机。

事情的发展态势果不其然，耐不住寂寞的陈某某于11月中旬开始频繁出现。18日分别出现在与本市相邻的两个镇上，在一个镇上入住某商务宾馆，却在另一个镇上的ATM机上提款；22日又出现在他的老家——湖南株洲市某县，我们分析他可能会回老家躲避一段时间，便迅速组织精兵强将奔赴株洲。当追逃小组连夜赶到陈某某的老家时已是深夜一点多钟，陈某某的父亲对我们说："今天是自己的生日，儿子早晨十点回到家里，说是专门回家给父亲过生日的。中午陪我吃了一餐饭，给我两千块钱，天黑前就匆匆离开了。"

陈某某又从我们的视线中消失得无影无踪，连参加追逃的公安干警们也伸出大拇指佩服他的反侦察和防范能力。为了进一步弄清陈某某的真实情况，我们在当地派出所认真查看了陈某某的档案资料，可调出的资料似乎并非与我们见到的陈某某的形象完全相同。经当地公安机关和村委会负责人反复查看，原来档案中记载的是陈某某的个人资料，表格上张贴的却是其堂兄的头像。这说明陈某某早已有了做违法生意的想法，也做好了逃避公安机关查处的准备。

12月上旬，陈某某又分别在广西桂林住宿，在江苏无锡提款。当我们急匆匆赶到江苏无锡时，陈某某又住进了常州的某个宾馆。陈某某在常州的四天时间内，分别住进了三个宾馆，且两次到无锡的两个ATM机上取钱。当我们来到陈某某在常州入住的宾馆时，宾馆服务人员说："陈某某刚刚离开宾馆，好像买了去泰州的旅游车票。"我们只好收兵，等待时机。

12月中旬得到消息，陈某某已相对固定在上海活动，并通过网上QQ聊天的方式约未婚妻近期前往上海。12月21日下午4时32分，从本市开出的K150次列车徐徐停在上海火车站。我们紧紧盯着从第九车厢下来的每一位女性。当一位身材微胖、眉清目秀、衣着时髦的孕妇慢慢走下火车时，我有一种头昏目眩之感，不想看到的事情终于变成了现实，陈某某的未婚妻就是我曾经无限想念的梅婷老师。我在大失所望之际又痛从心起，悲伤的泪水止不住流了下来。

我真想请求同事们放手，也想上前告知梅婷老师赶紧自首，可良知与责任告诉自己不能这样做，我只好远远地跟着同事们的脚步移动。大家随着梅婷老师慢慢走出火车站，在站前广场漫无边际地溜达。陈某某承诺会来接未婚妻的，可时间过去了一个多小时也未见陈某某的身影，第一次来上海的梅婷老师只好在火车站的广场上徘徊。我们此时又从市里得到消息，陈某某已在本市被抓获，这真令我们十分费解，难道陈某某长了翅膀飞回去了？

梅婷老师在站前广场闲逛了近两个小时，我独自隐藏在广场旁边的树丛中，其他执法人员则悠闲般地盯着梅婷老师的一举一动。突然梅婷老师快速走到路边，乘坐一辆的士离去。我们马上分乘3辆的士紧紧跟随并交叉掩护，梅婷老师乘坐的士来到上海中山公园门口停了下来。这里是上海最繁华的闹市区，各类交通站台交织、购物广场云集，真是人来人往，车水马龙，在此盯人难度不小。

梅婷老师在中山公园门前又转悠了一个多小时，低头看了看手机，露出了会心的笑容，不慌不忙地径直向中山公园旁的购物中心走去。当我们跟随梅婷老师走到购物中心大门前，一位身材偏胖、戴着墨镜的中年男子正从购物中心向外走出来。他没跟梅婷老师打一声招呼、说一句话，顺手接过梅婷老师手中的箱子径直向外走去。梅婷老师原地待了一分多钟，也很自然地转身向外走去，两人相距五六米的距离，默契的行动让外人看不出一点破绽。

我们掏出口袋中的照片对照了一下，这男子不正是我们日夜追寻的陈某某吗？执法人员迅速从三个方向朝陈某某追赶过去，我心情复杂地站在原地驻足远望着眼前发生的一切。当执法人员在陈某某面前亮出警察证时，自感计划周密、煞费苦心的陈某某傻了眼。他没有任何的反抗，主动伸出双手后说："我承认自己斗不过你们，我彻底失败了，但请你们放了我怀孕的妻子，我现在就跟着你们走。"

鉴于梅婷老师是一位挺着大肚子的孕妇，公安人员现场做了笔录后予以放行。看到梅婷老师满面泪水一声不吭打的士离开时，我真想冲上去安慰几句或者给点路费，但我还是忍住心中的酸痛未跨出一步。同行的公安人员告诉我说："这个陈某某真的很狡猾，反侦察能力真是太强了。他在火车站时给梅某发信息说'过两小时后打的士到中山公园'；当梅某到达中山公园后，他又发了一条信息说'过一小时到购物中心门口，见面后不要与我说话'。"陈某某是在暗中反复观察是否有人跟踪啊。公安部门的干警还告诉我们，在市里被抓的是陈某某的堂兄，自作聪明的陈某某也把自己的"得力助手"送进了看守所。

在元旦新年即将到来之际，被全国"扫黄打非"办列为该年度重大案件，同时被市"扫黄打非"办定为"雷霆11·3专案行动"的案件主犯陈某某从上海被押解回本市。这是本市乃至全省至今为止破获的最大一宗非法经营盗版图书案，梦想成为本市乃至全国"盗版书王"的陈某某团伙被彻底瓦解。整个追逃历时27天，途经5省8市，行程12000多公里。

"雷霆11·3专案行动"的圆满成功，受到了全国、省、市"扫黄打非"办的充分肯定和高度赞扬，市文化市场行政执法总队被评为全国"扫黄打非"先进集体，20多名参战人员立功受奖。新华社、中央电视台、人民日报等中央媒体和本市的各大媒体均对此案进行了全面深入的追踪报道，本市出版物市场秩序自此有了彻底的改变。我因参与破获此案有功，年底被评为优秀公务员，并被提拔为主任科员，这距我转业仅两年半的时间。

自本
色
风
流

BENSE
ZIFENGLIU

第五章　打击盗版音像的百日会战

　　国家明确规定，知识产权受法律保护，任何组织和个人不得侵犯。本市作为全国改革开放的先锋城市，这里经济繁荣、市场活跃，是全国音像产业基地之一，每年生产的正版音像制品占全国销量的30％以上。这里也曾经是盗版音像制品的重灾区，影视制片人等集结了大量人力、物力、财力、智慧和才华创造出来的产品，结果被盗版者轻松占有与分享。这里曾经成为全国"扫黄打非"办重点关注之地，打击盗版音像制品和保护专利权益成为文化执法的重点之一。

苏总队长第1次施展捕俘拳

　　光盘是不同于磁性载体的光学存储介质，在内地叫光盘，在港澳台称光碟。因为光盘的贮存量大、音质图像逼真、易于长久保管，所以很受广大用户的欢迎。本市音像市场一度混乱不堪，盗版音像制品泛滥，群众反映强烈，市民的投诉电话、投诉信件像雪片一样飞来，上级督办件接踵而来，市领导的批件和督办越来越严肃，各新闻媒体的批评报道也日益尖锐……曾出现了兜售盗版光碟的小贩在商场停车场向副市长兜售盗版光碟的笑话。

　　市文化执法总队成了社会关注的焦点、市民指责与谩骂的对象。如何尽快治理音像市场的混乱现象，像一块巨石压在苏总队长和总队全体队员的心上。苏总队长为尽快治理音像市场乱象、扭转被动局面，绞尽脑汁寻对策、夜不能寐做方案，独自在办公室里抽闷烟、喝苦茶。鼓足了干劲，下足了功夫，穷尽了办法，经常亲自带队上街巡查与执法，协调城管部门驱赶，沟通公安部门抓人，可往往是按下葫芦浮起瓢，雷声大、雨点小、效果差。

正当苏总队长感到有点束手无策和难以为继之时，全国"扫黄打非"办公室、中宣部等十多个部门联合发出了《关于开展集中打击盗版音像制品和计算机软件制品的通知》，简称"百日反盗版专项行动"。此次专项行动以打击盗版音像和计算机软件制品为重点，是国家历年来规格最高、力度最大、参与部门最多、持续时间最长、群众参与最广泛、组织工作最严密的一次集中行动。

市文化市场行政执法总队承办着市"扫黄打非"办的日常工作事务，苏总队长紧紧抓住这个契机。在市"扫黄打非"领导小组组长的亲自主持下，全市立即组织召开了"反盗版百日专项行动"动员部署大会。市"扫黄打非"办、市委宣传部、市委政法委、市文化局、市公安局、市检察院、市法院、市工商局、海关，各区与各街道等市、区"扫黄打非"办成员单位的主要负责人出席了大会，相关国际版权保护组织和全市各大媒体也应邀参加会议。

大会对开展"反盗版百日专项行动"作了具体部署，要求各单位、各部门要深刻理解"反盗版百日专项行动"

的重要意义，强化全局意识和尽责意识，做到领导到位、措施到位，狠抓落实，务求集中打击行动取得明显成效。要求既要打击非法经营窝点也要深挖非法生产线源头，既要检查正规音像店也要清扫街面兜售盗版的小摊小贩，形成全方面、立体式的打击态势。

市"扫黄打非"办就设在市文化市场行政执法总队，作为本次百日专项行动的牵头单位和主力军，责无旁贷地必须冲在第一线，勇于当先锋。苏总队长要求总队全体人员必须做到：充分利用这次全国开展的大整治、大清理的大好机会，做到主动作为、上下联动，齐心协力、大打人民战争。宁愿我们自己脱掉一身皮、流掉几身汗，甚至出点血，也要彻底改变全市音像市场的混乱无序局面，为我们总队打一次漂亮的翻身仗，重塑总队的光辉形象。

在市"反盗版百日专项行动"大会之后，苏总队长召集总队各队负责人和部分骨干开研讨会。苏总队长在研讨会上提出：为何在我们加强市场检查执法力度，收缴盗版音像制品数量成倍增长的情况下，非法经营盗版音像制品的现象屡禁不止，并有越来越多、愈演愈烈的趋势？如何整治和扭转这种混乱无序的市场局面，如何才能实现全市音像制品经营秩序的根本性好转？苏总队长希望与会人员能够畅所欲言，分析形势、提出对策，讲点具体可行的措施。

被大家称为总队笔杆子的大熊说："马克思曾经说过，一旦有适当的利润，资本家就会大胆起来；有百分之五十的利润，他就会铤而走险；为了百分之一百的利润，他就敢践踏一切人间法律。非法经营盗版音像制品的成本少、风险低、利润高，每非法经营10次只需成功一次就保本了，所以那些经营者敢冒风险，我们禁来禁去起不到什么作用。"

执法四队的小蒙说："我最近到文化、食品、玩具等多个市场做了一些走访调研，现在全市广泛开展腾笼换鸟、产业升级的工作，一些人员密集型小企业、小工厂都外迁了，造成下岗人员增多的现象。这些下岗工人是大生意无成本可做，生活所迫就顺理成章做起了投资成本少、利润空间大的小生意，非法经营盗版音像制品就成了这些人最热衷、最现实的生意。"

黎队长依然低着头、抽着烟，用非常平淡的语气说："我感到我们的打击手段少、打击力度弱、打击威慑力不强，这是非法经营盗版光碟屡禁不止的根源之一。逮住在大街上兜售盗版光碟的小贩，收缴几张破光碟就了事；发现持证门店销售盗版音像，我们罚点款就完事；查出无证经营的音像店，他们关上门就无事……这样的执法不可能有长久效果与威慑力。"

黎队长慢慢吐了一口烟圈后接着说："古人说得好

啊，治乱世必须用重典。必须充分调动广大市民举报线索的积极性，充分发挥刑事打击的强大威力，打击一批在街道兜售盗版光碟、在门店销售盗版光碟的非法经营者，深挖一批批非法经营盗版音像制品的窝点，办理几宗具有影响力、杀伤力的大案与要案，再通过媒体广泛宣传报道，我相信全市的音像市场自然会好起来。"黎队长有点结巴的一席话引起了大家的共鸣和热议，原本冷冷清清的会场一下热闹起来，大家争先恐后、七嘴八舌地发表着自己的想法和观点。

正当大家议论纷纷的时候，摆在苏总队长面前的手机发出了"向前、向前、向前，我们的队伍向太阳……"的铃声。苏总队长慢慢拿起手机，示意大家继续发言。可看到手机显示的电话后，立即快步走到门外接听。我心想，苏总队长的电话铃声表明他依然保留着军人情结啊。苏总队长回来后说："今天的研讨会就到这里，大家回去继续想想有效的措施和办法吧。请机动队的全体同志留下。"

我们知道，苏总队长请机动队留下，一般都是有重要任务要执行，或者是单独与机动队的同志们小酌一杯，这已是多年形成的规矩与默契。黎队长命令全队抓紧准备好装备，三分钟后到地下停车场集合。苏总队长带着我们来到地下停车场，乘坐一辆私家车直奔东门步行街而去。我们执法的过程中经常变化出发点、更换车辆，这也是多年与违法者打交道总结出来的做法。

东门步行街占地面积约17.6万平方米，总建筑面积达80多万平方米，日均人流量达50万人次，节假日更是多达百万人次以上，年营业额超过1000亿元。这里是本市最热闹、最繁华、最复杂的中心地段，是本市形成时间最早、最成熟和最具规模的商业旺区，也是本市最著名的购物天堂与游玩之地。这里是集旅游观光、饮食休闲、购物消费为一体的标志性商业街区，是本市商业领域的龙头老大，更是市民和游客的必到之地。

这里的经济非常活跃，市场十分繁华，商铺寸土寸金，产品物美价廉，交通四通八达。可在人流拥挤与美丽夜色的掩护下，这里成了销售、兜售盗版书刊、淫秽光碟的集散地，成为我们重点"关注"的地方。分管此片区的执法四队会定期来此执法检查，我们机动队也时常来此打一场"奇袭战"。"猫和老鼠"的游戏从未间断，东门步行街始终不太平、问题频发，这成了苏总队长的心头之痛。

我们到达东门步行街如家酒店地下室后，苏总队长简单明确任务，分组分工，六个人分成两组，我与苏总队长在一组。当我们从地下停车场走到大街时，这里已是灯火辉煌、五彩缤纷，人群熙熙攘攘、川流不息。卖糖葫芦的吆喝声、衣服便宜的叫卖声、"低音炮"震耳欲聋的声响是此起彼伏。高分贝的噪声严重损伤着行人的听觉，我真佩服此地生意人耳朵的承受力与忍耐力。

我陪同苏总队长似乎悠闲地逛着，可目光不停巡视着周边的一切，像猎手一样寻找着猎物。当我们行至东门服装批发市场时，只见三四个小青年手中拿着一摞光碟，穿梭在人流中间大声吆喝叫卖着："便宜卖啊，最新出版的惊险、恐怖、枪战、武打大片，10元买一张、15元看一夜啊。"他们见到行人总要低声说："要A片吗？人畜大战，一线明星亲自演绎，最刺激、最顶级的A级片。"我们同时发现距离叫卖者十来米的十字路口，一个小胖子身边放着两蛇皮袋的光碟，小胖子一边仔细观察周边情况，一边及时将光碟递到吆喝者手中。

苏总队长见此情形真是气不打一处来，简单给我交代了一下对策，怒火万丈地朝那几位小青年直奔过去，正在卖力吆喝卖碟的几位小青年听到急促的脚步声，转头看到是早已熟悉的文化执法人员，立马将手中的光碟丢到地上，似惊弓之鸟般四面逃窜。这帮人早已熟悉我们的战法，只要他们把手中的几张光碟扔掉，我们就会捡起光碟不再追了，然后他们待我们离开后又卷土重来。

可苏总队长今天没停留止步，而是向手提蛇皮袋的小胖子追去。小胖子背着两袋重重的光碟摇摇晃晃地跑着，苏总队长追上去一个猛虎扑食的动作将小胖子扑倒在地。我立即上去将那小胖子紧紧按住，迅速通知黎队长马上赶过来并拨打了110报警。正当我们一边按住那兜售光碟的小胖子，一边抓紧收拾散落在地上的淫秽光碟时，那几个仓皇逃窜的人见我们只有两人，立即返回来围住我们并争抢散落在地上的光碟，还想把同伙小胖子抢回去。

一个剃着光头、双臂文满文身的小青年掏出一把长长的扳手，边在手中挥舞边骂骂咧咧地说道："你们赶紧把我兄弟放了，不然老子的扳手不认人。"我担心这几个亡命之徒会做危险的行为，立马从地上站了起来，用脚踩着那小胖子的手，掏出转业证晃了晃后大声喊道："老子是特种兵出身，你们谁敢动一下，老子今天就废了谁！"我浑厚而有杀伤力的声音、强大的气场立刻起到了震撼作用。黎队长带着同事边喊着"让开"边冲了过来，刚才猖狂的小青年转眼消失得无影无踪了，小胖子被我们紧紧地按在地上，只好束手就擒。

当东门派出所的警察到达现场时，我们才发现苏总队长新穿的T恤衫已多处磨破，双肘和膝盖处均渗出了血迹。我笑着说："苏总队长啊，您刚才的捕俘动作很标准啊，看样子在部队真练过啊。"我心里却为苏总队长刚才的危险处境担忧，万一这帮亡命之徒真与我们打起来会是什么后果呢？那一扳手砸在谁的头上，谁能承受了啊。我为自己临危不惧的英雄气概有点沾沾自喜。

今晚街面巡查出现的突发性事件，抓获犯罪嫌疑人1人，收缴的盗版光碟600来张，与警方履行交接手续后已是凌晨一点多钟。苏总队长在返回的路上对我们说："下午开会的时候，我接到副市长秘书的电话称，市领导今晚要到东门逛街，让我们把街面'打扫'一下，所以就有了晚上的行动。大家辛苦了，我现在带大家去吃夜宵吧！"我们又来到了独树村的那家大排档。

黎队长主动承担起点菜的任务，我们则仔细聆听着苏总队长的讲话："我现在经常晚上睡不着觉，总在思考着非法经营者与我们执法者之间的关系。他们风险低，我们压力大；他们付出少，我们辛苦多；他们白天睡，我们晚上累；他们角落躲，我们街上追……这是很不公平、很不正常的事情啊。这种现状不改变、手段不更新，我们永远只能跟在对手的后面跑。要想办法改变现状，就要学会借力打力，用四两拨千斤的方法开展工作。"

我帮苏总队长点了烟，不会抽烟的我也自点了一支。苏总队长深深吸了一口烟后说："我们还是要借助公安部门的力量来查处案件，这样工作力度更强大，手段更加先进，震慑力更全面；要借用技术手段追踪盗版来源，充实技术人员协助办案，为案件侦办提供相关技术线索；要约谈有关音像制作和放映服务生产企业，敦促企业技术升级，填补技术漏洞，避免出现新的盗版；要加强行业内部人民的管理，让音像制作公司、电影放映企业开展自查自纠行动，发现问题及时向我们举报，要组建音像制品版权保护联盟，营造全行业保护知识产权的氛围。"苏总队长讲得滔滔不绝，我们听得津津有味。

第1次晋见高级领导

· · · · · · · · · ·

　　为了打击盗版经营者的嚣张气焰，促进全市文化市场
秩序的好转，全市文化执法队员每天上班就分头行动，按
照分片包干进行地毯式搜查。那些非法经营的门店，看见
我们过来就关门，溜之大吉；那些摆着盗版光碟的正规音
像店见到我们来检查，立马把盗版音像制品藏了起来躲避
检查；一些非法经营者结成小联盟，把一条街、一个社区
联合起来，与我们开展游击战、阵地战；有些非法经营者
把我们的姓名、车牌、电话、上下班时间摸得清清楚楚，
在我们办公室周边安插暗线，我们人车刚动，他们已得到
准确消息，做好迎战准备……

　　长期的连续作战、被动应战让一些执法队员也产生

了厌烦心理、畏难情绪。有的执法队上班时就到市场进行检查，随便找几家平常不听话、不懂"感情"的音像店查一查，下班时带回百十来张盗版光碟，移交给仓库就算完成了任务；有的执法队与正规音像店老板成了好朋友，白天按照正规音像店老板指定，到非法经营盗版音像店查一查，开一张处罚通知单，再找一个饭店吃吃饭、玩玩麻将，或者再去洗洗脚，当然买单的都是低着头、赔着笑脸的音像店的老板……

苏总队长看到队员们天天忙忙碌碌，吃苦受累，可音像市场环境并没有得到根本性的好转，于是经常亲自带队到市场上走一走、看一看、查一查，并且每次带队检查都是成效明显、收获颇丰。有一天，苏总队长正带着机动队在热闹的华强北商业街巡查时接到电话，只听见苏总队长连声说："您好！是的，好的，我乘坐下午的飞机过来。"苏总队长的语气和态度让我比较惊讶，感觉电话一定是一位大领导打的，一定又有什么新的重要任务。

苏总队长接完电话后，立马给办公室小林致说："请立即查询今天飞往北京的航班，帮我和老张订今天的机票，航班时间越早越好。"苏总队长接着对黎队长和我说："我和老张马上到北京参加紧急会议，你们继续开展市场巡查，争取挖出一两宗大案、要案线索。老张，你抓紧回家准备行李，下午陪我一起去北京开会。"苏总队长非常干练地把工作部署完毕。

当听到苏总队长让小林给我俩预订去北京机票时，我脑袋似乎有点充血和发热，以为自己听错了或是苏总队长讲错了。当苏总队长再次直呼我名，并要我回家准备行李时，我才相信这是真实的，心情逐步恢复平静，一阵激动涌上心头。苏总队长亲点我陪同进京，这说明自己在苏总队长心中还是有分量和位置的，暗自在心里感激苏总队长在众人面前给我面子。我高兴地两脚并拢，习惯性地敬了一个军礼后大声答道："明白，马上执行。"

我能落户且安心在总队工作，这既是组织安排的结果，也有与苏总队长同样军人出身这个缘由。共同的军队情结和对军营的眷恋让我俩常常心有灵犀，常有行动上的默契、言语上的共鸣和心灵上的火花。苏总队长总是把我当新兵一样看待与培养，就连在地方如何与人交流、桌上如何喝酒等小节也会提醒我。我则把自己心里的烦恼、工作的苦闷全部敞开对苏总队长倾诉。

苏总队长既是一位讲原则、守规矩的好领导，也是一位讲感情、尽孝道的好儿子。他常对朋友们说："只要是尽忠尽孝之人，肯定就是可交的朋友。"苏总队长家在北京，少小离家参军，工作后又来到南方。母亲因不习惯南方闷热的天气而居住在老家，苏总队长又因工作繁忙而很少回家，只好每天给母亲打一个电话嘘寒问暖，逢年过节寄上岭南的特产孝敬老人。苏总队长在孝道方面的言传身教，促使我撰写了《母亲，儿有一个难圆的梦》这部长篇纪实小说。

我按照苏总队长的指示要求，迅速回家简单收拾了行李，再到天虹商场购买了一些具有岭南风味的小食品，准备让苏总队长回到北京后，把它们作为看望母亲和姊妹们的见面礼。苏总队长在前往机场的路上问我："老张，我们在北京就一两天时间，你为何带这么多行李啊？"苏总队长听我道出原委后笑着说："你小子人长得粗糙，心却很细啊，我返回后把钱付给你。"

飞机于下午三点半准时到达北京国际机场，苏总队长曾经的战友、总参谋部某局的李局长热情迎了上来，与苏总队长紧紧拥抱后又与我轻轻握了手，将我们引导到机场贵宾室前的一辆丰田霸道越野车旁后说："老战友，我现在还有点事需要办理，我就不全程陪同你了。司机送你们到国家新闻出版总署，咱们晚上再一醉方休。"李局长的言行举止展现出军人特有的风格与气质，让我倍感亲切与温暖，很自然地给李局长敬了一个军礼。

苏总队长笑着对司机说："小兄弟，我们急着赶到新闻出版总署，请你在路上稍微加快一点速度。"肩挂二级士官军衔的司机一边大声回答"是"，一边加大油门开了出去。当我们来到位于北京市东城区东四南大街国家新闻出版总署时，已快到下班时间。总署领导的秘书小黄已在大门前等候，我与黄秘书有过多次的接触与交集，彼此也比较熟悉与亲近，私下里都是以哥们儿兄弟相称。可黄秘书今天却只是轻轻与苏总队长和我打了一声招呼，没有多一句的寒暄，一脸"阶级斗争"的严肃表情，三步并两步地带着我们快速走向总署领导办公室。

当黄秘书领着我们走进总署领导办公室时，总署领导立即从宽大的办公桌后走了过来，笑容可掬地拉着苏总队长和我的手说："苏总队长啊，你们好！欢迎、欢迎，一路辛苦了，请坐，请坐吧！黄秘书上午给你们打电话，我没想到你们这么快就赶过来了，真是特区速度与效率啊。"署领导的手让我感到很温暖，厚实而柔软。在部队曾与多位将军首长握手，总有一种敬畏的感觉。今天第一次与地方高级领导握手，我却感到非常地平和与自然。

黄秘书给我们端来两杯冒着热气、飘着清香的茶，说是刚刚出品的乌龙新茶。我慢慢品茶并环视了一下署领导的办公室。宽大的办公桌上摆满了文件、报纸和资料，两张单人真皮沙发和一张茶几已布满点点斑痕，书架上摆满了各种精装、线装书籍，地上堆放着一摞摞的图书、杂志和文件袋，墙角边随意地摆放着十多个精致的礼品袋。署领导的办公设施与条件与我想象的真是相差甚远，甚至让我有点怀疑这里是不是国家部委高级领导的办公室。

这里是管理全国新闻出版行业的首脑机构，是全国新闻出版规划、发展的决策机关，办公条件为何这样简朴与简陋呢？这让我心里感到非常纳闷。我心里还有一点费解的是：黄秘书为何不把领导办公室整理干净利索呢？领导对这样"懒惰"的秘书不批评、不引导吗？假若是由我来担任这个秘书工作，我一定每天上班就帮领导泡好茶、擦好桌，摆好报纸和文件，让领导走进办公室就感到空气新鲜、环境干净、工作舒适。

待我们坐下轻轻品了一口茶后，只听见署领导严肃地说道："国家领导人近段时间将到西方某国进行国事访问，该国拟在两国领导人会晤时提出有关知识产权保护的问题，妄想指责我国对知识产权保护不力。该国某公司到处搜集我国使用盗版软件的情况，准备到WTO起诉我国知识产权保护问题。我国近年来在这方面做了大量工作，保护知识产权也成为我国法律的重要部分。你们地处改革开放的前沿阵地，一定要加大打击盗版的力度，为全国作出表率啊。"

总署领导亲自给我们续了茶后说："保护知识产权，打击侵权盗版，这是我们国家和政府既定的一项政策。它不仅是兑现我们对国际社会的承诺，履行我们加入世贸组织所承担的责任，也是保护我们民族自主创新能力的一种重要举措。中国政府保护知识产权的决心像钢铁一样坚硬。为了配合国家领导人的出国访问，请你们加大查处力度，用铁的事实来回击某些国家的无理指责。"我认真聆听和记录着署领导的讲话，生怕漏掉一个关键的字。

待总署领导讲完话后，苏总队长用非常镇静而坚定的语气说："首长，我已领会和理解了您的指示精神，深知此项工作任务的政治性与重要性。请您尽管放心，我明天就赶回去，迅速召开工作部署会议，一定圆满完成组织和您赋予的神圣使命，以严厉打击侵权盗版的力度和成果来回答外国的质疑。"总署领导的讲话让我热血沸腾，想不到自己竟然肩负着党和国家赋予的重任，真想立即飞回去投入战斗。

当苏总队长和我快步走出国家新闻出版总署办公大楼时，只见北京东四大街上已是华灯初上，初秋的京城让人感到阵阵凉意。我连续打了几个喷嚏，连忙把西装的双排扣扣紧，此时才发觉自己的内衣竟然湿透了。我这是第一次进京晋见部级领导，真是有点激动与紧张啊。我突然想起1997年7月1日进驻香港时，万人空巷欢送我们，可我只是紧握钢枪注视前方，根本没有激动的感觉，唯一想的是如何顺利准时到岗位。

我在东北边防驻守了整整十年，其间曾数十次在北京等车、转车，可每次都是来去匆匆，从没仔细欣赏过北京美丽的景色，也没时间品尝北京的特色小吃。那时总是想把有限的休假时间挤出来，迫切希望早点回家与父母和家人团聚，或者早点回到部队。今晚虽然乘坐的是"霸道牌"军车，可在宽广的大道上也只能慢慢挪动，京城真是人多车多啊，我也正好借此机会仔细欣赏首都的夜色。

正当我微微前倾身子，目不暇接地观看北京美景时，苏总队长对我说："老张，你今天听了署领导的讲话和指示，明白领导讲的是什么意思了吗？对我们下一步开展行动有什么想法吗？"苏总队长的问话，立即将我的思绪转到现实工作中来。我立马收回目光注视着苏总队长回答道："总队长，我刚才听总署领导讲话时，真有点跃跃欲试的感觉，我深知这项任务的重要性与艰巨性，但还没来得及细想和规划下步的行动方案。我们前段时间已查处了大量的盗版音像和软件制品的窝点、门店，抓获了一批非法经营的嫌疑人，假若现在要再次深入查找、查处数量大、影响大的非法盗版经营者可能有点难度啊。"

"老张啊，署领导亲自召见我们，亲自给我们下达任务，这不仅仅是一件行政查处工作，而是一项非常严肃的政治任务，我们必须高度重视、认真对待、圆满完成啊。我们之前开展了排查行动，取得了一定的成效，街面上的非法经营活动表面上少了一些，但本市是全国非法音像、软件制品批发与零售的重要源头，只要我们深挖、细查，相信还会有'大鱼'出现，我对完成总署交给的任务是充

满信心的。"苏总队长打开车窗，点燃一支香烟慢慢品了
起来。

当我们到达聚会酒店时，差不多已是晚上九点多钟。
苏总队长的一大帮战友和大学同学站在酒店大堂门前，排
队迎接苏总队长的到来。他们之间大多数已有十多年未见
面了，纷纷情不自禁地与苏总队长拥抱、握手，祝贺苏总
队长荣升为局级领导。当一位形象靓丽、五官端正、穿着
时尚的女士上前与苏总队长握手时，大家纷纷起哄喊道：
"拥一个，贴一面！"这位女性满脸通红、掩嘴微笑地
说："你们这帮同学真是太坏了，我可不敢吓着咱局座大
人啊。"

大家在欢声笑语之中簇拥着苏总队长来到三楼的燕
京房，总参的李局长早已在房间等候，桌上已摆满了色香
味俱全的美味佳肴。苏总队长先与李局紧紧拥抱一下，又
非常绅士地与一位穿着军装的女生握了握手。李局长笑着
说："苏大局座啊，你这样男女有别，女同学会有意见
哟！"苏总非常潇洒地张开双臂，对着女同学做了一个大
拥抱的手势后说："各位同学，十多年未见了，你们在北
京都还好吧？我真的非常想念大家啊。"

李局长迫不及待地说："苏局同学啊，闲话就少说
了，再说饭店就要关门了，今晚就一醉方休吧。同学们，
我提议为苏同学回京先干一杯。"苏总队长痛快喝下三杯

酒后，让服务员送来一只大酒杯，亲自酙满酒并慢慢举起，深情地巡视了每一位同学后说："同学们，我原准备今晚与大家畅饮一番、疯狂一把，把在校时想讲而未敢讲的话说出来，可总署领导要求我明天尽早赶回去，所以今晚不能放开畅饮了。为了表达我对同学们的真心、真情，我就用这满满一大杯酒来敬大家吧。来日方长情更长，真诚欢迎各位同学们到南方做客、观光。我就先干为敬啦！"苏总队长刚一说完，就把一大杯酒一饮而尽。

苏总队长的讲话得到了同学们的理解，大家纷纷表示以工作为重，以后还有大把聚会的机会。我深深感到，苏总队长的这帮战友、好友、同学真是有文化、有素养、有品位之人，大家在谈笑快乐之中做到适可而止。本来有一定酒量的我，称说自己不胜酒力，今晚成了全职服务员，负责给大家酙酒、倒茶、换碟、提供服务。苏总队长在与同学们依依惜别时，让我把带给他家人的礼物一一分发给大家，同学们称赞苏总队长想得太周到，太讲究了。

为了节省工作经费，也是为了方便与我沟通，苏总队长指示我，开了一间两张床的标准间。虽然夜很深了，可苏总队长因心中有事而夜不能寐，时而打开手机看看时间，时而起床到阳台抽烟沉思……正当我慢慢入睡且睡意正浓之际，忽然听到苏总队长轻轻的喊声："老张，赶快起床吧，抓紧收拾行李，我们四点半出发！"我立即惊醒看了看手表，时针刚指到四点的位置上。

我有点好奇地问道："总队长，我们订的是下午四点的机票啊，不需要这么早赶到机场吧？好不容易回京一次，应该回家看看母亲大人和家人啊。""老张啊，现在情况紧急，时不我待，要尽快落实总署领导的指示精神，哪有心思回家呢。我刚查看了航班信息，最早的航班为早上6点半，我们到机场去换票，争取乘坐最早航班回去吧！"

我们五点半赶到北京国际机场，6点42分的航班正好还剩两张机票。苏总队长开心地说："这是一个好的征兆啊，预示着我们的行动一定会成功。你现在用短信通知总队和各区队负责人，10点到总队会议室开会吧。"我看着坐在候机楼椅子上打盹的苏总，满脸露出深深的疲惫，头发已是黑白相间，但瘦瘦的脸庞上展示着男人的刚毅、坚定与智慧。

我们于上午10点整准时抵达总队会议室，总队的全体人员、各区执法大队大队长已经全部到位。苏总队长开门见山地说："我跟老张刚从北京回来，受领了一项重大的、重要的政治任务。为反驳某些国家对我国知识产权保护不够的指责，配合国家领导人出访，我们要在全市开展'百日反盗版专项行动'。要以最快的速度、最严厉的手段查处非法经营音像制品的窝点和人员。请大家高度重视，迅速行动；要立足源头，挖出窝点，抓重点人；要发动群众，大打人民战争；要密切与公安部门的互动，打得'准'、打得'狠'。我要看哪个单位、哪个大队最先出战果、传捷报。会议结束，开始行动。"

查获建市以来第1大盗版光碟案

苏总队长的重要指示与动员命令就是进军的战鼓、冲锋的号角，全市文化市场行政执法队员全员出动、雷厉风行，迅速在全市形成了一个全方位、立体式的摸排、打击盗版音像制品的网络和格局。各区文化市场执法队各显神通，捷报频传。中心区查获了两家非法经营盗版光碟的正规音像店，现场缴获盗版光碟8000多张；关外某区侦破了一个在商城兜售盗版光碟的犯罪团伙，查获淫秽光碟2000多张，刑拘犯罪嫌疑人5名……

我们机动队作为全市文化市场办理大案、要案的主力军，关键时刻理所当然要冲锋在前、率先垂范。我们有针对性地对全市重点区域、重点部位、重点企业进行了全面排查和摸底。黎队长第一次公开召开了市场义务监督员动员部署大会，强调指出："兄弟们，养兵千日，用兵一时。现在大的舞台已搭好，就是你们发挥用武之地的时候了，请大家要扑下身子摸线索、查窝点。现在每举报一个窝点奖励2000元，收缴一张光碟奖励5毛钱，我们还会支付一点交通和生活补贴。"我们还在各大媒体上刊登了举报非法制作、销售音像制品的奖励办法。

俗话说得好：重赏之下必有勇夫。全市50多名市场义务监督员听了黎队长的动员，就像老鹰一样盘旋在空中、紧盯着地面，在全市撒下了查处盗版光碟的天罗地网。多个非法经营盗版光碟的窝点被打掉，多个贩卖盗版光碟的非法经营者被抓获，可就是没有一宗有分量、有价值、有影响的案件出现，查处的一些案件都是重复我们过去的"故事"。

正当我们为未找到重量级案子着急、发愁之际，黎队长的录音座机接到一个电话称：在关外港达国际商厦有一个贮藏、批发非法音像制品的窝点，音像制品的种类较多、数量很大。机动队当晚就来到了位于沿江高速路旁的港达国际商厦。我们分成三个小组，分守在港达国际商厦的周围，周边的活动尽收眼底。可我们一直观察到凌晨一点多，没有发现任何有价值的线索。

黎队长再次致电举报人，询问举报情况是否真实。举报人有点迟疑地问道："你们公布，市民举报收缴的一张盗版光碟奖励五毛钱，这个承诺是否会真正兑现呢？"黎队长说："我们的奖励条件已公之于众，政府不会欺骗百姓，说话肯定算话，一定兑现承诺，你完全可以放心。"举报人用肯定的语气说道："那里肯定有一个贮藏光碟的仓库或窝点，请你们注意观察一辆贵州车牌的中型货车，也要仔细观察港达国际商厦前后左右的进出口通道，尤其是要注意商厦的后花园。"

我们将注意力转移到进出商厦的汽车上，看到的大货车都是停在地面停车场，进出地下停车场的均是小汽车，这不可能装运大量的盗版光碟。当我们来到与商厦相邻的某酒店楼顶观察时，这才发现港达国际商厦后面还有一个私家花园，银白色钢管搭建的拱形花架上青藤缠绕，四周的翠竹更是遮天蔽日。我们从摇曳的竹叶缝隙中隐约看到，商厦后花园处有一部封闭的垂直电梯，电梯仅有一辆中型货车的高度。我猜想这大概就是富人们的私家会所吧。

这里进出人员较少，为何在此设置一部电梯呢？从表面上观察电梯是直通地下室。我们到区住建局查询，得知该部电梯属于私自加建的，这就更加引起了我们的怀疑与注意，我们将侦察的重点转移到这部电梯的运作上。黎队长带人守在酒店楼顶，观察两天两夜后发现，在每天上午10时、下午4时、晚上8时这三个时段，都有一部贵州车牌的中型货车停在这个电梯口。货车车尾紧紧顶住电梯口，外面的人看不到电梯内部装卸货的情况。

第三天下午4点多，在货车刚刚离开后，黎队长和小熊装扮成电梯维修工进入现场。一位操着贵州口音的老年人生硬地问道："这里是私人花园，你们是干吗的？"黎队长回答说："这部电梯已到了维保时间，商厦的物业经理让我们来维修电梯。"黎队长和小熊维修工的装扮与不慌不忙的样子，让老人打消了顾虑陪伴着走进电梯。在电梯升降过程中，黎队发现地下室零星散落着一些光碟条码，包装音像制品的纸箱堆积如山。黎队长和小熊简单看了看电梯的维护清单，按了按电梯升降按钮，会心一笑地离开了现场。

我们经过近一周的周密调查、跟踪了解，初步弄清了这个窝点的基本情况：这是一个组织严密、管理严格的非法经营音像制品的窝点，是本市主要的非法音像制品的批发商和销售商。主要仓库设在人员稠密、交通便利的港达国际商厦地下停车场，在地下停车场隔离封闭出大约500平方米的面积作为仓库使用。该团伙还有5间音像销售店，并且均取得了市文化部门颁发的音像制品经营许可证。

该团伙属于家庭式作案团伙，主要成员全部来自贵州省的同一个村庄，都是有血缘亲情关系的人。幕后老板是一对陈姓夫妻，老公负责进货与销售，老婆负责财务与管理，公公负责仓库的日常看守，小舅子负责运输与搬运。5个门店分别由沾亲带故的亲戚独自经营打理，门店也可以零售与批发，但统一由陈姓夫妻配货与定价，最后实行利润分成。

他们在港达国际商厦自建了进出货物的专用电梯，货车装载货物时与仓库电梯实行无缝对接，外来人员很难接近现场和发现其真实货物。他们将进入仓库的非法音像制品伪装成建材包装箱模样，商厦管理人员也不知道贮存的是盗版光碟。这个团伙具有很强的反侦察能力，仓库、总经销与门店均是单线联系，门店人员不知货从何来，也分不清真假音像制品。

我们在摸清了该窝点的基本情况、活动规律和主要涉案人员等实情后，及时向苏总队长作了详细汇报，并与市公安局治安分局联合制定了周密的行动方案。苏总队长在行动展开前的动员部署会上说："同志们，在国家领导人即将出访西方某大国的前夕，我们能侦破这个非法经营盗版光碟大案意义非凡，这充分彰显了我国保护知识产权的坚定决心和实际行动。我们在行动中要分工负责，胆大心细，确保此案办理一举成功。"

我们将行动时间定在10月22日晚上10时，取名为"风暴10·22专项行动"。这个时间正是窝点货物进场和发货出场的时间，也是港达国际商厦一天最热闹的时候。我们市（区）文化、市公安治安分局联合行动小组于晚上9时进入商厦周边，按照事前分工分别潜伏在窝点的周围。其他5个行动小组也于同样的时间进入5个音像销售点附近。

晚上9点50分，一辆黔B牌货车到达港达国际商厦后花园，车尾紧紧地贴着电梯口，司机则打开车窗悠闲地叼起了香烟。公安人员正准备开始行动时，一辆川B牌面包车来到仓库。司机从货车上搬下几箱光碟后准备离开。黎队长立即开车堵在后花园的进出口，公安人员立即上前将2名司机控制。当我把货车驶离电梯口时，车内4名正在搬运货物的工人大喊："东西还未卸完，还未搬完，别着急走开啊。"

当我们进入地下仓库时，堆积如山的光碟真令人震撼。经初步清点，现场查获涉嫌违法音像制品550万张，音像制品包装封面49万张，制作光碟的母盘材料15张，绝大部分光碟SID码均为境外码。现场查获刻有"中国儿童音像出版社"和"广东音像城专用章"字样的假印章2枚，暂扣货车和面包车各1辆，现场抓获主要犯罪嫌疑人等共15人，查封音像门店5家。

这是本市建市以来破获的光碟数量最多、案值最大的一宗非法经营盗版光碟案，也是当年全国十大查获盗版光碟案之一。该案的成功破获极大地净化了本市的音像市场，对非法经营者产生了极大的震慑作用，尤其是彰显了中国对知识产权保护的坚定决心。中央"扫黄打非"办、国家新闻出版总署分别给市"扫黄打非"办发来贺电，市"扫黄打非"办对参加办案的有关人员分别给予了记功、晋级、发放资金等奖励。机动队和黎队长再次分别被全国"扫黄打非"办评为先进集体和先进个人。

查获2条地下光盘生产线

经过全国开展的"百日反盗版专项行动",本市音像市场有了脱胎换骨般的好转。正规的音像店不再敢公开销售盗版光碟,小摊小贩不再敢随意在大街上兜售淫秽音像制品……我们的工作压力和精神负担减轻了许多,生活基本走上了正轨。可以正常上下班、过双休日,过节时与家人们一起下馆子、逛景区,这段时间也是我到地方工作后最轻松、最快乐的一段时光。

我有一位善良、能干、直率的亲妹妹,因家乡企业倒闭而来本市做点小生意。我曾几次相约去看妹妹,可每次都因突发事项而食言。自己成了经常向小妹作解释的"坦白痞子",一种惭愧、内疚之情常常在我心头缠绕。我鉴于这段时间工作任务不重,再次致电小妹约周六中午见面。小妹笑着说："哥，我都有点不敢相信你的话了，请哥不要再让小妹失望啊。"

当我周六带着儿子来到妹妹的水果摊时，看到店里的水果与食品摆放得整整齐齐，生意比周围的商店热闹很多，心里似乎有了少许的安慰。从妹妹憔悴的脸上看出了妹妹工作的辛劳，感受了妹妹生活的艰辛。我以姑姑应该陪侄子玩玩的理由，强行让妹妹关闭店铺，来到工业园附近最高档的酒店，点了妹妹爱吃的湘菜。妹妹用家乡话笑着说："哎哟，我们今天打牙祭啊。"

妹妹边吃边告诉我说："妹夫每天清晨4点钟到10公里外的批发市场进货，自己则在店里摆放货物、制作凉茶和负责销售。每天要卖100多公斤的水果与甘蔗、1000多杯凉茶。"当听到妹妹说"哥，我昨天削水果时睡着了，不小心把手指也削伤了，我现在只想好好睡一觉啊"，我的眼泪忍不住在眼眶打起转来。

妹妹小时候是当地出了名的调皮女孩子，上树掏鸟窝，下河抓鱼虾，同龄的小伙伴都畏惧她三分，干活干净利落，吃饭更是出奇的"短平快"，大伙称她为毛手毛脚的"假小子"。妹妹今天吃饭却特别细嚼慢咽。我猜想妹妹也许是劳累过度食欲不振，也许是想陪跟哥哥多聊一会儿吧。正当我看着妹妹感到心酸的时候，突然传来有点低沉的声音："最新电视剧，《大明王朝1566》，非常便宜啦，十块钱一张！"

我看见两位中学生模样的未成年人，各自手中拿着十来张光碟在叫卖。我一眼看去就知道是盗版光碟，还有一些很低劣的淫秽光碟，很想上前去制止并收缴光碟，可又不想影响与妹妹难得的相聚，也担心一人控制不了局面，狠狠地瞪着卖碟者大声喊了几声："滚、滚、滚，别影响老子的食欲！"我有点纳闷地问妹妹："你们这里兜售光碟的人多吗？买的人多不多呢？"

妹妹笑着说："这里到处都是卖光碟的人，因为便宜买的人也很多。我水果摊后有一个影视厅，门口摆着几筐光碟，像大街上的萝卜白菜一样卖呢！亲爱的哥，你是不是职业病又犯了？你可要注意自身安全哟。"我笑着说："小妹，哥没有这么职业病，你就放心吧。"我心里却在暗暗发誓：小妹，你等着吧，我过几天就把他们收拾了，让你看看哥哥的厉害。

这里怎么还有人敢明目张胆地贩卖盗版光碟呢？前段时间开展的"百日反盗版专项行动"成果丰硕，全市出动执法人员1.1万人次，检查出版物市场3000余次、巡查音像制作企业600家次，处罚违规音像企业和网站277家，收缴非法出版物850余万件，办理侵权盗版出版物案件57起，刑拘犯罪嫌疑人53名……全市音像出版物市场得到了极大的净化。这些盗版光碟是在何处生产、从何处批发而来的呢？这让我陷入了深深地思虑之中。

我在机动队召开的队务会上谈了自己所看到的情况，真是一石激起千层浪，大家争先恐后地谈起了自己的所见所闻。老吕说："我最近到东门步行街商圈去转了转，发现很多正规音像店在后面的仓库里也在卖简装的盗版光碟。"小熊说："我周末陪着太太到商场逛了逛，看见商场停车场内也有卖光碟的人，男女老少都有，商场保安视而不见，不敢管。"

大家你一言我一语议论了半天，最后把眼光聚集到黎队长身上，期待着有"诸葛亮之思维"的黎队长的高见。黎队长从上衣口袋中慢慢地掏出打火机，潇洒地在空中摇晃一下，悠闲地点了一支烟，慢条斯理地说道："我分析啊，本市地下音像市场应该还有'大鱼'，也许有地下光碟生产线，也许是正规音像公司在生产盗版音像，这将是我们下一步工作的重点和突破点。"

据全国"扫黄打非"办统计，1996年至2005年期间，全国共查获地下光碟生产线223条。能够破获一条地下光碟生产线，这是各地文化执法部门的追求与光荣。我们市文化执法总队虽然在全国同行内名声显赫、战功卓著，但在查处地下光碟生产线方面一直还是空白，留有遗憾。没有查处地下光碟生产线的实践与经验，对地下光碟生产线是一个什么模样也不清楚。苏总队长决定安排我们机动队全体人员到曾有查处地下光碟生产线经验的河北省某市考察学习。

当地文化执法部门对来自改革开放前沿的同行是"高看一眼，厚爱三分"。陪同我们观看了查获的光碟生产线设备、地下生产线现场，详细介绍了查处的经过与方法。办案人员介绍说："现在的光碟地下生产线非常隐蔽，采用'障眼法''地下工作''分散生产''挂羊头卖狗肉'等手段，来规避文化执法部门的查处与打击，这些窝点大都隐藏于农村、山区、城中村、城乡结合部等偏僻之地。"

同行们介绍说："现在盗版势力对市场信息的捕捉日渐'敏锐'，盗版的手法也进一步'革新'。非法的地下生产窝点、光盘生产线的设备非常先进，生产线的调试也很标准，盗版手法越来越'专业'。一些盗版专业分子还会将整个生产流程进行拆解，将录制母盘、批量生产、包装印刷、仓储物流等环节分散在各地，有时甚至把车间就设在住宅区或高档写字楼内。"同行们真诚地传经送宝让我们对查处地下光碟生产线有了初步的认识。

我们踌躇满志地从外地考察学习回来，很想用"实战"来检验学习效果，可没有施展拳脚的舞台。正当我们一筹莫展、寻找战机之际，接到一位市民的举报电话。他怀疑自己居住小区旁边的一个木材加工厂内，可能存在光盘地下生产线，希望我们来摸排与破获。当我们问在什么地方时，举报人反复询问：查获一条地下光盘生产线，政府奖励线索举报者15万～30万元的承诺是不是真实的？当得到我们肯定的回答后，举报者便详细介绍了有关线索。

真是"踏破铁鞋无觅处，得来全不费功夫"。我们接到举报后，既兴奋又紧张，还有点狗咬刺猬无从下口的感觉。我们深知：一条光碟生产线的价格很高、投资很大，非一般小摊小贩、非法经营者所能做到。要么有大的财团做后盾支撑经营，要么是有"黑社会"背景在保护运作，还有正规音像企业暗度陈仓……这些都是难啃的"硬骨头"，我们能否攻下这个艰险的"山头"呢？

苏总队长主持召开了专题研究会，机动队全体队员和总队的几位破案能手参加了会议，会议制定了"全面包围、分割查点，机动队先行，其他队配合，公安与文化部门联动"的行动方案。由我们机动队先期深入现场摸查，待确定基本情况后调动力量进行彻底摧毁。我们机动队按照行动方案，分成两个摸排小组，深入到举报所在地开始了地毯式摸排。

我们先将整个社区划为四大块，一块是高档住宅楼，这里存在地下生产线的可能性较小；一块是相对独立的城中村，这里进出车辆很不方便隐蔽；一块是荒芜待建的工地，杂草丛生，不可能有地下生产线；最后一块是城乡接合部的工业区，我们把此地列为排查的重点。这里原来是一片小山岭和稻田，到处是沟沟坎坎、杂草丛生。现在成了一个进行木材交易，加工家私、木器为主的工业园，十多家木材加工企业并列相连在一起。

我们打扮成买家私、买木材的样子，转了几天均未发现异常；夜间潜伏在丘陵顶上的杂草中观察，也没看到什么情况；分散到各家企业周边反复查看，也没找到什么线索。我们怀疑投诉是不是真实可信，是不是查找的方位不准确呢。老吕说："我负责观察的那家加工企业有点奇怪，这家企业园内摆满了木材，但几天来未见动用过一根木材。可是每天有一辆中型小货车到工厂后面的院子里，因车厢尾部紧贴着仓库门，我也看不清是否装卸了货物。"

老吕的话引起了大家的兴趣，这种做法与我们查处的"风暴10·22专项行动"案如出一辙，黎队长决定将重点放在对该企业的摸排。我们全体队员再次来到该企业周边进行仔细观察，发现该企业摆在园内的木材上已长了青苔，有几名员工进厂后就不见了身影，车间内的生产机器上已布满蜘蛛网，紧贴车间的一个细长的烟囱时不时冒出一些蒸汽与烟雾。我们跟踪那辆中型货车到达市内某城中村，看到卸下的是一箱箱光碟，确定了此处就是地下光碟生产线。

当苏总队长带着总队全体队员和市公安治安分局警察来到现场后，警察迅速守住该厂的各个进出口，两只警犬也瞪大眼睛蹲在工厂的大门前。我们带着警察在厂区内仔细搜查，把厂区的前前后后、里里外外查看了一遍，却没有发现任何光碟生产线。该企业老板冷笑着说："你们进入正规企业进行搜查是违法的，你们必须要给我一个合理的说法与理由，不然我会到市里告你们侵扰企业正常经营。"

我们再次来到堆满刨花锯末的车间，只见车间内侧墙角有两片刨花轻轻地飘动着。黎队长和我踩着刨花走过去一看，感觉一股轻轻的气流吹到脸上。我们用脚踢开周围的刨花后，地面露出一块半米见方的木板，木板周边的缝隙中传出的风儿越来越大。黎队长与我相视一笑并往外嘟了嘟嘴，我心领神会地快步走出车间请警察过来。刚才还吵吵闹闹的老板见事情败露撒腿便跑，被门前两只警犬吓得不由自主地退了回来，在警察面前主动伸出双手，被戴上了手铐。

当我们拉开小木板时，只见仅能容一人进入的通道呈现在眼前，一部长长的木梯直通地下室。当我和黎队长依次进入地下室时，只见在一间近百平方米的"车间"里，5名满面污垢、光着上身的中青年男子正在认真制作着光盘，抬头看了看我们后也没有丝毫的反应。当警察进入地下室并亮出警官证和手铐时，这些刚才正聚精会神工作的工人才如梦初醒，按照警察的指令乖乖双手抱头蹲在地上。待警察把工人带出地下室后，我和黎队长才击掌露出了会心的微笑。

我们文化执法队员对现场进行了认真的清点登记，在狭窄的地下车间竟然安装了2条原产德国的最新款的DVD光盘生产线，每条生产线价值超过25万美元；现场还查获了各类成品、半成品、空白光盘近200万张。成品盗版光盘内容涉及各类最新的故事片、连续剧，其中有部分属国外限制级色情片，光盘的质量完全可以达到以假乱真的效果；警方现场查扣了两辆小轿车、一辆中型货车，抓获犯罪嫌疑人4名，5名工人经教育并写下保证书后释放。

事后经过详细了解，这个非法团伙分工相当周全细密，团伙成员分为"内线"和"外线"两条线。"内线"负责生产与出货，"外线"负责接单和运送，内外线均是单线联系。一条光盘生产线每天可以生产盗版光盘1.5万至2万张，每张光盘的成本在7毛钱左右，市场批发约5元，零售在8元左右，每张盗版光盘的利润达到600%以上，这个窝点每天可牟取暴利近10万元，难怪这帮人"胆大包天"，敢在广大市民的眼皮底下干违法勾当。

车间的工人都是老板从劳务市场招来的临时工。老板为了防止工人记清准确位置或到政府部门举报，在劳务市场挑到"合适"的工人后，就把工人送上封闭的中型货车厢内，再把工人的眼睛用黑色的布条蒙住，在市内的大街小巷转圈，最后将转得昏头转向的工人送进地下车间。工人进入地下车间后必须连续工作一个月，并且吃喝拉撒睡全在地下室内。工人们听后强烈反对，但得知每月能拿到6000多元的工资时，工人们也就心甘情愿地接受了这悲惨的工作与生活条件。

这是本市建市以来破获的首宗音像制品地下生产线，战果辉煌、意义重大，各大媒体都进行了跟踪与全面报道，黎队长再次获得全国"扫黄打非"先进个人称号。中央电视台《每周质量报告》栏目组，专门来本市进行专题报道采访。黎队长面对中央电视台两位漂亮的女记者不愿接受采访，甚至跟两位女记者在总队办公室玩起了捉迷藏的游戏，急得两位记者哭笑不得地对我说："老张大哥，请你帮我把黎队找出来吧，他简单说几句也行，我们也要完成任务啊。"

我简单安慰了两位女记者，跑到总队音像贮藏室对黎队说："兄弟，看来你是躲不了啊，她们说不采访到你就绝不收兵啊。"黎队拍了拍我的肩膀说："老兄，你在部队是专门负责宣传报道工作的，你又是本次活动的全程参与者，你就代表我去接受采访吧！"我笑着回答说："我真想去接受采访啊，两名记者都是大美女，但我不能抢你的功，更不能夺你的美哟。"

黎队长性格有点内向，很有才气与内秀。他在接受中央电视台记者采访时讲到，每张正版光盘都有一个编码的基本常识，盗版光盘对音像市场的极大危害性，查处盗版光盘地下生产线的危险性，市政府对举报光盘地下生产线的奖励政策，查处光盘地下生产线必须发动群众、形成对经营盗版人人喊打的氛围。黎队长采访时侃侃而谈，有理有据，并且妙趣横生，引人入胜。

黎队长最后介绍说："随着打击侵权盗版行动的不断深入，侵权盗版行为也在不断地变换新的手段、新的手法。那些追求盗版暴利的疯狂之徒，往往不惜铤而走险，甚至敢拿自己的生命当赌注。魔高一尺，道高一丈，我们市文化执法总队机动队也将牢记职责，不辱使命，只要发现一个就打掉一个，绝不手软，一定将这些盗版分子送上法庭和监狱。"

采访黎队长的一位美女记者悄悄问我："黎队长多大年龄了？他结婚了吗？"我半开玩笑半认真地回答道："我们黎队长已名草有主啦，家有当律师的贤妻啊。不过我们这里讲究公平竞争，你也可以寻求突破嘛。"女记者对我苦笑一下说："唉，真是相见恨晚啊，那就做他的铁杆粉丝吧。黎队长今后有什么变化和线索，张哥可要第一时间告诉我哟。"

自本
色
风
流

第六章　净化娱乐场所的灵魂震撼

　　本市是全国最早开办歌舞厅、卡拉OK之地，国内许多歌星也是从这里的歌舞厅起步、发展、出名。我从小就喜欢唱歌，虽是业余歌手，但水平不业余，也一直想到歌舞厅展示歌喉。可在部队时有铁的纪律规定，军人一律不准进入歌舞厅；到地方后又因歌舞厅消费较高，不愿花高价钱来享乐。当我成为文化执法队员后，就不得不主动进入歌舞厅了，管理歌舞厅是我们工作的重要组成部分。

第1次以执法者身份走进歌舞厅

国家《娱乐场所管理条例》明确规定：县级以上人民政府文化主管部门负责对娱乐场所日常经营活动的监督管理。本市增加一条规定：文化行政管理部门负责歌舞厅服务人员工作证的签发、审核与换发工作。这使得文化行政管理部门的工作人员成为歌舞厅老板追逐的对象，老板们想方设法与文化行业管理部门的有关工作人员套近乎、拉关系。歌舞厅的高消费令普通市民想进而不敢进，可负责歌舞厅审批和日常监管的工作人员，进出歌舞厅就畅通无阻了。

我虽然生长在乡下，但受父母的遗传与家庭环境的感染，自己从小就喜爱唱歌，热衷上台表演。在农村还未通电的时候，家里常常举办煤油灯下的演唱会，《学习雷锋好榜样》《我在马路边》等歌曲成了我的主打歌,也练就了自己洪亮的嗓音和敢于亮相的胆量。小学一年级参加公社在我们大队召开的大会,我们8位小朋友上台表演欢乐舞蹈,其实就是手持两条红布做成的彩条不停地挥舞,口中喊着"欢迎、欢迎,热烈欢迎"的口号。节目虽然简单通俗,可这是本人第一次登台表演,50多年过去了,依然历历在目,记忆犹新。

曾记得,在部队新兵训练结束的汇报会上,新兵连长宋长春安排我表演一个自己创作的快板——《英雄就在咱们的队伍中》。我在没有快板也不会打快板的情况下,就敢于用双手一握一开的方式上台表演。从当新兵的那天起,无论是在连队还是在军校,不论是当战士还是当军官,连队、学员队、营队甚至团队的拉歌、赛歌,我都是站在队前的歌唱指挥。我一直渴望自己有一展歌喉的机会。

我现在成为市文化市场行政执法总队队员,终于有了名正言顺进入歌舞厅的理由,但我们机动队的日常工作是负责办理文化市场的大案、要案,更多集中在查处非法制作、销售、印刷音像制品的大案上。我们机动队与歌舞厅接触的机会不多,也没有进入歌舞厅的合适理由。在我内心深处非常羡慕其他文化执法队员能够自由进出歌舞厅。我每当经过霓虹灯闪烁的歌舞厅时,总想走进去潇洒一回，让自己纵情、奔放、尽兴地唱歌。

有一次，在元旦到来之际，苏总队长要求机动队全体队员陪同检查歌舞厅。这是我第一次要以执法者身份走进歌舞厅，一种难以抑制的兴奋涌上心头。我终于可以光明正大地走进歌舞厅，可以仔细观察和了解歌舞厅的真实情况。我当天中午竟然多吃了一碗饭，午休也无法入眠，干脆到办公室后面的发廊美了美容。

当晚10点来钟，这座城市开始了热闹的夜生活。苏总队长带着我们来到本市最高档的"金色时代"歌舞厅，区局领导和5名执法队员陪同检查。当我们来到歌舞厅时，只见歌舞厅大门前全部停着宾利、奔驰、宝马、奥迪等名牌轿车。歌舞厅老板带着几位长相漂亮、穿着统一服装的女子列队在大门口迎接。苏总队长和我们在大家的前呼后拥之中走进歌舞厅，只见大厅内装饰得金碧辉煌、霓虹闪耀。一队队打扮妖艳的年轻女子鱼贯穿梭，电子音乐发出震耳欲聋的声音，说话时只能掩着嘴、对着耳才能听得清楚一点。

苏总队长在区局领导的陪同下，走进歌舞厅666包房。房间大屏幕电视正播着苏小明演唱的歌曲《军港之夜》。我暗自猜想，是不是歌舞厅老板知道苏总队长是军人转业，故意安排的军队歌曲呢？歌舞厅的美女经理手持话筒，款款走到苏总队长面前热情邀请合唱一首，苏总队长笑着说自己不会唱歌而婉言谢绝了。茶几上摆着两盘装饰得像鲜花一样的水果拼盘，还有冰红茶、红牛等饮品。苏总队长要求歌舞厅人员立即把水果拼盘端走，把安全生产的有关资料拿上来。

我见苏总队长在区局领导和黎队长的陪同下，在仔细查看着歌舞厅的安全生产、值班值守、员工登记等规章制度的落实情况。我则借着检查安全通道的名义，在歌舞厅内溜达，想趁机好好深入了解一下歌舞厅内的真实情况。我在灯光有点昏暗的走廊里，看见有的房间内在轻歌曼舞，有的房间内在群魔乱舞，有的房间内在交杯碰盏，有的房间内在窃窃私语……我此刻深深感到生活在中国的安宁与幸福，不由得也想到了驻守边疆、戈壁军人的艰难与坚守。

当我随手推开相对安静的868包房时，只见在昏暗的房间里有一对男女缠绵在一起。年轻女子的头侧躺在中年男子的大腿上，右手拿着话筒轻轻吟唱着邓丽君的歌曲《何时君再来》，带花的牛仔裤紧紧裹着修长的双腿，穿着白色高跟鞋的双脚交叉着放在长条沙发上；中年男子的右手似乎很自然地放在女子的胸前，左手端着一杯红酒慢慢品味着，一副悠然自得的陶醉模样。

当我和中年男子在朦胧的灯光下四目相对时，我全身似有一种触电的感觉。只见中年男子快速收回右手，轻轻放下酒杯，深深地低下头，仿佛不想让我看清他的真实面孔。这位中年男子怎么这么熟悉呢？我在哪里见过他呢？当我识趣地转身走出了房间时，才恍然大悟。这位中年男子原来是在部队时整天板着脸、爱骂人、战士见了就躲，三年前因受到纪律处分而转业的黄处长。

俗话说得好啊：真是冤家路窄，山不转路在转。我与这位黄处长真有一次难以忘怀的交锋。我在香港驻守时曾主政一个军营，进出此军营需要我的批准。这位黄处长白天以看病的名义进入营区，晚上12点要离开军营时已严重超时。营区哨兵坚持原则不给开门，黄处长自认为位高权重而破口辱骂哨兵。待哨兵接通我的电话后，黄处长迫不及待地抢过电话狠狠地批评我。我不冷不热地回答说："规定是您制定的，我们是执行您的规定。您若有新规出台，我按新规执行。"最后黄处长放下架子跟我说话时，我才网开一面而放行。

人们传说歌舞厅是鱼龙混杂、藏污纳垢之地，可我真没想到军人出身且平常一本正经的黄处长也是寻花问柳之人。黄处长在部队时那真是威风八面，手握战士分配、管理、升迁、留队等生杀大权，见到一些军容不整的战士总是"出口成脏"，基层官兵给他编了一条顺口溜："天上打雷我不怕，就怕黄处长骂脏话。"我一直把黄处长当成铁汉军人，原来也是个凡夫俗子啊。

　　我退出房间后自言自语道："军人嘛，也是人啊，可以理解。"陪同我检查的区执法队员问我此话是什么意思，我用自己曾是军人也想进歌舞厅掩饰过去。本次在歌舞厅与老首长的偶遇，使我对歌舞厅产生了敬而远之的感觉，也许在自家浴室唱上几句更安全、更快乐。我便经常在家洗澡时借着水声高歌几首，家人便给我取了一个"浴室歌手"的称号。

第1次在歌舞厅见到脱衣女郎

我虽然淡化了进歌舞厅的愿望，可有时也会身不由己地走进歌舞厅。有一年暑假，我非常尊重的同乡余大哥打电话过来说："兄弟，好久未见，你一切可好？我们老家的教育局丁副局长和局机关的几位领导来了，你来帮哥陪同一下吧。我们先吃饭，再到金色时代歌舞厅唱歌。"我听到"金色时代"几个字，我真有点犹豫，可余大哥对我是有恩、有情之人，不好拒绝，只好爽快地答应了。

当我们在唐宫酒家饱食了海参、鲍鱼、三文鱼、龙虾等海鲜大餐后，大家搂搂抱抱地来到金色时代歌舞厅的888包房。我曾多次来此歌舞厅检查工作，真没发现还有这么大的包间。这间高低错落的包房有一百多平方米，低处由三张长沙发、三台宽大电视相围的卡拉OK厅，高处是一个相对隐蔽、便于私聊的小酒吧，还摆着一个标准的英式斯诺克台球桌，豪华的装修令我大开眼界。

当我把客人一一安排落座后，一位穿着职业装的女子轻盈地走到我的面前，笑容可掬地说："欢迎张队长莅临金色时代，您的到来让本歌舞厅蓬荜生辉啊。您看今晚想喝什么酒呢？酒水由我们老板买单。"我看到家乡来客向我投来了羡慕与佩服的眼光，便借着酒劲装着牛气的样子说："你们随便，随便吧。"我心里却在疑惑：这位女子为何知道我呢？这不会有什么陷阱吧？

随着房间灯光慢慢变暗，七位穿着旗袍、身材苗条、挂着坤包的女子款款走进房间，训练有素一字排开站在舞厅的中间。每个女子都是浓妆艳抹、凹凸有致，旗袍开衩已快到腰部，红白相间的内裤一览无余。随着领班的一声指令，七位女子一起弯腰说道："各位老板，晚上好！"领班接着对我们说："各位老板，这七位小妹是空乘级服务员，大家有什么要求尽可提出。"

刚才在酒桌上争先恐后讲黄段子、荤段子的领导们，现在又有了酒精的刺激，荷尔蒙在身体内激增，眼神在七位女子身上扫来扫去，可表面上却扭扭捏捏，不好意思率先出来挑选陪唱。领班忙说："各位老板，小妹们都不害羞，你们大男人还不好意思吗！是不是对小妹身材不满意呢？姑娘们，请展示身材。"领班话音刚落，七位女子身上的旗袍整齐地飘落到地上，露出了三点式内衣和洁白的胴体。

在柔和的灯光下，一排身材迷人、身挂三点的女子站在场地的中央，被一群如狼似虎的男人注视着，"羊入虎口"的成语突然在我脑海里闪现，这也是我见到的最"血腥"的场面，不自觉地咽下一口口水。这场景让我无法继续待下去，也不敢想象下面还有什么更花样的表演，我于是假装接电话的样子，走出了歌舞厅，直接打的士回家睡觉去了。

当我正进入甜蜜梦乡的时候，手机突然响了起来，我看也没看就按了拒接键，心里还暗自骂道："神经病啊，半夜三更打电话。"当我正准备关闭手机时，手机又响了起来，打开一看是余大哥打过来的，时间已是深夜两点多了。余大哥带着急促的声音对我说："兄弟，你在市公安局治安支队是否有战友，刚才警察把县教育局丁副局长带走了，真是急死人啦。"

我昏睡的脑袋似乎一下清醒了，忙问道："这是怎么回事？半夜三更去找谁啊，必须找到关键的人才好使哟。"余大哥带着有点哭腔的声音说道："你离开歌舞厅后，大家只是唱唱歌、喝喝酒、划划拳，个个玩得很开心。丁副局长把陪唱小妹带到房内的小酒吧里玩，警察突然查房时，当场发现了丁副局长的淫乱行为，丁副局长在事实面前只好承认了。"

我一听此话就有点气不打一处来，心里骂道："这种人也能当领导，真是色胆包天啊。"我安慰余大哥道："这种丑事也不好找关系，真有点说不出口啊。我们也不用管，也管不了啊。这样的领导如何能抓好家乡的教育事业哟，今天是他咎由自取，接受教训啊。"余大哥叹了一口气说："现在也只能这样了，算他倒霉吧！"

余大哥与我半个月后再次见面时说："兄弟，我那天定歌舞厅的房间时，给老板说了你当晚也要陪同过来唱歌。老板听说有市文化执法人员光临，就安排了歌舞厅最美丽、最开放的几位女子过来陪同，老板还准备晚上请你吃夜宵呢。好在你当时离开得早，不然公安部门来检查时不知会出现什么后果哟。兄弟，真的对不起啊，以后不会出现类似情况了。"余大哥还告诉我，那位县教育局丁副局长被公安局拘留了半个月，罚款五千元后释放了，回去后还要受到党纪和政纪的处理。

余大哥的这番话真让我心有余悸，久久不能平复，许多的可能与想象都出现在我的脑海里。假若我依然坚持在歌舞厅不离开，喝酒喝多了做出出格的举动，警察来检查会出现什么状况呢？歌舞厅知道我过来唱歌，安排美女陪同伺候，他们有什么想法与目的，是否在暗处设置了录像机呢……我越想越感到后怕，越想越感觉自己当时作出的决定太明智了。这是我第一次以消费者身份走进歌舞厅，也是第一次享用文化执法大队"队长"的接待标准。

第1次在歌舞厅看到生命的脆弱

· · · · · · · · · · · · · · ·

我有了上次陪同家乡来客进入歌舞厅"消费"的教训后,以前那种想进歌舞厅唱唱歌、喝喝酒的强烈欲望淡化了许多,对进入灯红酒绿的场所产生警惕、畏惧的心理,也相应减少了不必要的酒局与应酬。我要把所有的业余时间利用起来,用于正在撰写的纪念母亲的长篇纪实小说,以此作为母亲辞世20周年的纪念,也缓解自己长期以来思念母亲带来的痛苦。

我们家本居住在县城,后因家庭成分不好而下放到农村。母亲为抚养我们姊妹六人,吃尽了苦、受够了累,尝遍了人间的酸甜苦辣。我们儿女们总想早点长大成人,练就过硬本领,让母亲过上幸福、快乐的生活。当我们儿女有点能力报答母亲的时候，母亲却因意外离我们远去。子欲养而亲不待，感恩母亲的心愿成为我们永远也无法圆的梦。

我每当听到《白发亲娘》这首歌时，总是不知不觉地流泪；我在大街上看到年迈的老人时，总想上去搀扶一把，问有什么需要我帮助的地方；我常常独自在河边、海边、树丛中沉思，在婆娑的眼泪中寻找母亲的身影……我为此下决心、做计划，要写一部真实反映慈母善良、勤劳、博学、多识，儿女感恩母亲、追忆母亲的专著。因工作的忙碌、人性的懒惰等因素迟迟未能动笔。我决心在母亲去世20周年忌日前完成这个心愿，把此事作为我人生是否成功的标志。

一天下班之后，我回到家里，关闭手机，全身心地投入到写作之中。我写到母亲因家庭出身不好，常常受到旁人无端的辱骂，母亲擦干委屈的眼泪用微笑迎接儿女们回家，母亲常常把米饭盛进儿女的碗里而自己就着一点剩饭锅巴熬点稀饭喝下……这似一幕一幕电影出现在我的眼前，我边写作边止不住地痛哭流涕。当手表时针指向深夜11点半时，我当天已完成了近6000字的创作，心中倍感舒畅，于是打开手机，想看看有什么消息。

真是无巧不成书啊。我刚打开手机不到一分钟，手机铃声就响了起来。在部队有句顺口溜："天不怕地不怕，就怕半夜响电话。"因为半夜来电话不是紧急集合就是战备演练，不是突击任务就是抢险救灾……反正半夜的电话都是急事、险事、难事。我到地方工作后，没有出现半夜接电话的事情。我极不情愿地翻开手机一看，竟然是总队姜副总队长打来的电话。姜副总队长在电话中急促地说："兄弟，请马上赶回总队。歌王歌舞厅发生重大火灾，造成人员重大伤亡，我们现在要赶去现场了解情况。"

姜副总队长的两个"重大"，让我不由得深深吸了一口冷气，脑袋仿佛"轰"的一声有点发麻的感觉。近年来，苏总队长带领总队查办了大量的非法经营文化产品的大案、要案、惊险案子，更颇为自慰的是本市文化市场未出现过重大的安全生产事故。我一边回应着姜副总队长的指示，一边拿起执法证跑步出门赶回总队。当我赶到文化大楼时，总队人员已集合完毕，正登车准备出发。我接过姜副总队长的车钥匙，迅速登车启动汽车，风驰电掣地向火灾发生地驶去。

市文化大楼距歌王歌舞厅有50多公里的路程，我们到达火灾现场已是凌晨一点多钟。歌舞厅周围已里三层、外三层地站满了观望的人群，我和姜副总队长踮着脚远远望去，只见歌王歌舞厅是一栋相对独立的五层小楼，占地面积约1000多平方米，外墙好像刚被清洗过一样流淌着水珠，中间那扇窗口外墙上留着烟熏的痕迹，楼顶的广告招牌依然闪烁着"歌王歌舞厅"几个大字。

当我们戴着执法证，拨开围观的群众靠近现场时，只见歌王歌舞厅门前的广场已被警察拉上了警戒线，线内并不宽敞的停车场内停满了消防车、120救护车和殡仪车，几名交警跑前跑后指挥着车辆的进出。一个个伤员被搀扶上救护车，一具具尸体被抬上殡仪车。警戒线外已有上千群众在围观，有人哭喊着亲人的名字，有人翘首企盼着朋友的消息。

当我们突破层层人群到达警戒线时，姜副总队长给一位执勤警察亮出文化执法证说："我们是市文化市场行政执法总队的，想查看一下现场。"警察马上立正并敬礼说道："报告首长，我是你驻港部队的兵啊，您不认识我了吧？"姜副总队长说自己带了成千上万的战士，很多兵不熟悉，有的熟悉也叫不出名字啊。警察语速急快地说："首长，我们正在查看现场，领导要求警察以外的任何人都不得靠近现场。我刚刚从楼上现场下来，简要把现场情况给您介绍一下吧！"

这位警察给姜副总队长和我各递过一瓶矿泉水后说："火灾是从俱乐部三楼大厅引起，演员在进行喷火节目表演时，不慎将火苗吹到了天花板易燃的海绵体上，引起了熊熊大火和滚滚浓烟，歌舞厅的电灯也不知为何突然熄灭，数百名观众在漆黑的大厅里争相逃命，相互碾压而造成了惨案。我在现场看到，狭窄的楼梯通道上到处都是手机、手表、钱包和鞋子等物品，大厅里一摊摊未完全干涸的血迹随处可见。我们警察正忙着现场取证呢，现场的悲惨真是令人目不忍视，毛骨悚然。"

警察一口喝掉半瓶矿泉水后指着大楼说："首长，您往俱乐部三楼中间看，那里就是表演大厅的窗口，里面的桌子、椅子凌乱散架，伤者死者无数，太恐怖了。房间内外的玻璃窗全被打碎。您看外墙壁的窗口处已被浓烟熏得一片漆黑，空气中还弥漫着一股浓烈的焦煳味。现场惨不忍睹啊。"我听着警察简短的情况介绍与描述，无以言状的感伤与反胃涌上心头。

我们凌晨2点半从歌王歌舞厅准备离开时，广场内仍聚集着数百名市民，大家三五成群地交流着信息。一位50来岁的中年男子对我们说，他今晚有五六位从外地来的朋友到这里唱歌，现在手机不是无法接通就是打通了没人接。一位穿着超短裙的女士指着距俱乐部不远处的发廊说，自己就是这间发廊的老板，今晚一位同伴过生日，约其本店四位好姐妹来歌舞厅唱歌庆生。自己在火灾发生后的第一时间就赶到现场，可至今没看到一位姐妹从歌舞厅出来，也不知具体是什么情况与结果，真是急死人啊。

我们看到一位中年妇女躺在地上哭得天昏地暗，双手不停地拍打着布满石块的地面，只见尖尖的石块上沾满了鲜血。两个十岁左右的女孩子坐在地上，一个女孩抱着中年妇女的头，一个女孩按着中年妇女的手哭喊着："妈妈，我们没有爸爸了，您要保重啊。"后来得知该女士的丈夫是刚刚从汶川地震中幸存下来的人，刚来本市仅三天就在本次火灾中遇难……

市委、市政府连夜在龙城区政府办公大楼召开紧急会议。市委、市政府主要领导，各区区委书记、区长，市、区两级公安、消防、文化、工商、城管，各街道等单位和部门的主要领导和负责人参加会议。与会者走进会场时都是一副严肃的表情，不会讲一句话，手机调成静音或关闭。会场鸦雀无声，连根针掉到地上的声音都能听到。当市委书记、市长满脸怒火地走向主席台时，我只能紧张地屏住呼吸，生怕自己的呼吸声太大，引起领导冲自己发火。

警方首先通报了初步调查情况：今晚歌王歌舞厅生意火爆，有近500人在大厅喝酒看表演。火灾发生在当晚23时，该俱乐部员工在表演节目时，使用自制道具手枪发射烟花弹，引燃天花板上的聚氨酯泡沫。大火瞬间蔓延全场，产生大量浓烟，观众在逃生时严重拥挤踩踏，造成多人死伤的严重后果。火灾在23时30分被扑灭。据初步统计，现已确认43人死亡，88人受伤。51名伤者被立即送往附近医院救治，目前受伤人员暂无生命危险。

市委书记传达了省委主要领导的重要指示并强调指出：一是要组织全市最好的医生和专家，全力以赴做好伤员的抢救工作，将死亡人数降到最低程度；二是立即成立专案调查组，全面开展事故的调查取证工作，迅速控制和严肃处理相关负责人；三是认真做好火灾现场的清理工作，全力做好死者的善后处理和家人安抚工作；四是迅速在全市开展安全生产大检查、大整治工作，要举一反三，严防次生灾害和其他安全事故的发生。

市长在讲话时首先提议，全体与会人员起立，向在事故中丧生的死难者致哀，接着要求与会者扪心自问，自己的工作是否对得起这些亡灵，是否对得起死难者家属？市长最后强调指出："大家一直都说很重视安全生产工作，一直在开展安全隐患排查整治工作，真没想到这家无牌无证的歌舞厅竟然非法经营一年零十二天，如此严重、如此离奇！这说明了我们干部存在严重失职、渎职的问题，说明了我们工作中存在做样子、走过场、搞形式的问题。也许有些干部在此事件中存在不可告人的目的！我们将严肃处理、绝不姑息、决不手软，决不搞下不为例，要向全社会、广大市民有一个明确的交代。各区、各部门立即开展安全生产大排查、大整治行动。"市长越讲声音越大，越讲越气愤，最后生气地将茶杯摔在地上。

市里连夜成立了以常务副市长为组长的"12·27"火

灾调查处理办公室，与本次火灾有关联的单位和部门各派一名干部参与相关工作。陈局长将我叫到办公室说："小张，你代表我局到市火灾调查处理办公室工作。一是因为你材料写得不错，可代表本局的文字水平；二是你在部队从事过情报收集工作，你要及时向局里反馈有关事情的进展情况，尤其是涉及本局安全生产工作方面的事情。"我理解和明白局长的指示精神的内涵，这无形中增加了巨大的压力。

"12·27"火灾调查处理办公室，主要工作是收集公安部门追捕火灾肇事者的有关情况，整理各区、各部门开展安全生产大检查的做法与经验，接听市民举报的安全生产隐患的有关线索。每天要根据收集到的情况写一份工作简报，并于第二天上班前将简报送到各位市领导的办公桌上。收集当天情况均是下午6点下班之后，白天尚可稍作休息，通宵达旦变成了我们的工作常态。

情况收集以各区、各部门上报数据为准，整理简报也算轻松，真正让我为难的，是每天如何弄到完整的情况小结，并及时报送本局主要领导，让本局领导掌握全市安全大检查的有关动态，掌握本局在安全大检查中的重点工作及主动性。按照火灾调查处理办公室的规定，各组负责相关资料收集与材料撰写，最后由火灾调查处理办公室余副主任统稿并亲自送到市领导办公室。

　　负责火灾处理办公室日常工作的是市应急办余副主任。余副主任形象英俊，是写材料的高手，给人的印象是有点高傲而难以接近。他职务比我高但年龄比我小，便常称呼我为老张。我借着年长的优势，经常以向余副主任汇报工作、约请吃饭、休闲散步的方式，与余副主任拉近关系、加深感情，逐步变成了无话不谈的好兄弟，我便能在工作简报整理出来的第一时间转发给本局的局长和分管局领导，局长对我的工作给予了充分肯定。

　　火灾调查处理办公室的工作虽然很紧张、很忙碌，甚至不分白天黑夜加班加点，但在余副主任的领导下，我们的工作有条不紊、忙中有乐，时不时地到城中村的大排档去吃夜宵。我更是忙里偷闲，坚持每天用两至三个小时的时间来创作纪念母亲辞世20周年的长篇小说，我在心中把完成此书当作自己人生是否圆满的重要标志。当我把打印出来的初稿请余副主任提建议时，余副主任用手掂了掂书稿的重量后，对我伸出了大拇指。

　　歌王歌舞厅火灾最后确定为一起因无证非法经营，有关部门职责不到位、安全隐患排查不彻底，消防和易燃易爆物品监管不力而导致的责任事故，有60多名事故责任人受到法律追究和行政处理。其中，歌王歌舞厅董事长王某、区公安分局副局长陈某某、区消防一中队中队长肖某某、区文体局文化市场行政执法大队大队长张某某等35名事故责任人被移送司法机关依法追究刑事责任；市政府副市长李某某、区政府区长张某某、区政府副区长黄某某、区街道办事处主任杨某某等25名事故责任人分别受到党纪、政纪处分。

第1次查封有证涉黄歌舞厅

* * * * * * * * * * * * *

　　歌舞厅是集酒吧、餐饮、歌厅、舞厅等项目为一体的综合性娱乐休闲场所，也是集个性化、灵活性和娱乐性为一体的场所，通过歌舞节目的展示和对环境的营造，为大众提供一个释放心灵的空间。本市是国内卡拉OK歌舞厅的起源、兴起、发展之地，在本市随处可见夜总会、歌城、歌舞厅、娱乐城等卡拉OK场所，许多酒吧、酒店、会议中心等内也有卡拉OK的踪影。

　　歌舞厅本是为大众提供娱乐、休闲的场所，但由于利益的驱动，有的歌舞厅逐步成为企业创收的主要渠道，成为有钱人争相投资的文化产业。原本干净、轻松、浪漫、温馨的文化娱乐场所，逐步被卖淫、赌博、吸毒等阴暗的东西渗透。社会上曾出现"十家歌厅九家毒，一家不毒在豪赌"的传言。管理歌舞厅是文化执法的重要工作，也是最难管、最难办、最危险的工作之一。

当苏总队长正在策划如何整治歌舞厅之际，省公安厅开展了"风雷2012专项行动"，全省集中各方力量，合力向"黄、赌、毒"宣战。苏总队长在工作部署会上强调："本市是改革开放的先锋城市，是国际化大都市，可内地有的人把特区与'黄区'联系在一起，这严重影响了开放之城的光辉形象。我们要以全省开展的打击黄、赌、毒专项行动为契机，积极配合公安部门打击歌舞娱乐场所的"黄赌毒"，为本市清名、为总队立威。"

按照苏总队长的工作安排，总队所有人员悉数上阵，分成5个小分队深入到全市歌舞娱乐场所开展明察暗访。我们往往是在夜幕降临、华灯初上时开始行动，以城中村、城乡接合部的歌舞厅、卡拉OK厅为重点。当我们来到歌舞厅附近的向西村一带时，只见村子周边多家发廊内的洗头妹坐等客人。我心中不禁泛起阵阵感慨：她们卑处一隅，守株待兔，绝不炫耀，默默奉献。

我们频繁地巡查了几天，均未发现歌舞娱乐场所存在"黄色"现象，心里似乎安稳了一些。有一天早上，我上班后打开举报自动录音电话后，传出一名年轻男子的声音："凤凰城歌舞厅有脱衣舞演出，请市文化执法部门严肃查处。"我查了查来电，竟然是外省的一个手机号码。我反拨过去后一直没有人接听。我将此事给黎队长进行了汇报，引起了苏总队长的高度重视，要求我们机动队查明情况。若情况属实，立即联合公安部门严肃查处。

我询问局市场处的同事，本市确实有凤凰歌舞厅，但大家对此歌舞厅的印象都不太深刻。因为这家歌舞厅在本市名气不算大，地处相对偏僻的二线关旁边。这里既不是商业区、人流旺区，也不是市民居住区、工厂区。经向区执法队员了解得知，因为此歌舞厅的房间比较宽敞，还有几间奢华的套房，收费也不是太高，所以生意一直比较火爆，常常订不到包房。

根据苏总队长的工作安排，黎队长带领机动队的全体人员，当晚就以消费者的身份来到凤凰城歌舞厅。只见歌舞厅周围一带比较寂静，右边与一座加油站相距不到50米，左边是冷冷清清的火车编组站，灯光有点昏暗的停车场却停满了车辆。歌舞厅的正门没有绚丽多彩的宣传橱窗，楼顶"凤凰城歌舞厅"的招牌在慢慢滚动，其他窗口都是漆黑一片，给人一种刻意低调和冷落的感觉。

当我们走进歌舞厅大堂时，几位长相清秀、身材苗条、穿着朴素的女孩站立在大门内的两边，热情迎接着每位入场的客人。歌舞厅内部装修设计给人一种豪华贵气的视觉感受，地面上铺设着黑褐色的实木拼接地板，金黄色的玻璃材质墙壁与天花板连为一体，房屋四周装饰着白色的多层置物柜，天花板上的吊灯发出了绚烂多彩的灯光，金色的扶手楼梯增添了整个大厅时尚大气的美感，整个装修既带给人视觉上的空间感，又带给人视觉上的冲击感。

穿过大厅便是一个50平方米左右的中央舞池，天花板中央一盏镭射灯在慢慢旋转，四周各一盏暗红的壁灯有气无力地亮着。一盏聚光灯照射着舞池中间化着浓妆、穿着暴露、弹着吉他的女歌手。20来张高低不同的桌子散落在舞台周边，大部分桌子已有人落座。我们找了一张能看到大厅和走廊的桌子坐下，点了2袋五香花生米、2袋新疆牛肉干、5罐青岛啤酒，现场收费360元。

我们表面在认真听着女歌手的演唱，偶尔也碰碰啤酒罐喝上一口，但相互之间没有说话，默契地观察着舞厅的一切。只见有的客人在欣赏歌手的演唱，不时热烈鼓掌叫一声"好"；有的男女在窃窃私语，时不时地轻轻碰杯喝上一口酒……虽然大厅不断有人进进出出，但根本看不出有"黄色"演出的迹象，显得非常淡雅有序。我们守候到凌晨两点多钟，待客人逐渐消失后悻悻而归。

我们忙碌了一整夜也不敢休息，第二天上班后再次致电举报者，获悉凤凰城歌舞厅的黄色演出相当隐蔽，一般在深夜一点左右才开始，相对固定在888号包房的内房，由三至四个长相甜美且胸部丰满的女子表演。举报人的表述让我们想起了昨晚在11点半左右，确实是看见四个丰满的女子走进了888号房，今天凌晨两点半左右又从我们面前离开歌舞厅。我当时还觉得奇怪与蹊跷，为何四个漂亮的女子独来独往呢？原来猫腻就在这里面啊。

黎队长立即召集开会，研究下一步行动方案。机动队下午分成两个小组，一个小组到凤凰城歌舞厅开展安全生产检查，一个小组到市公安局治安支队协调联合查处事宜。下午3点多钟，黎队长带着我和小熊来到凤凰城歌舞厅，我们在歌厅安保经理陪同下巡视一番后，很自然地在888号房停了下来。黎队长要求安保经理去把安全生产的有关材料取过来，我则请另一名保安陪同我去找厕所。

当我从厕所走出来时，看到安保经理抱着厚厚一摞材料匆匆跑了过来。我假装低头走路的样子，故意撞上了安保经理。我边帮忙收拾散落在地上的材料边大声说道："哎哟，真对不起，我帮你捡吧。"黎队长听到我的声音后走出来说："安全生产有这么多材料啊，那我们就不一一查看了，但你们一定要注意做好安全生产工作啊。"黎队长边说边招呼我和小熊离开了凤凰城歌舞厅。

晚上11点左右，我们文化执法队机动队5名队员和市公安治安机动队6名队员分乘三辆私家小轿车来到凤凰城歌舞厅附近。黎队长、两名公安干警和我潜伏在停车场的轿车内，其他人员分别以消费者的身份进入歌舞厅。老吕和两名公安人员进入歌舞厅后仍旧选择昨晚喝茶的那张桌子，并叫来两位女生陪酒聊天。其他人员则围成一桌假装听女歌手的演唱。黎队长潜伏在车内调试着密拍机的效果，下午安装的探头让888号房间里的情形一览无余。

只见888号包房内6个中年男子在喝酒划拳，偶尔拿起话筒声嘶力竭地呐喊几声。12点左右，昨晚似曾见过的4个女子又嘻嘻哈哈地走进了888号包房，很自然、很大方地分别坐到6个中年男子身边。有个身材丰满的女子更是直接坐在中间男人的大腿上，并轻轻地吻了吻中年男子面颊。4个女子一点不客气，抓起茶几上的牛肉、鸡腿等美食大快朵颐，端起一杯杯红色的洋酒与男子们频频举杯，男人们的咸猪手也时不时地伸进女子们的胸前抓捏一下。

12点半左右，包房内响起了野人王疯狂的迪斯科舞曲，房间的人跟着动感的舞曲扭动起来。时而男女之间面对面跳，大幅度地扭动着屁股；时而男女搂抱在一起，女子的双腿紧紧夹着男子的腰；时而手牵着手围成一个圈，中间一名披头散发的女子在领舞；时而每人拿起一颗药片，伴随着一杯杯洋酒吞下……这些人已到了不可控制的疯狂与放荡状态。

深夜1点左右，包房内的人随着迪斯科的音乐大喊大叫起来，男女之间随便搂、随便抱、随便摸，全部进入了忘我的境界。一对男女甚至跳到木质的茶几上对舞起来，男子一把将女子的低胸连衣裙和胸罩往下扯，连内裤也未穿的女子更是舞得发狂，一对丰腴的双乳有节奏地颤动着……其他男人也纷纷将手伸进了身边女人的胸罩。

随着温队低沉的一声"行动"指令，全体队员迅速向888号包房冲去。大厅内陪同老吕喝酒聊天的2名女子，拉着老吕的衣服索要小费，同行的公安人员亮出警察证后严肃地说："你们就在这里等着，我们马上出来给小费！"两名女子见此赶紧溜走了。当我们在舞厅安保经理陪同下打开888号包房大门时，一群男女纷纷故作镇静地说："我们朋友之间唱唱歌，犯了什么法？"当看到温队长拿出刚录制的视频时，这帮人立刻像打了霜的茄子——低下了头。按照文化市场管理条例的有关规定，我们立即查封了该歌舞厅。

查获凤凰城歌舞厅脱衣舞表演后，市"扫黄打非"办对市文化市场执法总队、市公安局治安支队给予了通报表扬，对我们参与行动的5名队员给予了嘉奖。经局党组考察决定，任命我为局办公室副主任，这是在我转业后的第8个年头。我能够提拔成为处级领导，已大大超出了自己的预期，也是我想都没想过的高度。我深深地感到，只要老实做人、踏实做事，平凡也会出成绩，付出就会有回报。

我在文化执法战线探寻、坚守、奋斗了8年的经历告诉自己：人最熟悉的是自己，最陌生的也是自己；最亲近的是自己，最疏远的也是自己。人有两只眼睛，能看到别人的过失，却难以看到自己的缺点；能看到别人的贪欲，却看不到自己的吝啬；能看到别人的邪恶，却看不到自己的愚痴。

人若能真正看清自己，那就是一个真正醒悟之人。人生如画，都在被人仔细欣赏。我们一路走来，路一直在延伸，风景在变换，人生没有不变的永恒。走远了再回头看，很多事情已经模糊，很多人已经淡忘，但还有很少的人牵挂着我们的幸福与快乐，他们才是我们真正要珍惜的。

后记：永不言息的人生

　　自从我知事、记事、懂事伊始，感觉自己总是在忙忙碌碌中生活，在辛辛苦苦中工作，在跌跌撞撞中追求。少年懵懂时期频繁下乡支农，常常是披星戴月，累得腰弯背驼；参加高考是千军万马争过"独木桥"，百分之四的录取率让我沉沙折戟；参军入伍为报考军校，在白天繁重的训练后，晚上躲在被子里打着手电筒复习备考；作为首批进驻香港的军人感到无比神圣与荣耀，可未敢也不能睡一个安稳觉，时刻担心在敏感之地出现敏感之事；转业到地方后也未敢"刀枪入库、马放南山"，冀望自己简单的人生不要过于平淡，重新择业也想有所作为。我常年笔耕不辍成为省作协会员，想要以平凡的出身来展现出众的能力，更想在竞争激烈而复杂的社会之中谋得自己的一席之地……我总感到自己一年四季、一天到晚都有做不完的事、干不完的活，在忙碌与充实之中常想自己何时能清闲下来，过点自己想要的休闲生活，可我又不知自己真正想过什么样的生活。

我在撰写《本色自风流》一书的过程中，偶然看到这样一个故事：明朝有位大臣叫钱宰，由于工作太累，希望回归田园，于是写了一首诗："四鼓咚咚起更衣，午门朝见尚嫌迟。何时逐得田园乐，睡到人间饭熟时。"这个简单的故事深深触动了我深藏于心的欲望，我也要放下永无止境的追求，放下脱离实际的幻想，淡化永无休止的工作，真正回归家庭、回归自然。因此，我计划把此书写完后不再创作，让自己停下来、闲下来，享受随心所欲、顺其自然、悠闲自得的生活。不再开动脑筋想工作，无拘无束看电视；不用熬夜苦思写材料，自由自在刷抖音；陪伴妻儿休闲旅游，照着菜谱炒菜做饭，亲朋好友欢聚一堂，哥们战友小酌一杯，乡村田野捉鱼挖藕……中国之美任我赏，世界之大任我游，从此以后彻底地放飞自我。

当我把《本色自风流》的书稿呈送给深圳出版社的张绪华执行副总编辑、蒋鸿雁主任后，我便有了一种如释重负、脱离苦海、沐浴春风的感觉。谢天谢地！自己今后不用再操心费神消耗脑细胞了，再不用因工作而厚着脸皮"求爷爷，告奶奶"了……我想：自己已快到退休的年龄，享受了副局级待遇，成绩已超过了自己少年时的理想，超过了父母亲人对我的期待。若把《本色自风流》一书与《母亲，儿有一个难圆的梦》一书相衔接，这也算是对自己的人生旅程作了一个完整的小结，向天堂的父母作了一次深情的倾诉，给诸位亲朋好友作了一个情况属实的汇报。我可以自豪地宣布，自己的人生奋斗之途也算画了一个自己满意、家人自豪、朋友夸奖的比较完整的句号。

我在部队时曾从事过军、师、旅、团宣传干事的工作，养成了勤于思考问题、注重收集资料、撰写总结文字的良好习惯。我从部队转业到地方工作之后，要求自己每天必须坚持一小时的创作，这是雷打不动的自律条款。我哪怕是半夜回到家里也要打开电脑写上一小时，即使写的内容第二天要全部删除。我把坚持做到这一点作为自己做人是否自律、做事是否成功的标志。经过数十年的日积月累，200多篇文章在各大媒体见报，3部个人专著150多万的文字出版与读者见面。当我把《本色自风流》初稿呈送给深圳出版社之后，我便安心与哥们儿举杯交流到深夜，静心看足球世界杯到凌晨，周末游山玩水逍遥自在，偶尔喝个酩酊大醉到家倒床就睡……这些都是以前做梦都想不到的放纵与轻松。

可这种悠闲自得、得过且过的日子过了不到一个月，一种失落与迷茫的情绪逐渐散落在心间，一种无聊与无趣的空虚逐步弥漫在脑海。我的生命还在延续，精神还很饱满，人生还很漫长，难道就这样当一天和尚撞一天钟、吃喝玩乐混到生命的终止吗？我反复地回忆自己人生经历的风风雨雨、坎坎坷坷，终于感到人的一生中最可怕的是无所事事，最可恨的是无所追求，最可悲的是无所作为；终于明白生命不是一场速度赛跑，日子不是以时间长短计算，当你想停止努力的那一刻，其实什么也没有真正结束，只是自己的心理在作祟。只有干得充实、活得精彩才是真正的快乐人生。

回眸自己的人生之旅，我深深感到：人生无论有多困难，都要坚强地抬头挺胸，找准自己的生命目标，勇于在茫茫的人生之海劈波斩浪。我曾在参加高考的第一轮县里笔试中惨痛折戟，却在与小伙伴竞争乡村教师中破茧而出；我曾在军校预考的考场上失利，却在军校正式招考中以超出2分的成绩金榜题名；我曾因自感文凭太低在部队没前途，却在国防科大毕业时被刚组建的驻香港部队选中；我曾从一名军队的中校军官成为地方最低级别的科员，却让我激流勇进成为一名堂堂的政府机关的处长……我终于明白：人的发展没有固定的规律，要勇于面对成败，大不了从头再来。人的一生只要不言弃、不放弃、不抛弃，就会好人必有好报，努力终有回报。

回眸自己的人生之旅，我深深感到：世上没有十全十美的人生，成功与失败、顺利与坎坷、获得与遗憾都是相辅相成、紧密相连。我从一个不谙世故的农村娃，实现了年少时跳出农门、远离农村的梦想，成为有头有脸的军队中校、地方处长，可也留下了很多无法弥补的缺憾。我当兵入伍离开家乡的时候，二姐把恋人送的手表轻轻戴在我的手上，这竟然成了我们姐弟俩最后的告别；我最大的梦想是让母亲生活得幸福快乐，当我稍有能力时母亲却突然离世，铸成了我心中一个永远也难圆的梦；军队的特殊性让我心系家人却远离亲人，两位至亲离我而去未能见上最后一面，父亲大人也是在呼唤我的名字中咽下最后一口气；同胞的姊妹们都还过着不到小康的生活，我也只能是心有余而力不足……我有太多的心伤与眼泪，爱与不爱，爱而不得，爱而不能，但我还是坚强地挺过来啦。

我深知：一位真正聪明之人，要懂得低调做人做事的宝贵；炫耀就像墙上的一把剑，挂在哪里便有刀光剑影显现。我的母亲也曾教育我们，莫要在他人面前炫耀自己，越炫耀越失去，越张扬越吃苦。你总是炫耀自己多么厉害，终会引起他人的反感，越招摇过市，越让人嫌弃。真正聪明之人都懂得，你越强势、越炫耀，越容易毁掉自己；你越低调、越谦虚，反而能长存，也才越走越远，越来越优秀。

回眸自己的人生之旅，我深深感到：世界之大无奇不有，世人之多形形色色。在这纷乱复杂的社会上行走，必须时刻不忘自己的初心，始终保持一颗平常心，这样才能出淤泥而不染，才能在社会的大染缸里不迷失方向。尤其是在人们的财富意识越来越强的经济时代，"一切向钱看""有钱能使鬼推磨"的理念冲击人们的脑海。我始终坚持把越来越好的日子与儿时的贫困生活相比，把自由自在的自己与在牢房呼唤自由的犯人相比……自己还有什么理由去贪、去腐呢！我唯有在部队时为战友的成长进步创造条件，在地方时为企业的经营发展真诚服务，这才是我始终坚持的做人做事的原则。

回眸自己的人生之旅，我深深感到：自己的人生似乎颇不平坦，有点坎坷、些许风光。自我感觉还说得过去，脸上多少有点光彩，对得起在天堂关注着我的父母，对得起关心我的兄弟姊妹，也能应对那些从小把我看扁之人。我更清醒地明白，今天付出一分努力，可换取明天十分安乐。今天透支一分安乐，可换取明天十分辛劳。做人做事不要为自己的无助找借口，不要为自己的过错找理由，不要被眼前的困难所吓倒。只要我们足够努力地向目标前进，命运就会有所改变，生命就会更加绚丽繁华。

回眸自己的人生之旅，我深深感到：想要走得快，就单独上路；想要走得远，就结伴同行。岁月的路，值得回忆；相遇的人，值得铭记。儿时的小伙伴肖志汉、程和坤、陈遵炎等，读书期间的老师卢彼德、赵万珍、赵启贤等，军队里的首长宋长春、邹旭享、张杰等，地方工作的领导陈威、张合运、杨永群等，胜似兄弟的哥们儿孟向前、唐新元、熊德昌等，这些贵人、恩人都让我铭记于心、感恩于怀。尤其是深圳南山区原政协主席陈章联，更是与我生命相系、生活相连之师、之友、之兄，我已无法用语言来表达心中的敬意与感激。我要感谢的还有很多很多的领导、同学、战友、同事，他们是永远也抹不掉的美好回忆，我将永远默默地祝福着大家幸福与快乐无比！

人生是一笔沧桑，红尘是一场过往，斗转星移，时光不断前行，来不及回首，来不及停留，自己就已经站到了人生的转角处。这是自己无法改变的自然规律，我都能坦然面对，顺势而成。最后还是要衷心感谢深圳市文化广电旅游体育局曾相莱局长对我的厚爱并用心为我的拙文题词，感谢中国篆刻家协会会员岳峰真情为我的座右铭刻篆，感谢中国书法家协会会员钟诚为我题写书名。感谢深圳出版社的张绪华执行副总编辑、蒋鸿雁主任的鼎力相助，对我的拙文大刀阔斧地修改、精雕细琢地润色，才有了这本敢于与读者见面的《本色自风流》。

张道新

2022年3月18日于可园社区